Rote Krimi

Von Rex Stout
sind außerdem im Goldmann Verlag lieferbar:

Gambit. 4038
Gast im dritten Stock. 2284
Gift à la carte. 4349
Die goldenen Spinnen. 3031
Orchideen für sechzehn Mädchen. 3002
P. H. antwortet nicht. 3024
Das Plagiat. 3108
Der rote Bulle. 2269
Der Schein trügt. 3300
Vor Mitternacht. 4048
Per Adresse Mörder X. 4389
Zu viele Klienten. 3290
Zu viele Köche. 2262
Das zweite Geständnis. 4056
Wenn Licht ins Dunkle fällt. 4358
Das Geheimnis der Bergkatze. 3052

REX STOUT

Die Champagnerparty

CHAMPAGNE FOR ONE

Kriminalroman

Wilhelm Goldmann Verlag

Aus dem Amerikanischen übertragen von Renate Steinbach

Herausgegeben von Friedrich A. Hofschuster

1. Auflage April 1971 · 1.–15. Tsd.
2. Auflage März 1973 · 16.–25. Tsd.
3. Auflage März 1976 · 26.–35. Tsd.
4. Auflage März 1983 · 36.–43. Tsd.

Made in Germany 1983

Taschenbuchausgabe mit Genehmigung des Gebrüder Weiß Verlages
Umschlagentwurf: Atelier Adolf & Angelika Bachmann, München
Umschlagfoto: Richard Canntown, Stuttgart
Satz: Fotosatz Glücker, Würzburg
Druck: Elsnerdruck GmbH, Berlin
Krimi 4062
Lektorat: M. Zech
Herstellung: Sebastian Strohmaier
ISBN: 3-442-04062-0

Die Hauptpersonen

Nero Wolfe	Privatdetektiv
Archie Goodwin	sein Assistent
Louise Robilotti	die Gastgeberin
Robert Robilotti	ihr Mann
Cecil Grantham	ihr Sohn
Celia Grantham	ihre Tochter
Austin Byne	ihr Neffe
Helen Yarmis	Gäste der Champagnerparty
Ethel Varr	Gäste der Champagnerparty
Faith Usher	Gäste der Champagnerparty
Rose Tuttle	Gäste der Champagnerparty
Paul Schuster	Gäste der Champagnerparty
Beverly Kent	Gäste der Champagnerparty
Edwin Laidlaw	Gäste der Champagnerparty
Inspektor Cramer	Krminalbeamter

Der Roman spielt in New York.

I

Hätte es an jenem Dienstag morgen im März nicht in Strömen geregnet, dann wäre ich auftragsgemäß zur Bank gegangen, um ein paar Schecks zu hinterlegen; Austin Byne hätte mich mit seinem Anruf nicht erwischt und sein Heil vielleicht bei einem anderen mildtätigen Gemüt versucht. Vielleicht – aber die Chance ist verschwindend klein. Sehr wahrscheinlich hätte er später noch einmal angerufen, und deshalb kann ich leider nicht dem Wetter die Schuld an dem folgenschweren Anruf in die Schuhe schieben. Die Geschichte fing ganz harmlos an.

Ich saß im Büro und ölte die zwei Marley, Kaliber 38, für die wir natürlich Waffenscheine haben, als das Telefon läutete. Ich nahm den Hörer ab und sagte: »Büro von Nero Wolfe. Archie Goodwin am Apparat.«

»Oh, hallo. Hier ist Byne. Dinky Byne.«

Wenn man diese gesprochenen Worte schwarz auf weiß liest, haben sie weiter nichts Geheimnisvolles an sich, aber die Töne, die mir damals ins Ohr drangen, klangen eher wie das Quaken eines verendenden Frosches als wie die Stimme eines menschlichen Wesens.

»Wie wär's, wenn Sie sich erst einmal kräftig räusperten oder frei weg niesten und es dann noch einmal versuchten?« fragte ich mitfühlend.

»Das hat keinen Zweck. Meine Luftkanäle sind verstopft. Luftkanäle! Verstopft! Kapiert?«

»Ach so! Ich frag' erst gar nicht, wie's Ihnen geht. – Meine herzlichste Anteilnahme.«

»Danke. Die kann ich brauchen.« Er sprach jetzt etwas deutlicher. »Aber – was ich eigentlich sagen wollte – hören Sie, Archie, würden Sie mir einen Riesengefallen tun?«

»Falls ich ihn im Sitzen erledigen kann und er mich keinen Cent kostet.«

»Keine Bange. Sie kennen doch meine Tante Louise, oder? Mrs. Robert Robilotti.«

»Nur beruflich. Sie engagierte Mr. Wolfe vor ein paar Jahren – es handelte sich damals um gestohlenen Schmuck –, das heißt natürlich, *ich* hatte die Arbeit. Übrigens konnte sie mich nicht leiden. Eine meiner Bemerkungen erregte ihr Mißfallen.«

»Ach, das ist unwichtig. Sie hat kein sehr gutes Gedächtnis für so etwas. Sie haben vermutlich von dem Dinner gehört, das sie jedes Jahr zum Geburtstag meines verstorbenen Onkels Albert gibt.«

»Klar. Wer hätte das nicht?«

»Okay, darum geht es nämlich. Das verflixte Dinner steigt heute abend um sieben Uhr. Und ich gehöre zu den eingeladenen Kavalieren. Aber ich kann nicht richtig sprechen, und außerdem hab' ich Fieber. Es wäre eine scheußliche Quälerei für mich. Ich kann einfach nicht hingehen. Meine Tante wird sich natürlich furchtbar aufregen, wenn sie jetzt, praktisch im letzten Augenblick, noch nach einem Ersatzmann suchen muß, und deshalb möchte ich ihr gern sagen, daß ich ihr bereits einen besorgt hätte, und zwar Mr. Archie Goodwin. Tantchen kennt Sie ja, und Ihre Bemerkung von damals hat sie inzwischen sowieso vergessen; außerdem verstehen Sie sich doch so gut auf Frauen. Dunkler Anzug, sieben Uhr, und die Adresse wissen Sie wohl noch von früher. Sobald ich ihr Bescheid gesagt habe, wird meine Tante Sie natürlich anrufen, um die Einladung zu bestätigen. Sie können die meiste Zeit dabei sitzen bleiben, und ich garantiere Ihnen, daß nichts auf den Tisch kommt, an dem Sie sich die Zähne ausbeißen. Sie hat einen guten Koch. Mein Gott, ich hätte es nicht für möglich gehalten, daß ich so lange reden könnte. Also, Archie, wie ist es? Geben Sie Ihrem Herzen einen Stoß?«

»Ich überlege noch. Sie haben sich verdammt viel Zeit gelassen bei Ihrer Suche nach einem Ersatzmann.«

»Ich weiß. Aber ich hoffte, ich würde es vielleicht doch selbst schaffen, bis ich heute morgen mit einer ausgewachsenen Erkältung aufwachte. Ich werde Ihnen irgendwann mal auch einen Gefallen tun.«

»Ich hab' ja keine billionenschwere Tante, die Dinnereinladungen vergibt. Außerdem bezweifle ich stark, daß Mrs. Robilotti meine Bemerkung vergessen hat; sie war nämlich ziemlich unverschämt. Und was passiert, wenn sie mit mir nicht einverstanden ist? Dann müssen Sie mich nämlich noch mal anrufen, um die ganze Sache abzublasen, und von neuem mit irgendwelchen anderen Ersatzmännern telefonieren. Dabei sollten Sie Ihrer Gesundheit wegen gar nicht so viel sprechen, und – nebenbei bemerkt – meine Gefühle wären dann natürlich auch verletzt.«

Meine Ausflüchte waren selbstverständlich nur ein Vorwand, um ihn noch ein bißchen reden zu hören. Er war bestimmt kein guter Schnupfenimitator, und sein heiseres Gekrächze überzeugte mich nicht ganz. Das S in ›sieben‹ und ›sitzen‹ zischte er auf eine ausgesprochen schiefe Art für jemanden, dessen Atemwege angeblich verstopft sind, und sein Näseln war eine Beleidigung für das menschliche Ohr. Ich hatte den Verdacht, daß er eine nette kleine Komödie aufführte, konnte mir nur nicht vorstellen, warum. Hätte ich nicht ein von Natur aus erstklassig imprägniertes, hieb- und stoßfestes Selbstbewußtsein, dann hätte ich mich vermutlich neugierig gefragt, warum Byne ausgerechnet auf mich verfallen war. Wir kannten uns eigentlich kaum und waren uns vorher nur ein paarmal auf Gesellschaften begegnet.

Ich hielt ihn noch so lange hin, bis ich sicher war, daß seine Erkältung samt Zubehör ein aufgelegter Schwindel war, und sprach dann meine Eiwilligung aus. An sich reizte mich die Einladung. Sie würde meinen Horizont erweitern und meine Erkenntnisse über die menschliche Natur im allgemeinen vertiefen. Die Sache war genau das, was man ein heißes Eisen nennt, und ich war gespannt, wie man im Hause Robilotti damit zurechtkommen würde. Ganz zu schweigen davon, wie ich selber damit fertig werden würde, ohne mir die Finger zu verbrennen. Also sagte ich Byne, daß ich dem Anruf seiner Tante Louise mit Vergnügen entgegensähe.

In einer knappen halben Stunde hatte ich das Vergnügen. Ich legte gerade die frisch geölten Revolver in meine Schreibtischschublade, als das Telefon wieder läutete. Eine Stimme, die ich kannte, erklärte, sie wäre Mrs. Robilottis Sekretärin, und Mrs. Robilotti wünschte mich zu sprechen. Ich erwiderte: »Handelt es sich vielleicht wieder um gestohlenen Schmuck, Miss Fromm?« Sie antwortete: »Mrs. Robilotti wird Ihnen selbst sagen, worum es sich handelt, Mr. Goodwin.«

Daraufhin schaltete sich eine andere Stimme ein, die ich ebenfalls wiedererkannte: »Mr. Goodwin?«

»Am Apparat.«

»Mein Neffe Austin Byne sagte mir eben, er hätte Sie angerufen.«

»Ich nehme an, daß er es getan hat.«

»Was meinen Sie damit?«

»Hm ... nur, daß der Teilnehmer behauptete, er wäre Byne. Aber den Geräuschen nach konnte es ebensogut ein Seehund gewesen sein, der zu bellen versucht.«

»Er ist erkältet, und Sie wissen das ganz genau. Anscheinend haben Sie sich überhaupt nicht geändert. Er sagte mir, er hätte Sie gebeten, ihn heute abend bei dem Dinner zu vertreten, und Sie hätten sich dazu bereit erklärt, falls ich die Einladung bestätigte. Stimmt das?«

Ich bejahte es.

»Er sagte auch, Sie wären sich über Natur und Bedeutung dieser Einladung im klaren.«

»Sicher. Inklusive fünfzig Millionen anderer amerikanischer Bürger – oder noch mehr.«

»Ich weiß. Ich bedaure, daß von der Angelegenheit früher so viel Aufhebens gemacht wurde, aber ich werde sie trotzdem nicht aufgeben. Das bin ich dem Andenken meines teuren verstorbenen Gatten schuldig. Ich lade Sie hiermit ein, Mr. Goodwin.«

»Ich nehme die Einladung an, um Ihrem Neffen einen Gefallen zu erweisen. Danke.«

»Schön.« Eine Pause folgte. »Natürlich ist es im allgemeinen nicht üblich, daß man einem Gast Verhaltensmaßregeln gibt.

Aber bei dieser Gelegenheit ist einige Vorsicht angebracht. Sie verstehen das, nicht wahr?«

»Gewiß.«

»Takt und Diskretion sind erforderlich.«

»Ich werde beides mitbringen«, versicherte ich.

»Und Herzensbildung.«

»Die werde ich mir borgen.« Ich fand, daß sie einen kleinen Trost brauchen könnte. »Machen Sie sich keine Sorgen, Mrs. Robilotti. Ich bin auf dem laufenden, und Sie können bis zum Kaffee und sogar noch für später auf meine Mitarbeit rechnen. Beruhigen Sie sich. Ich weiß Bescheid. Takt, Diskretion, Herzensbildung, dunkler Anzug, sieben Uhr. Okay?«

»Dann darf ich Sie also erwarten. Legen Sie bitte noch nicht auf. Meine Sekretärin wird Ihnen die Namen aller anwesenden Gäste durchgeben. Es wird das Miteinanderbekanntmachen heute abend wesentlich erleichtern, wenn Sie im voraus wissen, wer...«

Miss Fromm schaltete sich ein: »Mr. Goodwin?«

»Noch da.«

»Haben Sie Papier und Bleistift?«

»Hab' ich immer griffbereit. Schießen Sie los.«

»Sagen Sie's mir, wenn ich zu schnell diktiere. Bei Tisch sind es insgesamt zwölf Personen. Mr. und Mrs. Robilotti. Miss Celia Grantham und Mr. Cecil Grantham. Das sind Mrs. Robilottis Sohn und Tochter aus ihrer ersten Ehe.«

»Tja, ich weiß.«

»Miss Helen Yarmis. Miss Ethel Varr. Miss Faith Usher. Kommen Sie mit?«

Ich bejahte.

»Miss Rose Tuttle. Paul Schuster. Mr. Beverly Kent. Mr. Edwin Laidlaw. Sie selbst. Das sind zwölf. Miss Varr sitzt rechts von Ihnen und Miss Tuttle links.«

Ich dankte ihr und legte auf. Jetzt, wo ich festgenagelt war und keinen Rückzieher mehr machen konnte, wurde mir ziemlich flau zumute. Aber wie immer kam alle Reue zu spät. Ich rief Byne an und teilte ihm mit, er könnte heute abend zu Hause bleiben und gurgeln. Dann notierte ich auf Wolfes Kalender

Mrs. Robilottis Namen und Telefonnummer. Wolfe möchte immer wissen, wo ich zu erreichen bin, selbst wenn wir, wie das momentan der Fall war, keinen Auftrag zu erledigen haben.

Der erste Mann dieser Mrs. Robilotti hieß Albert Grantham und beschäftigte sich in den letzten zehn Jahren seines Lebens damit, einen Teil der drei- oder vierhundert Millionen Dollar, die er geerbt hatte, für die Verbesserung der Welt und ihrer Bewohner auszugeben, und zwar in moralischer Hinsicht. Ein Mädchen, das ein Baby, aber keinen Ehemann hat, bedarf seiner Ansicht nach einer gewissen Besserung.

Das Problem der unverheirateten Mütter gehörte nicht gerade zu Granthams großen Projekten, aber er nahm ein sehr persönliches Interesse daran. Obwohl er es im allgemeinen nicht gern sah, wenn sein Name mit den von ihm ins Leben gerufenen Einrichtungen verquickt wurde, so machte er doch bei der Mütterfürsorge eine Ausnahme. Das Heim, das er im Dutchess-Bezirk bauen ließ, wurde nach ihm ›Haus Grantham‹ genannt und heißt noch immer so.

Grantham ließ die gebesserten Mütter nicht im Stich. Sobald sie aus Haus Grantham entlassen wurden, erhielten sie eine finanzielle Beihilfe, bis sie einen Posten oder einen Ehemann ergattert hatten, und sogar danach wurden sie nicht vergessen. Grantham selbst kam einige Jahre vor seinem Tode auf eine reichlich ausgefallene Idee, um mit seinen Schützlingen in Verbindung zu bleiben. Jedes Jahr an seinem Geburtstag mußte seine Frau vier von ihnen zum Dinner in ihr Haus einladen und dazu vier junge Männer als Tischherren. Seit seinem Tod vor fünf Jahren hat sich nichts daran geändert. Seine Frau behauptet, sie schulde es seinem Angedenken, obwohl sie jetzt mit einem gewissen Robert Robilotti verheiratet ist, der sich in seinem ganzen Leben nicht mit Weltverbesserung befaßt hat.

Wolfe findet mich immer gern im Büro vor, wenn er herunterkommt. Die Tür seines Privatlifts fiel hinter ihm zu; ich hörte, wie er die Diele durchquerte. Für einen Mann von seinem Gewicht, schätzungsweise einer siebentel Tonne, machte er beim Gehen merkwürdig wenig Lärm. Seine Füße sind nicht größer als meine, aber trotz der Last, die sie ständig umherschleppen müssen, erzeugen sie nicht mehr Geräusch als die Pfoten eines wohlgenährten Hauskaters. Ich wartete, bis er sich in seinem überdimensionalen, maßgerechten Sessel niedergelassen hatte. Er grunzte ein ›Guten Morgen‹, und ich erwiderte den Gruß. Wir tauschten unsere Gute-Morgen-Wünsche für gewöhnlich immer erst um diese Zeit, da Fritz ihm sein Frühstück auf einem Tablett im Schlafzimmer serviert und er anschließend zwei Stunden – von neun bis elf – jeden Tag in Gesellschaft von Theodore und den Orchideen im Dachgarten verbringt.

Ich verkündete: »Ich hab' die Schecks, die gestern kamen, noch nicht zur Bank gebracht. Das Wetter war zu schlecht. Vielleicht hellt es sich vor drei Uhr wieder auf.«

Er sah gerade die Post durch, die ich ihm auf den Schreibtisch gelegt hatte. »Benachrichtigen Sie Doktor Vollmer«, befahl er.

Der tiefere Sinn seiner Äußerung war, daß ich nach seiner Ansicht offenbar krank sein mußte, wenn eine Lappalie wie ein bißchen Regen und Wind mich davon abhielt, Schecks zur Bank zu bringen. Um den Eindruck zu verstärken, hustete ich und nieste dann. »Kommt nicht in Frage«, antwortete ich entschieden. »Doktor Vollmer steckt mich womöglich ins Bett, und das wäre angesichts unserer Arbeitsüberlastung eine Katastrophe. Sie würden sich überanstrengen.«

Er warf mir einen Blick zu, nickte zum Zeichen, daß er meine Anspielung verstanden hatte, jedoch keinen Wert darauf legte, das Thema weiter zu verfolgen, und ergriff dann seinen Terminkalender. Nach der Post kommt regelmäßig der Kalender an die Reihe.

»Was bedeutet diese Telefonnummer?« fragte er. »Mrs. Robilotti? Dieses Weib?«

»Jawohl, Sir. Sie wollte damals die zwanzigtausend nicht blechen, mußte aber schließlich doch damit herausrücken.«

»Was will die denn jetzt schon wieder?«

»Mich. Ich bin heute ab sieben Uhr dort zu erreichen.«

»Mr. Hewitt kommt heute abend zu mir. Er bringt ein *Dendrobium* mit und will sich die *Renanthera* ansehen. Sie sagten doch, daß Sie hier sein würden.«

»Ich weiß. Das hatte ich ja eigentlich auch vor, aber es handelt sich um einen unvorhergesehenen Notfall. Sie rief mich heute morgen an.«

»Ich hatte keine Ahnung, daß Sie im Hause Robilotti verkehren.«

»Das ist auch nicht der Fall. Ich hab' sie weder gesehen noch von ihr gehört, seit sie uns damals das Theater wegen der Rechnung machte. Sie erinnern sich vielleicht daran, daß ich Ihnen, als sie uns den Auftrag gab und wir uns über sie unterhielten, von einem Zeitungsartikel erzählte, den ich gerade über sie gelesen hatte. Es war darin die Rede von diesen Dinnergesellschaften, die sie jedes Jahr am Geburtstag ihres Mannes gibt und zu denen sie vier Mädchen und vier junge Männer einlädt. Die Mädchen sind unverheiratete Mütter...«

»Ich entsinne mich, ja. Narrenpossen! Eine Burleske der Gastfreundschaft! Soll das etwa heißen, daß Sie wider Ihr besseres Wissen dergleichen Vorschub leisten?«

»Das möchte ich nicht unbedingt sagen. Ein Bekannter namens Austin Byne rief mich an und bat mich, für ihn einzuspringen, weil er einer Erkältung wegen nicht hingehen könnte. Jedenfalls ist das mal eine ganz neue Erfahrung, die meine Nerven abhärten und meinen Gesichtskreis erweitern wird.«

Er kniff die Augen zusammen. »Archie.«

»Ja, Sir.«

»Habe ich mich jemals in Ihre Privatangelegenheiten eingemischt?«

»Ja, Sir. Ziemlich oft sogar. Da Sie aber vom Gegenteil überzeugt sind, lassen Sie sich nur nicht aufhalten.«

»Ich mische mich nicht ein. Falls Sie unbedingt an dieser seltsamen Veranstaltung teilnehmen wollen, bitte. Ich hindere Sie nicht daran. Ich möchte Sie lediglich darauf hinweisen, daß sie Ihrer unwürdig ist. Jene armen Geschöpfe werden zu einem Zweck eingeladen, der auf der Hand liegt. Man hofft, daß sie auf diese Art einem Mann begegnen, der die angeknüpfte Bekanntschaft fortsetzt und sich schließlich bereit erklärt, wenn auch nicht das bereits existierende Kind, so doch die künftigen Sprößlinge zu legitimieren. Aus diesem Grunde ist Ihre Anwesenheit dort ein Betrug, und Sie wissen das auch ganz genau. Ich beginne allmählich daran zu zweifeln, daß es einer Frau jemals gelingen wird, Sie unter die Haube zu bekommen. Deshalb begehen Sie einen Betrug, und das ist Ihrer nicht würdig.«

Ich schüttelte den Kopf. »Nein, Sir. Sie täuschen sich gewaltig, wenn Sie dieser Dinnereinladung eine so menschenfreundliche Absicht unterschieben. Falls es tatsächlich darum ginge, den Mädchen eine Chance zu geben und sie mit ihren zukünftigen Ehepartnern zusammenzuführen, würde ich zu Hause bleiben. Aber, zum Teufel, das ist doch gar nicht der tiefere Sinn des ganzen Theaters. Die Männer gehören durchweg Mrs. Robilottis eigenen Kreisen an, geschniegelte Bürschchen, die sich sechsmal in der Woche in den Smoking werfen und nicht mal im Traum daran denken, eines von diesen Mädchen zu heiraten. Nein, die jungen Mütter werden eingeladen, weil man sich einbildet, daß es ihnen Spaß macht und ihre Moral hebt, wenn sie einen ganzen Abend mit der Crème de la crème verbringen und Champagner trinken dürfen.«

2

Ich kannte das Innere der Granthamschen Residenz auf der Fifth Avenue, dem derzeitigen Wohnsitz der Robilottis, fast so wie meine eigenen vier Wände, weil ich das Haus bei der Jagd nach dem gestohlenen Schmuck Zentimeter für Zentimeter durchsucht hatte. Während ich im Taxi durch die Stadt fuhr und mich seelisch auf die kommenden Ereignisse vorbereitete, malte ich mir aus, daß unsere Gastgeberin uns im sogenannten Musikzimmer in der zweiten Etage empfangen würde. Weit gefehlt. Das Haus Grantham-Robilotti entfaltete zu Ehren seiner Gäste seine ganze Pracht.

Hackett, der Butler, begrüßte mich mit kühler Würde. Die Tatsache, daß ich vom bezahlten Detektiv und Juwelenschnüffler zum geladenen Gast mit Smoking und gestärkter Hemdbrust avanciert war, brachte ihn nicht aus der Fassung. Meiner Meinung nach muß man zum perfekten Butler geboren sein; es ist ein zu komplizierter Beruf, als daß ein normal begabter Mensch ihn erlernen könnte. Schon die formvollendete Art, in der Hackett mir an diesem Abend Hut und Mantel abnahm, war, verglichen mit der ziemlich bündigen Abfertigung von früher, eine Lektion in feiner Lebensart.

Ich durchquerte die Empfangshalle, wozu ich zehn Schritte brauchte, und betrat den Salon.

Der so schlicht als Salon bezeichnete Raum war mehr ein Saal mit einem sechs Meter hohen Plafond und Platz für wenigstens fünfzig tanzende Paare. Die Nische für das Orchester war so groß wie mein Schlafzimmer. Drei riesige Kristallüster, die Granthams Mutter hatte installieren lassen, befanden sich noch immer an derselben Stelle, desgleichen siebenunddreißig Sitzmöbel – ich hatte sie einmal gezählt – in allen erdenklichen Formen und Farben. Von allen Räumen im Haus wäre dieser der letzte, den ich als Versammlungsort für vier unverheiratete Mütter und ihre vier unbekannten Kavaliere gewählt hätte. Ich stand an der Tür, warf einen forschenden Blick in die Runde und trabte – es war ein recht beachtlicher Fußmarsch – zu Mrs. Robilotti hinüber, die im Kreise ihrer Gäste in der Nähe einer transportablen Bar plauderte. Als ich mich ihr näherte, wandte sie sich um und streckte mir die Hand entgegen.

»Mr. Goodwin. Wie nett, Sie zu sehen.«

Sie war in der Beherrschung ihres Mienenspiels nicht ganz so perfekt wie Hackett, aber das hatte ich auch nicht erwartet. Schließlich war ich ihr ja gewissermaßen aufgedrängt worden. Ihre hellgrauen, tiefliegenden Augen strahlten mich nicht gerade willkommenheißend an, aber es war sehr die Frage, ob sie überhaupt jemals im Leben etwas oder jemanden angestrahlt hatte. Wer immer diese Frau auch entworfen haben mochte, mußte eine Abneigung gegen Kurven und eine unbegreifliche Vorliebe für Kanten gehegt haben. Und die Zeit – sie war fast sechzig Jahre alt – hatte nichts dazu getan, diesen Eindruck zu mildern. Zum Glück waren ihre Kanten vom Kinn an abwärts reichlich verhüllt, denn sie trug ein hochgeschlossenes Kleid, hellgrau wie ihre Augen. Ihr einziger Schmuck an diesem Abend waren eine Perlenkette und zwei Ringe.

Ich wurde vorgestellt und bekam einen Champagnercocktail in die Hand gedrückt. Der erste vorsichtige Schluck verriet mir, daß mit diesem Gebräu irgend etwas nicht stimmte. Ich schlängelte mich an die Bar heran, um der Sache auf den Grund zu gehen. Cecil Grantham, der Sohn aus erster Ehe, mimte den Barmixer, und was er sich dabei zuschulden kommen ließ, war schlimmer als Mord. Er hielt das Glas halb versteckt hinter der Bar, gab ein Stück Zucker, ein oder zwei Tropfen Angostura-Bitter und etwas Zitronenschale hinein, goß einen ordentlichen Schuß Sodawasser dazu und füllte es schließlich mit dem Inhalt einer Flasche Champagner bis zum Rand. Es ist eine weitverbreitete Unsitte, erstklassigen Champagner mit solchem Zeug wie Zucker, Bitter und Zitrone zu verhunzen, aber der Zusatz von Sodawasser ist ein unverzeihliches Verbrechen. Das Motiv war in diesem besonderen Falle lauter und rein; die Ehrengäste sollten vor alkoholischen Exzessen geschützt werden. Trotzdem wurden in mir angesichts dieses Attentats alle niedrigen Instinkte wach, und ich beschloß, nicht von der Stelle zu weichen, um herauszufinden, ob Cecil sich die gleiche Mischung einverleibte, die er uns anderen zumutete. Leider traf in diesem kritischen Augenblick ein neuer Gast ein, und ich mußte hingehen und ihn begrüßen. Er machte das Dutzend voll.

Als wir uns, die Gastgeberin an der Spitze, die breite Marmortreppe zum Speisesaal hinaufbewegten, war ich über die verschiedenen Gäste, ihre Gesichter und die dazugehörigen Namen schon einigermaßen im Bilde. Robilotti und die Zwillinge Cecil und Celia kannte ich noch von früher. Paul Schuster war ein Jüngling mit spitzer Nase und flinken schwarzen Augen. Beverly Kent hatte ein langes schmales Gesicht und große Ohren. Edwin Laidlaw war ein Kerlchen mit wirrer Mähne. Vielleicht hatte er sich sogar gekämmt, aber dann mußte sein Haar besonders widerspenstig sein.

Ich hatte mich den Mädchen gegenüber für die Taktik des großen Bruders entschieden, der seine Schwestern gut leiden kann und sie gelegentlich ein bißchen durch den Kakao zieht, jedoch immer mit Diskretion und Herzensbildung; und meine Methode zeitigte tatsächlich recht befriedigende Resultate. Helen Yarmis, schlank und hoch gewachsen, vielleicht sogar etwas zu schlank, mit schönen braunen Augen, war würdevolle Reserviertheit vom Scheitel bis zur Sohle. Ethel Varr hätte mir gefährlich werden können, falls ich mich nicht schon vorher mit guten Vorsätzen gewappnet hätte. Sie war nicht unbedingt eine verführerische Schönheit, aber sie hatte eines jener Gesichter, die man immer wieder betrachten muß, weil sie in Sekundenschnelle ihren Ausdruck wechseln und Licht und Schatten in stets neuen Variationen widerspiegeln.

Faith Usher hätte ich mir zur Schwester gewählt, wenn das möglich gewesen wäre, weil sie so aussah, als brauchte sie mehr als die anderen einen großen Bruder. Eigentlich war sie die hübscheste von allen mit ihrem süßen kleinen Gesicht und den grünlichen Flecken in den Augen; und ihre zierliche Figur wäre einfach hinreißend gewesen, wenn sie nicht die Schultern hätte hängen lassen. Überdies war ihr Mienenspiel so verkrampft, daß sie bald mit unschönen Falten rechnen mußte. Die richtige Sorte Bruder hätte bei ihr Wunder wirken können. Leider hatte ich keine Chance, mich ihr während des Dinners zu widmen, denn sie saß auf der anderen Seite des Tisches zwischen Beverly Kent und Cecil Grantham.

Meine linke Nachbarin war Rose Tuttle, die nicht den Eindruck machte, als bedürfte sie eines Bruders oder überhaupt eines ermutigenden Zuspruches. Sie hatte blaue Augen, ein rundes Gesicht und genug Kurven, um Mrs. Robilotti ein paar abzutreten, ohne daß man den Verlust bemerkt hätte. Außerdem war sie von Natur aus heiter veranlagt, so daß ein Baby mehr oder weniger ihre gute Laune nicht zu erschüttern vermochte. Tatsächlich waren nicht einmal zwei Babys dazu imstande, wie ich sehr bald herausfinden sollte. Während sie eine Auster auf ihrer Gabel balancierte, wandte sie sich mir zu und fragte: »Goodwin? Ist das Ihr Name?«

»Stimmt. Archie Goodwin.«

»Ich hab' mich gewundert«, erklärte sie, »weil unsere Gastgeberin mir ausrichten ließ, ich würde zwischen Mr. Edwin Laidlaw und Mr. Austin Byne sitzen, und jetzt heißen Sie plötzlich Goodwin.«

»Mr. Byne ist erkältet. Er konnte deshalb nicht kommen und bat mich, ihn zu vertreten. Sein Pech und mein Glück.«

Sie verschluckte die Auster und anschließend eine zweite – auch das Essen absolvierte sie mit stillvergnügter Heiterkeit – und nahm dann das Gepräch wieder auf: »Ich erzählte meiner Freundin, daß die Männer, als ich das letzte Mal hier war, gräßlich waren und daß wir nicht viel verpaßten, wenn alle Männer der guten Gesellschaft so langweilig wären. Aber ich glaube, da hab' ich mich getäuscht. Sie sind bestimmt nicht langweilig. Ich hab' vorhin gesehen, daß Sie Helen – Helen Yarmis – zum Lachen brachten, und das ist ein wahres Wunder. Ich möchte meiner Freundin gern von Ihnen erzählen, wenn Sie nichts dagegen haben.«

»Keine Spur.« Pause und eine neue Auster. »Aber ich will Sie nicht durcheinanderbringen. Ich gehöre nicht zu den in den Tag hineinlebenden Gesellschaftslöwen. Ich bin ein schwer arbeitender Mann.«

»Oh!« Sie nickte. »Das erklärt alles. Was tun Sie denn, wenn man fragen darf?«

Diskretion, mein Junge, dachte ich. Miss Tuttle durfte nicht auf den Verdacht verfallen, daß Mrs. Robilotti einen Detektiv eingeladen hatte, um die Ehrengäste zu beobachten. »Ich bin so eine Art Spürhund, wenn Sie wollen. Ich arbeite für einen Mann namens Nero Wolfe. Sie haben vielleicht schon von ihm gehört.«

»Ich glaube schon.« Die Austern waren vertilgt, und sie legte ihre Gabel weg. »Ich bin ziemlich sicher ... Oh, jetzt erinnere ich mich wieder daran. Da war doch damals der Mord mit dieser Frau, Susan Dingsda. Er ist Detektiv, oder?«

»Stimmt. Und ich arbeite für ihn. Aber ...«

»Sie! Dann sind Sie also auch Detektiv!«

»Von Beruf ja, aber heute abend bin ich bloß Privatmann. Ich bin rein zum Vergnügen hier und habe mich gerade gefragt, was Sie meinten ...«

Hackett und zwei weibliche Dienstboten räumten die Austernschalen weg, aber nicht sie brachten mich so jäh zum Schweigen. Schuld daran war Mr. Robilotti, der mir genau gegenüber zwischen Celia Grantham und Helen Yarmis saß und, um Aufmerksamkeit bittend, an sein Glas klopfte. Als sämtliche Stimmen erwartungsvoll verstummten, erhob Mrs. Robilotti die ihre: »Muß das sein, Robbie? Schon wieder diese Fliegengeschichte?«

Er lächelte ihr zu. Lächeln hin, Lächeln her, aber schon bei unserer ersten Begegnung anläßlich der Juwelenjagd hatte er mich nicht begeistert. Ich will versuchen, ihm gegenüber fair zu sein. Falls er Mrs. Albert Grantham ihres Geldes wegen geheiratet hatte, so konnte man ihm das von Rechts wegen nicht verübeln, denn kein Mann heiratet ohne hinreichenden Grund, und bei ihr war es nahezu unmöglich, andere Gründe ausfindig zu machen. Auch will ich gern einräumen, daß er vielleicht verborgene Tugenden hatte, die mir bisher entgangen waren. Eines jedoch steht fest: Wenn ich Robert hieße und aus freien Stücken eine Frau geheiratet hätte, die fünfzehn Jahre älter wäre als ich und von Kopf bis Fuß aus nichts weiter als aus Kanten bestünde, würde ich ihr nicht erlauben, mich Robbie zu nennen.

Immerhin hatte er genug Schneid, sich von ihr nicht den Mund verbieten zu lassen. Ungeachtet ihres Protestes gab er die Geschichte von dem Werbefachmann und der Fliege zum besten. Ich hatte sie von Saul Panzer schon wesentlich besser gehört, aber er vermasselte wenigstens die Pointe nicht, und das Auditorium reagierte entsprechend. Die drei Gesellschaftsbubis lachten taktvoll und diskret. Die Grantham-Zwillinge wechselten einen mitfühlenden Blick. Faith Usher sah über den Tisch hinweg zu Ethel Varr hinüber, schüttelte beinahe unmerklich den Kopf und schlug die Augen nieder. Dann erzählte Edwin Laidlaw den Witz von dem Autor, der ein Buch in unsichtbarer Tinte schrieb, und Beverly Kent schilderte die abenteuerlichen Erlebnisse eines Armeegenerals, der vergessen hatte, auf welche Seite er gehörte. Wir alle waren eine große, glückliche Familie – das heißt ziemlich glücklich – bis zu dem Moment, wo die Tauben serviert wurden. Mein Dilemma war kurz folgendes: An Wolfes Tisch verspeisten wir Tauben mit den Fingern. Das ist natürlich die einzig vernünftige Art, Geflügel zu essen, aber ich wollte die Gesellschaft nicht vor den Kopf stoßen. Dann beobachtete ich, wie Rose Tuttle ihre Taube mit der Gabel attackierte und mit der anderen Hand an einem Beinchen zerrte, und ich war gerettet.

Miss Tuttle hatte vorhin etwas erwähnt, was ich gern auf diskrete Weise geklärt hätte. Sie unterhielt sich jedoch gerade mit Edwin Laidlaw, ihrem Nachbarn zur Rechten, und deshalb wandte ich mich nach links, Ethel Varr zu. Selbst aus der Nähe und vom Profil her verlor ihr Gesicht nichts von seiner faszinierenden Ausdrucksfähigkeit.

»Ich hoffe«, sagte ich, »Sie nehmen mir eine persönliche Bemerkung nicht übel.«

»Ich will's versuchen«, erwiderte sie. »Aber versprechen kann ich es Ihnen erst, wenn ich sie gehört habe.«

»Darauf lasse ich's ankommen. Ich möchte Ihnen nämlich erklären, warum ich Sie angestarrt habe.«

Sie lächelte. »Ich weiß nicht. Vielleicht sollten Sie es lieber nicht erklären. Vielleicht glaube ich lieber, daß Sie mich anstarrten, weil Ihnen das Spaß machte.«

»Natürlich machte es mir Spaß, aber das war nicht der tiefere Grund. Ich wollte bloß zweimal ein und denselben Ausdruck auf Ihrem Gesicht erwischen. Die Wandlungsfähigkeit Ihres Gesichts ist erstaunlich. Ich wußte, daß es so etwas gibt, aber bei Ihnen ist diese Eigenschaft wirklich ins Außergewöhnliche gesteigert. Hat Ihnen das noch niemand gesagt?«

Sie öffnete den Mund, preßte dann die Lippen aufeinander und wandte sich ab. Mir blieb nichts anderes übrig, als mich mit meinem Teller zu beschäftigen. Aber nach einer Weile drehte sie sich wieder zu mir um. »Wissen Sie, ich bin nämlich erst neunzehn«, erklärte sie.

»Ich war auch mal neunzehn«, versicherte ich. »Ein sehr erfreuliches Alter, aber manchmal irgendwie ziemlich scheußlich, stimmt's?«

»Ja«, gab sie zu. »Ich hab' es noch nicht richtig heraus, mit den Dingen fertig zu werden, aber mit der Zeit werde ich schon dahinterkommen. Ich hab' mich dumm benommen – und nur, weil Sie das von meinem Gesicht gesagt haben. Ich hätte Ihnen einfach antworten sollen, ja, jemand hat mir das schon gesagt, und zwar mehr als einmal.«

Ich war also ins Fettnäpfchen getreten. Was, zum Teufel, nützen einem Takt, Diskretion und Herzensbildung, wenn man keinen Schimmer hat, welches Thema tabu ist und welches nicht? Aber es war sinnlos, jetzt die Ohren hängenzulassen; die Dame wollte unterhalten sein. Ich machte schnell eine Schwenkung um hundertachtzig Grad. »Gut, ich weiß, daß es eine persönliche Bemerkung war, und ich hätte sie mir verkniffen, wenn ich geahnt hätte, was ich damit anrichte. Ich, zum Beispiel, reagiere sauer, wenn das Gespräch auf Pferde kommt, weil ich mich mal beim Absteigen bis auf die Knochen blamiert habe. Fragen Sie mich nach meinen Erfahrungen mit Pferden, und Sie haben sich furchtbar gerächt.«

»Ich vermute, Sie reiten im Central Park. Passierte es im Park?«

»Nein, im Westen draußen. Im Sommer. Es ist schon ein paar Jahre her.«

Danach unterhielten wir uns angeregt und in ungetrübter Harmonie, bis Paul Schuster, ihr Tischherr, dazwischenfunkte. Man konnte es ihm nicht übelnehmen, denn seine Nachbarin zur Linken war Mrs. Robilotti. Da aber meine Tischdame sich noch immer Edwin Laidlaw widmete, hatte ich erst beim Dessert – Kirschpudding mit Schlagsahne – die Chance, sie auf eine Bemerkung festzunageln, die mir spanisch vorgekommen war.

»Sie sagten vorhin etwas, Miss Tuttle, was ich vermutlich mißverstanden habe.«

»Wirklich? Vielleicht habe ich mich auch nicht richtig ausgedrückt. Das passiert mir nämlich ziemlich oft.« Sie beugte sich zu mir und senkte die Stimme. »Ist dieser Mr. Laidlaw ein Freund von Ihnen?«

Ich schüttelte den Kopf. »Ich seh' ihn heute zum erstenmal.«

»Na, da haben Sie auch nicht viel versäumt. Er hat einen Verlag. Wenn Sie mich mal richtig ansehen, würden Sie dann auf die Idee kommen, daß es mich brennend interessiert, wieviele Bücher letztes Jahr in Amerika und England und einem Haufen anderer Länder veröffentlich worden sind?«

»Nein, bestimmt nicht. Ich würde annehmen, daß Sie auch

ohne diese Kenntnisse ganz gut durchs Leben kommen.«

»Eben. Ich war niemals auf Bücher versessen. Übrigens, was meinten Sie eben, als Sie sagten, ich hätte mich falsch ausgedrückt?«

»Ich sagte nicht, daß Sie sich falsch ausgedrückt hätten. Wenn ich Sie recht verstanden habe, erwähnten Sie vorhin, daß es das letztemal so öde gewesen wäre, und da wollte ich Sie fragen, ob Sie damit eine frühere von diesen Granthamschen Geburtstagseinladungen meinten.«

Sie nickte. »Stimmt haargenau. Vor drei Jahren. Sie gibt jedes Jahr eine, wissen Sie.«

»Ja, ich weiß.«

»Das ist schon meine zweite. Die Freundin, von der ich vorhin sprach, sagt immer, ich hätte bloß deshalb ein zweites Baby bekommen, weil ich noch mal eingeladen werden und noch mehr Champagner trinken wollte. Aber Sie können mir glauben, wenn ich auf Champagner wirklich so erpicht wäre, hätte ich ihn mir bestimmt auf einfachere und bequemere Weise verschaffen können. Für wie alt halten Sie mich eigentlich?«

Ich betrachtete sie abschätzend. »Für einundzwanzig.«

Sie war sichtlich entzückt. »Sie haben natürlich aus Höflichkeit fünf Jahre abgezogen, und deshalb liegen Sie genau richtig. Ich bin sechsundzwanzig. Es ist also gar nicht wahr, daß Babies einen älter machen. Oder glauben Sie, daß ich jünger aussehen würde, wenn ich die beiden Kinder nicht hätte?«

Jetzt saß ich in der Klemme. Ich hatte mich offenen Auges und wohlversehen mit Ratschlägen auf das Abenteuer eingelassen. Ich hatte meiner Gastgeberin versichert, daß ich mit Natur und Bedeutung der Einladung vertraut wäre und daß sie auf mich zählen könnte, und hier tat eine vergnügte, unverheiratete Mutter das Problem mit der schlichten Frage ab, ob es sie älter gemacht hätte. Ein simples Nein meinerseits schien nicht tunlich. Ein Nein mit Einschränkungen wäre vermutlich die passende Antwort gewesen. Aber ich fühlte mich nicht befugt, ihr Vorhaltungen zu machen, und außerdem hatte sie die bestimmt schon mehr als einmal zu hören bekommen und sich offenbar nicht sehr zu Herzen genommen. Ich dachte drei Sekunden lang angestrengt nach und faßte dann den Entschluß, daß es mich einerseits nichts anging, ob sie noch mehr Babies in die Welt setzte oder nicht, daß es andererseits jedoch nicht meine Absicht sein konnte, sie noch darin zu ermutigen. Infolgedessen behalf ich mich mit einer Lüge und sagte: »Ja.«

»Was?« Sie war empört.

Ich blieb fest. »Ja. Sie erklärten eben, ich hätte Sie ganz richtig auf sechsundzwanzig geschätzt und nur aus Höflichkeit fünf Jahre abgezogen. Also hätte ich Sie mit nur einem Baby vielleicht für dreiundzwanzig und mit keinem sogar bloß für zwanzig gehalten. Beweisen kann ich das natürlich nicht, aber es wäre doch ganz logisch. Übrigens sollten wir uns lieber wieder mit dem Pudding beschäftigen. Die anderen sind schon fast fertig.«

Sie wandte sich in unverändert guter Laune ihrem Teller zu.

Offenbar hatte man den Ehrengästen vorher diskrete Anweisungen hinsichtlich ihres Verhaltens erteilt, denn als Mrs. Robilotti die Tafel aufhob, steuerten alle Damen im Geschwindschritt auf sie zu und rauschten mit ihr zusammen durch die Tür. Sobald sie verschwunden waren, setzten wir Männer uns wieder hin.

Cecil Grantham stieß einen erleichterten Seufzer aus.

»Den Brandy, Hackett«, befahl Robilotti.

Hackett, der gerade Kaffee einschenkte, unterbrach seine Beschäftigung und sah auf. »Der Schrank ist abgeschlossen, Sir.«

»Ich weiß, aber Sie haben den Schlüssel.«

»Nein, Sir, Mrs. Robilotti hat ihn.«

Für meine Begriffe war das eine harte Schlappe und Grund genug für ein verlegenes Schweigen unsererseits, aber Cecil Grantham lachte laut und rief: »Dann holen Sie ein Beil!«

Hackett verzog keine Miene und servierte den Kaffee.

Beverly Kent, der Mann mit dem langen, schmalen Gesicht und den großen Ohren, räusperte sich. »Ein wenig Enthaltsamkeit wird uns nichts schaden, Mr. Robilotti. Schließlich waren wir uns über das Protokoll im klaren, als wir die Einladung annahmen.«

»Um Himmels willen, doch nicht Protokoll«, wandte Paul

Schuster ein. »Protokoll bedeutet etwas ganz anderes. Ich muß mich wirklich über dich wundern, Bev. Wenn du nicht weißt, was ein Protokoll ist, wirst du es niemals bis zum Gesandten bringen.«

»Das werde ich sowieso nie«, erklärte Kent. »Ich bin jetzt dreißig und schon seit acht Jahren aus dem College, und wozu habe ich es gebracht? Zum Laufburschen für unseren Vertreter bei den Vereinten Nationen. Bin ich damit überhaupt ein Diplomat? Trotzdem müßte ich deshalb eigentlich besser über das Protokoll Bescheid wissen als ein vielversprechender junger Körperschaftsanwalt. Was weißt denn du davon?«

»Nicht viel.« Schuster trank einen Schluck Kaffee. »Offen gestanden, nicht viel, aber ich weiß wenigstens, was man unter Protokoll versteht und daß du den Begriff nicht richtig verwendet hast. Übrigens bist du im Irrtum, wenn du mich einen vielversprechenden jungen Anwalt nennst, Anwälte versprechen niemals etwas. Das habe ich inzwischen doch schon gelernt, aber auch nicht mehr. Allerdings bin ich ein Jahr jünger als du, und deshalb besteht immer noch ein kleiner Hoffnungsschimmer.«

»Hoffnung für wen?« erkundigte sich Cecil Grantham. »Für dich oder für die Körperschaften? Doch ich finde, das Einschließen der Getränke fällt nicht unter die Etikette. Das ist meiner Meinung nach reine Tyrannei.«

Kent wandte sich an mich. »Und was ist Ihre Ansicht, Mr. Goodwin? Wenn ich recht unterrichtet bin, sind Sie Detektiv. Vielleicht entdecken Sie die richtige Antwort.«

Ich setzte meine Tasse ab. »Mir ist, offen gestanden, nicht ganz klar, auf was Sie eigentlich hinauswollen. Falls es Ihnen lediglich darum geht, festzustellen, was es mit dem Wort ›Protokoll‹ auf sich hat, dann wäre es doch sicher das beste, einfach im Konversationslexikon nachzuschlagen, das oben in der Bibliothek steht. Falls Sie jedoch scharf auf etwas Trinkbares sind, aber nicht daran können, weil der Schrank abgeschlossen ist, dann bin ich der Meinung, daß einer von uns den Stoff aus einer Kneipe besorgt. Ecke Madison Avenue ist ein Schnapsladen. Wir können ja knobeln.«

»Der Mann der Praxis«, meinte Laidlaw.

»Ihr habt hoffenlich bemerkt«, sagte Cecil, »daß er genau weiß, wo sich das Lexikon befindet und wo die nächste Kneipe ist. Detektive wissen immer alles.« Er wandte sich an mich. »Übrigens, weil wir gerade von Detektiven sprechen, sind Sie eigentlich beruflich hier?«

Sein Ton gefiel mir nicht, und ich zog die Brauen hoch. »Wenn das wirklich der Fall wäre, was würde ich, Ihrer Ansicht nach, darauf antworten?«

»Gott – Sie würden's vermutlich bestreiten.«

»Und wenn es nicht der Fall wäre?«

Robert Robilotti schnaubte.

Cecil ignorierte seinen Stiefvater. »Herrje, es war doch bloß eine Frage. Man wird doch wohl noch fragen dürfen, oder?«

»Sicher, warum auch nicht? Und ich habe Ihnen geantwortet.« Ich warf einen Blick in die Runde. »Mir scheint, Mr. Grantham ist nicht der einzige, der sich insgeheim mit dem Problem beschäftigt hat. Wäre ich tatsächlich beruflich hier, dann würde ich es bei dieser Antwort belassen. Da ich es jedoch nicht bin, kann ich guten Gewissens mit der Wahrheit herausrücken. Die Erklärung ist ganz einfach. Austin Byne rief mich heute morgen an und bat mich, ihn zu vertreten. Falls einer von Ihnen damit nicht zufrieden ist, kann er sich ja bei Byne erkundigen.«

»Ich finde, daß uns das nichts angeht«, meinte Robilotti. »Jedenfalls ist es mir persönlich völlig egal.«

»Mir auch«, pflichtete Schuster bei.

»Vergessen wir's, zum Teufel«, fauchte Cecil gereizt. »Ich war einfach neugierig, das ist alles. Wollen wir nicht zu den Müttern gehen?«

Robilotti warf ihm einen nicht allzu freundlichen Blick zu. Wer war letzten Endes hier der Gastgeber? »Ich wollte gerade fragen, ob noch jemand Kaffee wünscht. Nein? Sehr schön.« Er erhob sich. »Dann wollen wir zu den Damen ins Musikzimmer gehen und sie hinuntergeleiten. Übrigens ist vorgesehen, daß jeder Herr zuerst mit seiner Tischdame tanzt. Bitte, meine Herren!«

3

Ich will nicht mehr Archie heißen, wenn sie in der Nische nicht ein richtiges Tanzorchester aufgebaut hatten. Auf einem Plattenspieler war ich ja gefaßt gewesen, aber zu Ehren der Mütter wurden offenbar keine Kosten gescheut. Allerdings waren, bei Licht besehen, die Mehrausgaben für die Kapelle durch die Ersparnisse an Alkoholika hinreichend ausgeglichen. Ich gedachte des Champagnercocktails mit Sodawasser, des rosa Zeugs, das bei Tisch als Wein serviert worden war, und des Brandyverbots und fühlte mich ernüchtert. Der erste verheißungsvolle Lichtblick in der Alkoholfrage schimmerte auf, als Hackett ungefähr eine Stunde vor Schluß der Festlichkeit hinter der Bar auftauchte und eine ganze Batterie von Champagnerflaschen zu öffnen begann. Er schenkte das edle Naß unverfälscht und großzügig aus. Wir hatten inzwischen eine Stunde anstrengenden Walzers hinter uns, und Mrs. Robilotti hielt das Risiko anscheinend für tragbar.

Rose Tuttle war als Tanzpartnerin keine reine Freude. Ihr fehlten zwar weder die physischen Voraussetzungen noch ein gewisses Gefühl für Rhythmus, ihr fehlte lediglich die richtige Grundeinstellung. Man soll beim Tanzen nicht vergnügt sein; dazu ist es eine viel zu ernsthafte Sache. Man kann wild oder feierlich oder ausgelassen oder unzüchtig oder kunstvoll tanzen, aber keinesfalls vergnügt. Außerdem spricht ein vergnügter Tänzer zuviel, und dann wird das Ganze praktisch zum Lämmerhüpfen. Helen Yarmis war schon eine bessere Partnerin oder hätte es wenigstens sein können, wenn sie nicht so furchtbar auf ihre Würde bedacht gewesen wäre. Immer, wenn wir mitten in den flottesten Tanzschritten waren und uns prächtig aufeinander eingestellt hatten, verfiel sie plötzlich in vornehme Zurückhaltung und stelzte steif wie eine Marionette über das Parkett. Sie paßte auch in der Größe gut zu mir. Ihr Scheitel reichte mir genau bis zur Nase, und aus der Nähe war ihr geschwungener Mund noch reizvoller – wenn sie die Mundwinkel hochzog.

Robilotti schnappte sie mir für den nächsten Tanz weg. Ein

rascher Blick in die Runde bewies mir, daß alle Ehrengäste bereits vergeben waren und Cecilia Grantham auf mich zusteuerte. Ich rührte mich nicht von der Stelle und ließ sie herankommen. Sie stoppte in Reichweite und warf auffordernd den Kopf zurück.

»Na?« fragte sie.

Ich entschied, daß ich es nicht verantworten konnte, mit Takt, Diskretion und Herzensbildung verschwenderisch umzugehen. Bei den Müttern war das natürlich etwas anderes, aber bei der Tochter des Hauses konnte ich mir diesen Aufwand ersparen. Deshalb fragte ich: »Wieso? Haben Sie sich etwa gebessert?«

»Nein. Ich bin ein hoffnungsloser Fall. Aber wie wollen Sie es vermeiden, mit mir zu tanzen?«

»Kinderspiel. Indem ich erkläre, daß mir die Füße weh tun, und mir die Schuhe ausziehe.«

Sie nickte. »Das sieht Ihnen ähnlich.«

Ich grinste nur.

»Sie würden mich seelenruhig leiden lassen. Soll ich wirklich niemals wieder in Ihren Armen ruhen? Möchten Sie, daß ich an gebrochenem Herzen sterbe?«

Obwohl ich unser Gespräch wörtlich wiedergegeben habe, scheint es mir angezeigt, allen möglichen Mißverständnissen vorzubeugen. Ich war dem Mädchen – ich sage ›Mädchen‹, obschon sie vermutlich ein oder zwei Jahre älter war als Rose Tuttle, die immerhin bereits zweifache Mutter war – insgesamt viermal begegnet. Dreimal rein beruflich während der Juwelenjagd. Beim drittenmal waren wir ins Gespräch gekommen, und das hatte irgendwie dazu geführt, daß ich mich mit ihr im Flamingo-Klub zum Dinner und anschließend zum Tanzen verabredete. Der Abend stieg vereinbarungsgemäß, endete jedoch mit einem Reinfall oder, genauer gesagt, mit einem Rausschmiß. Celia Grantham tanzte nicht nur sehr gut, sie entpuppte sich auch als flotte Konsumentin von scharfen Getränken. Gegen Mitternacht hatte sie mit einer anderen Dame eine Meinungsverschiedenheit, die so hitzige Formen annahm, daß wir schließlich alle beide an die frische Luft gesetzt wurden. In den folgenden Monaten rief sie mich immer wieder an, schätzungsweise zwanzigmal alles in allem, um eine neue Verabredung zu treffen, aber ich entschuldigte mich stets mit Arbeitsfülle. Der Flamingo-Klub hatte meiner Meinung nach die beste Atmosphäre in ganz New York, und ich hatte keine Lust, mich dort für immer unmöglich zu machen. Ihre Hartnäckigkeit wäre für mein Selbstbewußtsein sehr schmeichelhaft gewesen, wenn ich hätte glauben können, daß meine persönlichen Qualitäten sie so tief beeindruckt hätten. Aber leider kapierte ich nur zu gut, was mit ihr los war. Sie war einfach daran gewöhnt, überall ihren Kopf durchzusetzen, und zu bockig, um eine Niederlage widerspruchslos hinzunehmen. Ich hatte gehofft, sie hätte den peinlichen Zwischenfall längst vergessen, aber nein, jetzt zerrte sie ihn wieder aus der Versenkung.

»Es ist ja gar nicht Ihr Herz«, erwiderte ich. »Es ist Ihr Dickkopf. Wir sind, leider Gottes, beide eigensinnig, und unsere Wünsche kollidieren miteinander. Außerdem befürchte ich, daß Sie mir nach einer oder zwei Runden eine runterhauen und mich beschimpfen, und ich möchte nicht gern vorzeitig rausfliegen. Der Ausdruck in Ihren Augen gefällt mir nicht.«

»Was Sie in meinen Augen sehen, ist Leidenschaft, damit Sie's wissen. Wenn Sie Leidenschaft nicht erkennen, sobald sie Ihnen begegnet, können sie einem leid tun. Haben Sie eine Bibel?«

»Nein, ich hab' vergessen, sie mitzubringen. Oben in der Bibliothek ist eine.« Ich holte mein Notizbuch heraus. »Tut's das hier auch?«

»Fein. Halten Sie es waagerecht.« Ich gehorchte, und sie legte ihre Hand darauf. »Ich schwöre bei meiner Ehre, daß ich, wenn Sie mit mir tanzen, bis an mein Lebensende Ihre Sklavin sein will und daß Sie's bestimmt nicht bereuen werden.«

Mrs. Robilotti blickte mißbilligend zu uns herüber. Ich steckte das Notizbuch wieder in meine Brusttasche und führte ihre Tochter auf die Tanzfläche. Nach drei Minuten sagte ich mir, daß man einer so ausgezeichneten Tänzerin gegenüber ruhig ein wenig nachsichtig sein konnte.

Die Kapelle machte eine Pause. Ich geleitete Celia zu einem Stuhl und überlegte, ob ich sie zu einer zweiten Runde auffordern sollte oder nicht, als Rose Tuttle auf uns zusteuerte und neben mir stehenblieb. Celia sprach sie an.

»Falls Sie auf Mr. Goodwin aus sind, kann ich's Ihnen nicht verdenken. Er ist hier der einzige, der tanzen kann.«

»Ich bin nicht wegen des Tanzens hinter ihm her«, erklärte Rose. »Dazu hätte ich nicht die Nerven, weil ich so eine miese Tänzerin bin. Ich möchte ihm nur was sagen.«

»Schießen Sie los«, warf ich ein.

»Es ist vertraulich.«

Celia lachte. »So ist's richtig. Ich hätte wahrscheinlich hundert Worte dazu gebraucht, und bei Ihnen tun's drei.« Sie erhob sich und schlenderte zur Bar hinüber, wo Hackett eben den ersten Champagner ausschenkte.

»Setzen Sie sich doch«, sagte ich zu Rose.

»Oh, so lange wird's nicht dauern. Es ist etwas, von dem ich glaube, daß Sie es wissen müssen, weil Sie Detektiv sind. Eigentlich wollte ich es Mrs. Robilotti erzählen, aber dann hielt ich es für besser, damit zu Ihnen zu kommen.«

»Gewiß, aber ich bin ja nicht beruflich hier, Miss Tuttle.«

»Ich weiß, aber Sie sind doch nun mal Detektiv, auch wenn Sie privat hier sind. Ich muß es einfach irgend jemandem erzählen, denn wenn wirklich etwas Schreckliches passiert, würde ich mir mein ganzes Leben lang deswegen Vorwürfe machen.«

»Weshalb sollte denn etwas Schreckliches passieren?«

Sie legte ihre Hand auf meinen Arm und beugte sich vor. »Ich behaupte nicht, daß es unbedingt eintreffen muß, verstehen Sie. Aber Faith Usher trägt immer noch das Gift mit sich herum. Sie hat es mitgebracht, und es ist in ihrer Handtasche. Und – aber Sie wissen wahrscheinlich gar nicht, worum es sich handelt?«

»Nein, offen gestanden nicht. Was ist das für ein Gift?«

»Es gehört ihr. Sie besaß es schon, als wir noch zusammen im Heim waren, und sie zeigte es überall herum und behauptete immer, es wäre Zyankali, und sie würde vielleicht damit Selbstmord begehen. Sie nähte sich in alle ihre Kleider kleine, unsichtbare Taschen und trug das Fläschchen mit sich herum. Viele Mädchen machten sich über sie lustig und zogen sie mit ihren Selbstmordabsichten auf, aber ich niemals. Sie ist nämlich sehr gut imstande, so was zu tun, wissen Sie. Allerdings glaubte ich, sie würde darüber hinwegkommen, sobald sie das Haus Grantham hinter sich und eine feste Arbeit hätte, aber Helen Yarmis war vorhin mit Faith oben im Waschraum und entdeckte dabei das Fläschchen in Faiths Handtasche. Helen fragte, ob das immer noch dasselbe Gift wäre, und Faith sagte ja.«

Sie verstummte.

»Und?« fragte ich.

»Und was?«

»Ist das etwa alles?«

»Na, mir reicht es. Wenn Sie Faith so gut kennen würden wie ich, würden Sie sich auch Gedanken machen. Und dieses Haus hier mit Butler und mit den eleganten Leuten und dem Champagner – also ich sage Ihnen, wenn Faith wirklich jemals Ernst macht, dann wäre das genau der Ort, den sie sich dazu aussuchen würde.« Ganz plötzlich wurde sie wieder vergnügt. »Und ich auch!« erklärte sie. »Ich würde das Gift in mein Glas schütten, auf einen Stuhl steigen, allen zuprosten und laut rufen: ›Zum Teufel mit allem Katzenjammer!‹ Dann würde ich das Glas in einem Zug leertrinken und es an die Wand werfen, und dann würde ich langsam zu Boden sinken, und alle Männer würden auf mich zustürzen, um mich aufzufangen ... Wie lange würde es ungefähr dauern, bis ich tot wäre?«

»Zwei Minuten oder sogar noch weniger, falls Sie genug Gift intus hätten.« Ihre Hand lag noch immer auf meinem Arm, und ich tätschelte sie beschwichtigend. »Okay, jetzt haben Sie mir also alles erzählt, und von nun an würde ich an Ihrer Stelle nicht mehr daran denken. Haben Sie das Fläschchen jemals gesehen?«

»Ja, einmal.«

»Haben Sie daran gerochen?«

»Nein, Faith hat es nicht aufgemacht. Es hatte einen Schraubverschluß.«

»Bestand es aus Glas? Konnten Sie den Inhalt erkennen?«

»Nein. Ich glaube, die Flasche bestand aus Plastik.«

»Und Helen Yarmis hat sie vorhin in Faith Ushers Handtasche entdeckt? Wie sieht die Handtasche aus?«

»Schwarz – schwarzes Leder.« Sie wandte sich um. »Sie liegt

dort drüben auf dem Stuhl. Ich möchte lieber nicht mit dem Finger darauf zeigen –«

»Sie haben bereits mit den Augen darauf gezeigt. Ich sehe sie. Und jetzt vergessen Sie die ganze Geschichte. Ich werde schon dafür sorgen, daß nichts Schreckliches passiert. Möchten Sie tanzen?«

Danach schleifte ich sie zur Bar und verschaffte uns eine kleine Stärkung. Zum nächsten Tanz forderte ich Faith Usher auf.

Da Faith Usher seit über einem Jahr mit dem Selbstmord geliebäugelt hatte und das Zeug in der Plastikflasche alles mögliche sein konnte und mir der Palazzo Robilotti keineswegs als idealer Ort für einen Selbstmord einleuchtete, schätzte ich die Chance, daß Rose Tuttles düstere Prognose sich bewahrheiten könnte, auf etwa eins zu zehn Millionen. Da mir andererseits jedoch die Verantwortung für die Selbstmordkandidatin aufgehalst worden war, behielt ich notgedrungen Faith Usher und ihre Handtasche ständig im Auge. Solange wir miteinander tanzten, war das kein Problem, weil ich mich dabei nicht um die Handtasche zu kümmern brauchte.

Wie ich bereits erwähnte, hätte ich gegen Faith als kleine Schwester nichts einzuwenden gehabt, weil sie mir ganz den Eindruck machte, als hätte sie einen älteren Bruder nötig. Ich will jedoch nicht leugnen, daß ihre zierliche Schönheit bei meinen uneigennützigen Erwägungen eine gewisse Rolle spielen mochte. Sie hatte sich im Laufe des Abends sehr nett gemausert und viel von ihrem verkrampften Wesen verloren.

Wir standen am Fenster und unterhielten uns, als Edwin Laidlaw, der Verleger, zu uns trat und sich vor ihr verbeugte.

»Darf ich um den nächsten Tanz bitten, Miss Usher?«

»Nein.«

»Es wäre mir eine Ehre.«

»Nein.«

Ich wunderte mich natürlich darüber, daß sie ihm einen Korb gab, und noch dazu in solch schroffem Ton. Vielleicht mochte sie bloß große, stattliche Männer – wie mich zum Beispiel –, oder vielleicht störte sie außer seiner kleinen Statur noch seine wirre, ungebändigte Frisur. Natürlich kam auch ein mehr persönliches Motiv in Betracht – etwa instinktive Abneigung von ihrer Seite oder eine kränkende Äußerung seinerseits, obwohl sie im Verlaufe des Abends, wenn überhaupt, höchstens ein halbes Dutzend flüchtiger Worte gewechselt haben konnten. Jedenfalls trollte sich Laidlaw mit beleidigter Miene. Die Kapelle begann wieder zu spielen, und ich stellte mich bereits in Positur, um meine Dame zu einem zweiten Versuch aufzufordern, als Cecil Grantham auf der Bildfläche erschien und sie mir ohne weiteres wegkaperte. Ich schnappte mir statt dessen Ethel Varr und verrenkte mir beim Tanzen fast den Hals, weil ich Faith Usher und ihre vermaledeite Handtasche nicht aus den Augen lassen wollte.

Als die Katastrophe schließlich eintrat, überraschte sie mich wie ein Blitz aus heiterem Himmel. Ich kann mich im allgemeinen auf meine gute Nase verlassen, aber diesmal versagte sie einfach schmählich. Das schlimmste dabei war, daß ich Faith die ganze Zeit über buchstäblich wie ein Schießhund bewacht hatte, obwohl ich gar nicht an eine ernsthafte Gefahr glaubte. Mir blieb weder die Luft weg, noch stockte mir das Herz, als Cecil Grantham sie zu einem Stuhl führte, davonsauste und nach einer Minute mit zwei Gläsern Champagner wieder auftauchte. Mit Rücksicht auf Ethel Varr, die letzten Endes auch ein gewisses Quantum an Aufmerksamkeit beanspruchen durfte, hatte ich mich bisher auf versteckte Seitenblicke beschränkt. Aber jetzt gab ich jeden Anschein kühler Zurückhaltung auf und starrte Faith voll an. Nicht, daß ich etwa plötzlich eine Art Vorahnung gehabt hätte; davon kann leider keine Rede sein. Rose Tuttles blödsinnige Idee von dem Gift im Champagner spukte mir noch immer im Kopf herum, das war alles. Cecil reichte Faith ein Glas, hob das seine und prostete ihr zu. Ich sah, wie sie ihr Glas an die Lippen setzte, trank, jäh erstarrte und dann von einem plötzlichen Schauer geschüttelt wurde. Sie versuchte aufzuspringen und sank mit einem erstickten Schrei in sich zusammen. Eine Sekunde lang schwankte sie auf der Stuhlkante und wäre zu Boden gefallen, wenn Cecil sie nicht aufgefangen hätte.

Als ich zu den beiden trat, bemühte er sich gerade, sie wieder aufzurichten. Ich veranlaßte ihn, sie vorsichtig hinzulegen, packte sie bei den Schultern und rief nach einem Arzt. Als ich sie auf den Fußboden ausstreckte, wurde ihr Körper von heftigen Konvulsionen erschüttert, sie warf ihren Kopf ununterbrochen von einer Seite auf die andere, und ihre Beine zuckten krampfhaft. Cecil griff nach ihren Fußknöcheln, aber ich sagte ihm, das wäre völlig zwecklos, und fragte dann laut, ob der Arzt schon benachrichtigt worden sei. Irgendeine Stimme hinter meinem Rücken antwortete mit Ja. Ich kniete neben ihr und suchte sie davor zu bewahren, sich den Kopf auf dem Parkett wundzuschlagen. Zwischendurch blickte ich rasch über die Schulter und stellte fest, daß Robilotti und Kent sich bemühten, die aufgestörten Anwesenden abzulenken. Sehr bald wurden die Konvulsionen schwächer und hörten schließlich ganz auf. Sie hatte schnell und keuchend Luft geholt, aber auch die Atemzüge wurden immer langsamer und flacher, und als ihr Nacken steif wurde, wußte ich, daß die Lähmung eingesetzt hatte und kein Arzt der Welt ihr jetzt noch zu helfen vermochte.

Cecil sprach auf mich ein, und die anderen schnatterten wie die Gänse durcheinander, bis mir endlich der Geduldsfaden riß. Ich hob den Kopf und fauchte: »Ruhe! Weder Sie noch ich, noch sonst jemand kann im Moment etwas für sie tun.« Mein Blick fiel auf Rose Tuttle. »Rose, stellen Sie sich dort neben die schwarze Handtasche und lassen Sie sie nicht aus den Augen. Fassen Sie sie ja nicht an, aber passen Sie auf, daß sie nicht verschwindet.« Rose gehorchte.

Mrs. Robilotti trat einen Schritt vor. »Sie haben anscheinend vergessen, daß Sie sich in meinem Haus befinden, Mr. Goodwin, und daß diese Leute meine Gäste sind. Was fehlt dem Mädchen eigentlich?«

Ich hatte den typischen Geruch von bitteren Mandeln erkannt und hätte Mrs. Robilotti aufklären können. Aber das hatte Zeit bis später. Lange würde es ohnehin nicht mehr dauern. Ich verkniff mir die Antwort und fragte statt dessen: »Wer hat den Arzt benachrichtigt?«

»Celia telefoniert gerade«, erwiderte jemand.

Ich drehte mich wieder zu Faith um und warf einen Blick auf meine Armbanduhr. Es war elf Uhr fünf. Vor genau sechs Minuten war es passiert. Vor ihrem Mund stand Schaum, ihre Augen waren glasig und ihre Halsmuskeln steif. Ich wartete noch zwei Minuten, ohne mich um die erschrockenen und neugierigen Ausrufe der anderen zu kümmern, griff dann nach ihrer Hand und preßte meinen Daumen fest auf den Nagel ihres Mittelfingers. Der Nagel blieb weiß; selbst nach dreißig Sekunden hatte er seine normale Farbe noch nicht wieder.

Ich stand auf und wandte mich an Robilotti. »Soll ich die Polizei anrufen oder wollen Sie's tun?«

»Die Polizei?« Er brachte dieses ungeheuerliche Wort kaum über die Lippen.

»Ja. Sie ist tot. Ich würde lieber hierbleiben, aber dann müßten Sie die Polizei schon selbst benachrichtigen.«

»Nein«, erklärte Mrs. Robilotti entschieden. »Wir haben nach dem Arzt geschickt und das genügt vorläufig. In diesem Hause erteile ich die Anordnungen. Ich selbst werde die Polizei anrufen, aber erst dann, wenn ich es für notwendig halte.«

Ich kochte vor Wut, und das ist immer ein Fehler, vor allem in einer prekären Situation. Am meisten ärgerte ich mich über mich selbst. Vor noch nicht einer halben Stunde hatte ich Rose Tuttle großspurig versichert, sie könnte alles mir überlassen; ich würde dafür sorgen, daß nichts Schreckliches passierte, und jetzt hatte ich die Bescherung. Mrs. Robilottis diktatorische Allüren brachten das Faß zum Überlaufen. Ich blickte mich um. Der Gatte und der Sohn, die zwei Ehrengäste, der Butler, die drei Kavaliere – keiner von ihnen schien geneigt, sich über die Dame des Hauses hinwegzusetzen. Celia war nicht da. Rose bewachte die Handtasche. Dann bemerkte ich den Kapellmeister, einen Burschen mit breiten Schultern und einem kräftigen Kinn, der am Eingang der Nische lehnte und die Ereignisse gleichgültig verfolgte. Das war genau der Mann, den ich brauchte. Ich rief ihm zu: »Ich heiße Goodwin. Und Sie?«

»Johnson.«

»Haben Sie Lust, die ganze Nacht über hierzubleiben, Mr. Johnson?«

»Nein.«

»Ich auch nicht. Meiner Meinung nach wurde diese Frau hier ermordet, und wenn die Polizei zu derselben Ansicht kommt, dann wissen Sie ja, was das bedeutet. Je eher sich die Polizei mit dem Fall befaßt, desto besser ist es für uns alle. Ich bin lizenzierter Privatdetektiv und sollte eigentlich bei der Leiche bleiben. Im Vestibül auf einem Tischchen befindet sich das Telefon. Die Nummer lautet Spring sieben-drei-eins-hundert.«

»Okay.« Er wandte sich bedächtig der Tür zu. Als Mrs. Robilotti ihm befahl stehenzubleiben, und dann hinter ihm herlief, um ihm den Weg zu verstellen, ging er einfach an ihr vorbei, ohne sich auf langwierige Auseinandersetzungen einzulassen, und verschwand nach draußen. Mrs. Robilotti fuhr herum und trommelte ihre Männer zusammen. »Robbie! Cecil! Haltet ihn zurück!«

Als die zwei nicht reagierten, ging sie wie eine Furie auf mich los. »Verlassen Sie sofort mein Haus!«

»Mit dem größten Vergnügen«, erwiderte ich. »Ich befürchte bloß, daß die Polizei mich sehr schnell wieder hierherschleifen wird. In den nächsten zehn Minuten wird niemand Ihr Haus verlassen.«

Robilotti trat an sie heran und faßte sie am Arm. »Beruhige dich, Louise. Das alles ist furchtbar, aber es hat keinen Zweck, sich aufzuregen. Komm und setz dich.« Er sah mich an. »Weshalb glauben Sie, daß sie ermordet worden ist? Warum sagen Sie das?«

Paul Schuster, der vielversprechende junge Anwalt, warf ein: »Das wollte ich Sie auch gerade fragen, Goodwin. Sie hatte doch ein Fläschchen mit Gift in ihrer Handtasche.«

»Woher wissen Sie das?«

»Miss Varr erzählte es mir.«

»Und mir erzählte es Miss Tuttle. Deshalb bat ich sie auch, die Handtasche im Auge zu behalten. Trotzdem bleibe ich bei meiner Ansicht, daß sie ermordet wurde. Die Begründung dafür will ich mir jedoch lieber für meinen Bericht vor der Polizei aufsparen. Ich schlage vor . . .«

In diesem Augenblick kam Celia hereingerannt und rief:

»Wie geht es ihr?« Sie machte kurz vor dem am Boden liegenden Mädchen hat. »Mein Gott«, flüsterte sie, packte mich am Arm und schüttelte mich drängend. »Warum tun Sie denn nichts? Man muß doch irgend etwas für sie tun können!« Sie betrachtete Faith mit schreckensbleicher Miene und schmerzlich verzerrten Lippen. Ich umfaßte ihre Schultern und drehte sie herum. Sie flüsterte: »Mein Gott, sie war so hübsch. Ist sie tot?«

»Ja. Haben Sie den Arzt benachrichtigt?«

»Er muß gleich hier sein. Ich konnte unseren Hausarzt nicht erreichen. Ich habe – wozu braucht sie noch einen Arzt, wenn sie tot ist?«

»Niemand ist tot, bevor der Arzt es nicht bestätigt. Das Gesetz verlangt einen amtlichen Totenschein, wußten Sie das nicht?« Die anderen unterhielten sich leise miteinander, und ich sagte laut: »Warum setzen Sie sich nicht und schonen Ihre Füße? Es sind ja genug Stühle vorhanden, aber bleiben Sie von dem Stuhl weg, auf dem die Handtasche liegt. Falls Sie den Raum verlassen wollen, kann ich Sie nicht darin hindern; ich würde es Ihnen jedoch nicht raten. Die Polizei könnte es mißverstehen, und Sie hätten nur noch ein paar Fragen mehr zu beantworten.« Die Türklingel läutete, und Hackett ging in die Vorhalle, um zu öffnen. »Nein, Hackett, Sie nicht; Sie sind einer von uns. Mr. Johnson wird sie hereinlassen.«

Johnson verschwand. Nach einer Weile hörte man in der Halle Stimmen, und alle Augen wandten sich gespannt dem Saaleingang zu. Zwei Revierpolizisten in Uniform betraten den Salon, blieben dann stehen, und einer von den beiden fragte: »Mr. Robert Robilotti?«

»Ich bin Robert Robilotti«, erwiderte er.

»Ist das Ihr Haus? Wir erhielten ...«

»Nein«, sagte Mrs. Robilotti scharf. »Es ist mein Haus.«

4

Als ich am Mittwoch morgen, zwölf Minuten nach sieben Uhr, die sieben Stufen vor dem alten Backsteinhaus hinaufstieg und die Tür aufschloß, war ich so ausgepumpt, daß ich um ein Haar Mantel und Hut hätte auf den Boden fallen lassen. Aber im letzten Moment siegte wie immer meine gute Kinderstube. Ich hängte den Mantel in die Garderobe, legte den Hut auf die Ablage und schleppte mich dann in die Küche.

Fritz, unser Hauskoch, drehte sich um und ließ, vermutlich zum erstenmal im Leben, die Kühlschranktür offenstehen, um mich anzustarren. »Gerechter Himmel!« rief er aus.

»Ich möchte ein Glas Orangensaft, ein Pfund Wurst, sechs Eier, zwanzig Pfannkuchen und eine Gallone Kaffee«, antwortete ich.

»Keine Doughnuts mit Honig?«

»Doch, ich vergaß nur, sie zu erwähnen.« Ich sank auf den Stuhl nieder, auf dem ich immer mein Frühstück einnehme.

Er rührte emsig den Teig an. »Sie haben wohl eine sehr anstrengende Nacht hinter sich?«

»Und wie! Ein Mord mit allem Zubehör.«

»Ach, wie entsetzlich! Jetzt haben wir wohl wieder einen Klienten, oder?«

Fritzens Einstellung zu einem Mord wird mir ewig unbegreiflich sein. Er beklagt ein solches Geschehnis. Für ihn ist die Tatsache, daß ein menschliches Wesen ein anderes getötet hat, grauenhaft. Er hat mir das selbst gesagt, und es ist ihm Ernst damit. Aber er interessiert sich weder für die Details noch für die Person des Opfers oder des Mörders, und wenn ich ihm die Einzelheiten eines Falles zu erklären versuche, langweilt ihn das furchtbar. Er nimmt den Umstand, daß die menschliche Gesellschaft wiederum um einen Verbrecher reicher ist, mit einem Schauder zur Kenntnis und erkundigt sich dann höchstens noch, ob wir einen Klienten haben.

»Leider keinen Klienten«, entgegnete ich.

»Was nicht ist, kann noch werden. Haben Sie dort nichts zu essen bekommen?«

»Nein. Vor drei Stunden haben sie mir im Büro des Staatsanwalts ein Sandwich angeboten, aber mein Magen revoltierte. Er zog es vor, auf etwas Bekömmlicheres zu warten.« Er reichte mir den Orangensaft. »Vielen, vielen Dank. Die Wurst duftet wundervoll.«

Fritz schätzt es nicht, wenn man ihn beim Kochen stört, selbst wenn es sich um so einfache Gerichte wie Bratwurst und Pfannkuchen handelt. Also hielt ich die Klappe, nahm mir die *Times*, die wie üblich griffbereit auf dem Tisch lag, und überflog sie. Ein gewöhnlicher Feld-, Wald- und Wiesenmord hat niemals die Chance, auf der ersten Seite der *Times* zu landen. Aber der gestrige hatte so ziemlich sämtliche Qualifikationen für einen echten Knüller, da er sich während des berühmten Geburtstagsdinners im Hause von Mrs. Robert Robilotti ereignet hatte. Kein Wunder also, daß er mit einem dreispaltigen Bericht auf der unteren Hälfte der ersten Seite aufgemacht war mit einer Fortsetzung auf Seite 23. Der Bericht war jedoch reichlich dünn, und Fotos gab es auch nicht, nicht einmal von mir. Nachdem ich mich über das Wichtigste orientiert hatte, lehnte ich die Zeitung gegen die Kaffeekanne und attackierte die Wurst und den ersten Pfannkuchen, als das Haustelefon surrte. Ich klemmte mir den Hörer ans Ohr und sagte guten Morgen. Mein Brötchengeber war erwacht.

»Sie sind also hier. Wann kamen Sie nach Hause?«

»Vor einer halben Stunde. Ich bin eben beim Frühstück. Die Meldung kam vermutlich um halb acht in den Nachrichten ...«

»Ja. Ich habe sie gerade gehört. Kommen Sie herauf, sobald Sie fertig sind.«

Ich legte auf und ließ mir beim Frühstück Zeit, genehmigte mir sogar drei Tassen Kaffee anstatt der üblichen zwei und trank den letzten Schluck, als Fritz mit dem Frühstückstablett für Wolfe wieder auftauchte. Ich stellte die Tasse ab, stand auf, streckte mich und gähnte, stieg gemächlich die Treppe hinauf, klopfte an eine Tür und hörte als einzige Erwiderung ein lautes Brummen.

Ich trat ein und blinzelte. Die Morgensonne fiel ins Zimmer und verwandelte Wolfe in seinem gelben Schlafanzug in eine riesige Butterkugel. Der Anblick war einigermaßen überwältigend. Er saß an einem Tisch am Fenster, barfuß, und war mit einer Schale frischer Feigen in Sahne beschäftigt.

Er musterte mich abfällig. »Sie sehen unordentlich aus«, stellte er fest.

»Jawohl, Sir. Und außerdem noch unzufrieden und unausgeschlafen. Hieß es in den Nachrichten, daß sie ermordet worden ist?«

»Nein. Es wurde lediglich mitgeteilt, daß sie durch Gift ums Leben kam und daß die Polizei der Sache nachgeht. Ihr Name wurde nicht erwähnt. Sind Sie etwa in den Fall verwickelt?«

»Bis zum Hals. Eine Freundin des vergifteten Mädchens erzählte mir, daß die ums Leben Gekommene ein Fläschchen mit Zyankali in ihrer Handtasche mit sich herumschleppte, und deshalb behielt ich sie im Auge. Wir befanden uns alle in dem sogenannten Salon beim Tanzen – insgesamt zwölf Personen ohne den Butler und das Orchester. Ihr Tanzpartner brachte ihr ein Glas Champagner; sie trank einen Schluck und war innerhalb von acht Minuten tot. Es war Zyankali, das steht einwandfrei fest, und das Gift kann nur in ihrem Glas gewesen sein, aber sie hat es nicht selbst hineingetan. Ich beobachtete sie die ganze Zeit über wie ein Wachhund, und ich bin auch der faule Kunde, der steif und fest behauptet, daß ein Selbstmord nicht in Frage kommt. Mrs. Robilotti würde mich am liebsten erdrosseln, und die Mehrzahl der anderen wäre nicht abgeneigt, ihr dabei zu helfen. Ein Selbstmord ist für sie schon eine Zumutung, aber ein Mord wäre eine Katastrophe. Und deshalb stecke ich bis zum Hals in der verdammten Geschichte.«

»In der Tat, das fürchte ich auch. Ich nehme an, Sie haben sich Ihre Schlußfolgerung vorher überlegt.«

Ich wußte seine Formulierung zu würdigen – ich meine, daß er weder die Schärfe meiner Augen noch meine Beobachtungsgabe in Frage stellte. Das war ein echter Tribut und ein heilsames Pflaster für mein geknicktes Selbstvertrauen. »Sicher hab' ich mir das vorher überlegt. Ich mußte in meinem Bericht für die Polizei darauf hinweisen, daß ich über das Gift in der Handtasche Bescheid wußte. Es war damit zu rechnen, daß das Mädchen, von dem ich es erfahren hatte, damit herausrücken würde. Und Cramer und Stebbins kennen mich gut genug, um zu wissen, daß ich daraufhin meine Augen weit offen halten würde. Ich hatte einfach keine andere Wahl. Ich konnte ihnen schließlich nicht erzählen, daß ich sowohl das Mädchen als auch seine Handtasche beobachtet hätte, daß ich gesehen hätte, wie Grantham ihr das Glas brachte und sie daraus trank, und daß sie vorher etwas in den Champagner getan hätte, wenn ich fest davon überzeugt war, daß das auf keinen Fall zutraf.«

»Nein«, pflichtete er mir bei. Er hatte die Feigen inzwischen verdrückt und nahm sich den Käseauflauf mit gequirlten Eiern und Wurst von der Wärmplatte. »Dann können Sie sich ja auf allerhand gefaßt machen. Ich entnehme Ihrem Bericht, daß wir keinen lukrativen Auftrag zu erwarten haben.«

»Nein, wahrhaftig nicht. Von Mrs. Robilotti bestimmt nicht.«

»Sie erinnern sich vielleicht noch an die Warnung, die ich gestern in bezug auf Ihr Vorhaben äußerte.«

»Ja. Sie sagten, es wäre meiner nicht würdig. Aber Sie sagten nicht, daß ich in einen unprofitablen Mord verwickelt werden würde. Ich werde die Schecks heute morgen hinterlegen.«

Er meinte, ich sollte statt dessen lieber ins Bett gehen, und ich antwortete ihm, das wäre zu riskant, weil mich dann nur eine ferngesteuerte Rakete wieder herausbringen könnte.

Nachdem ich mich geduscht und rasiert, mir die Zähne geputzt, ein frisches Hemd und neue Socken angezogen hatte und meine Lebensgeister durch einen Fußmarsch zur Bank und wieder zurück gestärkt hatte, begann ich zu hoffen, daß ich einigermaßen normal über die Runden kommen würde. Zu dem Gang zur Bank veranlaßten mich drei Erwägungen: Erstens, Menschen sind bloß sterbliche Wesen, und wenn der Aussteller des Schecks ins Gras beißt, bevor der Scheck hinterlegt wird, zahlt die Bank nicht; zweitens sehnte ich mich nach frischer Luft, und drittens hatte man mir im Büro des Staatsanwalts nahegelegt, ich müßte mich ständig zur Verfügung halten, und ich war nicht gewillt, dieses Attentat auf die verfassungsmäßig verbürgte Freiheit zu dulden. Übrigens hätte ich, was den letzteren Punkt betraf, ebensogut auch zu Hause bleiben können. Der einzige Telefonanruf während meiner Abwesenheit kam von Lon Cohen von der *Gazette*.

Lon hat uns in all den Jahren so manchen Gefallen erwiesen, und außerdem ist er ein grundanständiger Kerl. Deshalb hängte ich mich an die Strippe und erkundigte mich, ob ich etwas für ihn tun könnte. Er wollte einen Augenzeugenbericht von mir über die letzten Stunden von Faith Usher. Das Honorar betrug fünfhundert Dollar, ein nettes Sümmchen und als Nebenverdienst nicht zu verachten. Ich sagte ihm, ich würde mir die Sache überlegen. Natürlich setzte er mir mächtig zu – diesen Fehler hat er mit allen Journalisten gemein –, aber ich wimmelte ihn ab. Das Angebot war zwar riesig verführerisch, fünfhundert Scheinchen für mich persönlich und mein Foto in der Zeitung, aber zu einem wahrheitsgetreuen Bericht gehörte die wahrheitsgetreue Wiedergabe meiner Beobachtungen inklusive der daraus resultierenden Schlußfolgerung, und wenn die Öffentlichkeit auf die Art erführe, daß ich das einzige Hindernis bei der Hypothese Selbstmord war, hätte ich die ganze Meute auf dem Hals, vom Staatsanwalt bis zum Butler. Ich hatte mich gerade schweren Herzens zu dem Entschluß durchgerungen, die Klappe zu halten, als das Telefon läutete. Diesmal war es Celia Grantham. Sie wollte wissen, ob ich allein wäre. Ich war allein, jedoch nur noch für die nächsten sechs Minuten, weil Wolfe gleich unten im Büro aufkreuzen würde.

»Oh, so lange wird es sowieso nicht dauern«, versicherte sie. Ihre Stimme klang wie ein Reibeisen, aber das rührte nicht von zu reichlichem Alkoholgenuß her. Wie alle Teilnehmer bei der famosen Geburtstagsgesellschaft war sie in den letzen zwölf Stunden vermutlich einem ausgiebigen Verhör unterzogen worden. »Würden Sie mir bloß eine einzige Frage beantworten?«

»Schießen Sie los.«

»Es handelt sich um die Bemerkung, die Sie gestern nacht machten, als ich gerade in der Halle den Arzt anrief. Meine Mutter sagt, Sie hätten erklärt, Ihrer Meinung nach wäre Faith Usher ermordet worden. Stimmt das?«

»Ja.«

»Warum haben Sie das behauptet?«

»Weil das meine Meinung war.«

»Archie, bitte, versuchen Sie jetzt nur nicht, witzig zu sein. Warum war das Ihre Meinung?«

»Weil die Umstände mich dazu nötigten. Ich hatte keine andere Wahl. Und wenn Sie jetzt glauben, daß ich nur Ausflüchte mache, dann haben Sie recht. Ich würde einem Mädchen, das so gut tanzt wie Sie, gern einen Gefallen tun, aber Ihre Frage kann ich Ihnen trotzdem nicht beantworten – jedenfalls im Moment nicht. Bedaure, aber es ist zwecklos.«

»Sind Sie immer noch davon überzeugt, daß sie ermordet wurde?«

»Ja.«

»Aber warum?«

Ich bin nicht gern unhöflich, aber diesmal fürchtete ich schon, ich müßte zu drastischen Mitteln greifen, als sie endlich doch die Sinnlosigkeit ihrer Frage einsah und auflegte. Im gleichen Augenblick landete Wolfs Privatlift im Erdgeschoß. Wolfe trat ein, watschelte zu seinem Schreibtisch hin, ließ sich in seinem Sessel nieder, überflog die Post, blickte auf seinen Kalender und lehnte sich dann bequem zurück, um einen dreiseitigen Brief von einem Orchideensammler in Neuguinea zu lesen. Er war auf der dritten Seite angelangt, als die Türklingel ertönte. Ich stand auf, eilte in die Halle, erspähte durch die Spionglasscheibe einen stämmigen Korpus und ein rundes, rotes Gesicht und riß die Tür einladend auf.

Ich erwischte seinen Mantel gerade noch am Kragen, als er ihn auszog, und hängte ihn in der Garderobe auf. »Es ist mir wirklich eine Ehre, daß Sie mich besuchen. Aber warum haben Sie mich nicht zu sich bestellt – Cramer?«

Er war bereits auf dem Weg ins Büro. Meine respektlose Anrede – ›Cramer‹ anstatt ›Inspektor‹ – kam ihm so unerwartet, daß er stehenblieb und sich umdrehte.

»Wie oft muß ich es Ihnen eigentlich noch sagen? Sie wissen doch ganz genau, daß es Nero Wolfe nicht leiden kann, wenn man ihm einfach so ohne alle Formalitäten auf die Pelle rückt. Sie wollen doch zu mir, oder etwa nicht?«

»Ja, aber ich möchte, daß Wolfe dabei ist.«

»Das liegt auf der Hand, sonst hätten Sie mich holen lassen, anstatt uns hier die Bude einzurennen. Falls Sie freundlicherweise ...«

Wolfe bellte wütend: »Zum Teufel, kommen Sie schon rein!«

Cramer machte kehrt und stapfte ins Büro. Ich marschierte hinterdrein. Wolfes Begrüßung beschränkte sich auf einen finsteren Blick. »Bei diesem Radau kann ich meine Post nicht lesen«, bemerkte er kalt.

Cramer verfügte sich auf seinen Stammplatz, den roten Ledersessel an der Schmalseite von Wolfes Schreibtisch. »Ich komme wegen Goodwin«, begann er, »aber ich ...«

»Ich habe gehört, was Sie eben in der Halle sagten. Offenbar wollen Sie mir etwas erklären? Ist das der Grund, weshalb Sie auf meine Anwesenheit Wert legen?«

Cramer holte tief Luft. »Es dreht sich nur darum, daß Goodwin Ihr Angestellter ist und daß Sie erfahren müssen, wie die Dinge liegen. Ich hielt es für das Beste, in Ihrer Gegenwart mit ihm zu sprechen. Ist das vernünftig oder nicht?«

»Das wird sich erst bei dem Gespräch herausstellen.«

Cramer richtete seine scharfen grauen Augen auf mich. »Ich denke nicht daran, die ganze Geschichte noch einmal von Anfang an mit Ihnen durchzukauen, Goodwin. Ich habe Sie selber zweimal vernommen und außerdem Ihre Aussage sehr gründlich durchgelesen. Mir geht's zunächst nur um die Hauptsache, und zwar um das Problem Selbstmord oder Mord, und dazu möchte ich Ihnen etwas sagen, was allerdings unter uns bleiben muß. In den Berichten der übrigen Gäste findet sich nicht der geringste Hinweis darauf, daß das Mädchen einem Verbrechen zum Opfer gefallen sein könnte. Alle Anzeichen sprechen also dafür, daß ein Selbstmord mehr als wahrscheinlich ist. Ich möchte sogar so weit gehen und sagen, daß wir mit hundertprozentiger Sicherheit auf Selbstmord getippt und den Fall ad acta gelegt hätten, wenn Sie uns mit Ihrer Aussage nicht einen Strich durch die Rechnung gemacht hätten. Sie begreifen hoffentlich, was das bedeutet?«

Ich nickte. »Tja, ich weiß. Ich bin die sprichwörtliche Fliege in der Suppe, und mir paßt das genausowenig wie Ihnen, Inspektor. Fliegen geraten nicht gern in die Suppe, besonders dann nicht, wenn sie heiß ist.«

Cramer fischte eine Zigarre aus einer Tasche, rollte sie zwischen den Händen, steckte sie sich zwischen die Lippen und nahm sie dann wieder heraus. »Ich sehe schon, ich muß doch von vorn anfangen. Also da ist zum Beispiel der Zufall, daß ausgerechnet Sie dabei waren, als die Geschichte passierte. Sie brauchen mir nichts von den zwei Telefonanrufen von Austin Byne und Mrs. Robilotti zu erzählen – wir haben das nachgeprüft, und es stimmt. Wenn Sie was Konkretes aussagen, was belegt werden kann, stimmt es immer. Ich möchte bloß wissen, ob Sie oder Wolfe dem Zufall etwas nachgeholfen haben. Ich kenne Wolfe, und ich kenne Sie und muß deshalb mit der Möglichkeit rechnen, daß Sie aus irgendeinem obskuren Grunde an der Gesellschaft teilnehmen wollten. Hatten Sie Ihre Hand dabei im Spiel oder nicht?«

Ich hatte gerade einen Gähnkrampf. »Entschuldigen Sie, ich habe die letzte Nacht nicht geschlafen. Also, was Ihre Frage betrifft, so könnte ich sie schlicht mit Nein beantworten und es dabei belassen. Ich bin aber auch gern bereit, näher darauf einzugehen. Wie es zu der Einladung kam, habe ich in meinem Bericht genauestens erklärt. Und Mr. Wolfe riet mir sogar davon ab. Er meinte, die ganze Veranstaltung wäre meiner nicht würdig.«

»Keiner von den Anwesenden war oder ist Wolfes Klient?«

»Mrs. Robilotti erteilte uns vor ein paar Jahren einen Auftrag, den wir in neun Tagen erledigten. Mit Ausnahme davon, nein.«

Cramers Augen wanderten zu Wolfe. »Sie bestätigen das?«

»Ja. Ihr Verdacht ist haltlos, Mr. Cramer.«

»Das kann man bei Ihnen und Goodwin niemals genau wissen.« Er widmete sich wieder mir. »Ich will Ihnen sagen, wie die Affäre im Moment aussieht. Erstens: Es handelt sich wirklich um Zyankali. Das steht einwandfrei fest. Zweitens: Das Gift befand sich in dem Glas. Wir konnten Spuren davon im Champagner nachweisen, der auf den Boden spritzte, als sie das Glas fallen ließ. Außerdem wirkte es so rasch, daß es logischerweise im Getränk gewesen sein muß. Weiter: In ihrer Handtasche entdeckten wir ein Zwei-Unzen-Fläschchen aus Plastik, zur Hälfte gefüllt mir Zyankalisalz. Und viertens und letztens hatte sie dieses Giftfläschchen einer ganzen Anzahl von Leuten gezeigt und dabei immer wieder mit Selbstmord gedroht, und zwar seit gut einem Jahr.«

Er rutschte in seinem Sessel nach vorn. Für gewöhnlich sitzt er so, daß er Wolfe vor der Nase hat, aber diesmal nahm er mich aufs Korn. »Da ihre Handtasche in etwa fünf Meter Entfernung auf einem anderen Stuhl lag, konnte sie in dem Moment, als Grantham ihr das Glas brachte, an das Gift nicht heran. Aber das beweist natürlich gar nichts. Sie hätte ja schon eine Stunde zuvor oder noch eher ein Klümpchen Zyankali in ihrem Taschentuch verstecken können, um im geeigneten Augenblick davon Gebrauch zu machen. Eine Untersuchung des Taschentuchs auf Giftspuren hilft uns allerdings nicht weiter, weil sie es unglücklicherweise in den verschütteten Champagner fallen ließ. Aber das ist jetzt ohnehin von untergeordneter Bedeutung. Worauf ich eigentlich hinaus will, ist, daß alle Spuren, aber auch alle, für einen Selbstmord sprechen. Oder sind Sie anderer Meinung?«

Ich unterdrückte ein Gähnen. »Nein, wieso? Ich bestreite ja nicht, daß das Ganze verdammt nach einem Selbstmord aussieht, ich behaupte lediglich, daß sie's nicht getan hat. Wie Sie wissen, habe ich gute Augen, und sie war höchstens sechs Meter von mir entfernt, als Grantham ihr das Glas reichte. Sie nahm es mit der rechten Hand, und zwar ziemlich weit unten am Stiel. Ihre linke Hand lag unbeweglich auf ihren Knien. Als Grantham ihr zuprostete, hob sie ihr Glas etwas über Mundhöhe, setzte es gleich danach an die Lippen und trank einen Schluck. Und was dann passierte, wissen Sie ja. Haben Sie womöglich noch irgendeinen kleinen Trumpf im Ärmel versteckt? Behauptet Grantham vielleicht, daß sie etwas ins Glas schüttete, bevor sie danach griff?«

»Nein. Er sagt lediglich, daß es nicht ausgeschlossen wäre; er könnte es allerdings nicht beschwören.«

»Na schön, aber ich kann's beschwören. Sie hat ihren Champagner nicht selbst vergiftet.«

»Tja, das steht auch in Ihrer Aussage, und die haben Sie unterschrieben.« Er zeigte mit der Zigarre auf mich. »Sehen Sie Goodwin, Sie haben eben selbst zugegeben, daß die ganze Geschichte verdammt nach Selbstmord aussieht. Die Handtasche lag auf dem Stuhl wie auf einem Präsentierteller. Glauben Sie etwa, daß jemand sie vor all den Leuten geöffnet, das Fläschchen herausgesucht, den Verschluß aufgeschraubt, etwas von dem Gift an sich genommen und das Fläschchen wieder in die Tasche und die Tasche auf den Stuhl gelegt hat... und dann in aller Gemütsruhe zur Bar gegangen ist und eine günstige Gelegenheit abgewartet hat? Dazu braucht man eiserne Nerven, Teufel noch mal.«

»Sie machen's viel zu kompliziert. Der Betreffende mußte nur einen geeigneten Moment abwarten und sich die Handtasche schnappen – natürlich zu einem Zeitpunkt, wo ich noch nicht unterrichtet war. Er verdrückte sich in den Waschraum, verriegelte von innen die Tür, schüttete eine Portion von dem Gift in sein Taschentuch – die Idee mit dem Taschentuch stammt übrigens von Ihnen, vielen Dank dafür – und legte danach die Tasche wieder auf den alten Platz. Zu dieser Manipulation gehörte allenfalls eine gewisse Portion Vorsicht, mehr nicht. Denn sobald Grund zu der Annahme bestand, daß das Manöver mit der Handtasche beobachtet worden war, konnte der Betreffende seinen Plan immer noch ändern. Es hing ohnehin von den äußeren Umständen ab, ob er das Gift überhaupt verwenden konnte oder nicht.«

Er zielte wieder mit der Zigarre auf mich. »Eben, und damit kommen wir auf den zweiten fraglichen Punkt, nämlich die Chance des Mörders, sein Opfer mit absoluter Gewißheit zu erreichen. Hackett, der Butler, befand sich hinter der Bar und schenkte den Champagner aus. Er hatte auch die zwei Gläser, die Grantham mitnahm, gefüllt. Eines davon stand bereits seit vier oder fünf Minuten da, das zweite goß Hackett voll, als Grantham an die Bar kam. Weiter: Wer von den Gästen trat während dieser vier oder fünf Minuten an die Bar? Wir haben das erst zu einem Teil überprüft, aber es hat schon jetzt den

Anschein, als wären in dem kurzen Zeitraum alle oder fast alle Gäste an der Bar gewesen. Laut Ihrer Aussage trifft das auch für Sie selbst zu. Und Ethel Varr bestätigt, daß Sie beide zur Bar gingen, zwei von den fünf oder sechs gefüllten Gläsern nahmen, ein paar Schritte von der Bar entfernt stehen blieben und sich unterhielten. Bald darauf – Sie sagten, nach zwei Minuten – beobachteten Sie, wie Grantham mit den zwei Gläsern Champagner zu Faith Usher trat. Sie befanden sich also im kritischen Moment an der Bar und hätten den Inhalt eines der Gläser vergiften können, oder? Ich antworte darauf mit Nein. Selbst vorausgesetzt, daß Sie dazu imstande wären, einen Menschen um die Ecke zu bringen, würden Sie doch vermutlich Wert darauf legen, den richtigen zu erwischen. Sie würden sich wahrscheinlich nicht damit begnügen, wahllos in eines der Gläser etwas Gift zu streuen und dann beiseite zu gehen und das Weitere dem Zufall zu überlassen. Das gleiche gilt für alle übrigen bis auf Edwin Laidlaw, Helen Yarmis und Mr. und Mrs. Robilotti, die an der Bar standen, als Grantham den Champagner holte. Aber Grantham nahm zwei Gläser. Falls eine der vier Personen an der Bar beim Herannahen Granthams in eines der Gläser Zyankali tat, muß man daraus folgern, daß es dem Täter völlig gleichgültig war, wer dabei draufging, Grantham oder Faith Usher ... und ehe ich das schlucke, fress' ich lieber einen Besen. Oder entdecken Sie etwa einen tieferen Sinn dahinter?« Er rammte sich erregt die Zigarre zwischen die Zähne. Er zündete sie niemals an. Sie dient ihm lediglich als Ventil für seine Temperamentsausbrüche.

»Nein«, gab ich zu. »Ich würde es an Ihrer Stelle auch nicht schlucken. Aber ich möchte zwei Anmerkungen machen. Erstens existiert ein Mensch, der genau wußte, welches Glas Faith Usher bekommen würde. Er reichte es ihr nämlich.«

»Oh? Sie verdächtigen Grantham?«

»Ich verdächtige niemanden. Ich wollte damit nur auf ein Detail hinweisen, das Sie anscheinend vergessen haben.«

»Ich hab' nichts vergessen, aber es ist unwesentlich. Falls Grantham den Champagner an der Bar vergiftete, mußte er das vor den Augen von fünf Personen tun, und dazu gehört eine

Menge Kaltblütigkeit. Und als er die paar Meter zu Faith Usher hinüberging, mit je einem Glas in jeder Hand, hätte er ein geschickter Taschenspieler sein müssen, um das Gift in eines der Gläser hineinzupraktizieren. Die dritte Möglichkeit, nämlich, daß er den Champagner vergiftete, nachdem er ihr das Glas gereicht hatte, fällt flach, weil Sie ihn dabei ertappt hätten. Und wie lautet Ihre zweite Anmerkung?«

»Daß ich weder in meiner schriftlichen Aussage noch in meinem mündlichen Bericht mit einer Silbe behauptet habe, den Täter oder sein Motiv zu kennen. Ich mußte meine Aufmerksamkeit zwischen Ethel Varr, der Handtasche und Faith Usher teilen, und diese Beschäftigung hielt mich hinreichend in Atem. Fast alles, was Sie mir eben erzählten, war völlig neu für mich, weil ich wahrhaftig keine Zeit hatte, mich noch zusätzlich um die Leute an der Bar und ihren Champagnerkonsum zu kümmern. Ich hab' auch jetzt nicht den leisesten Dunst, wer es getan hat oder wie es bewerkstelligt worden ist. Ich weiß bloß, daß Faith Usher das Gift bestimmt nicht in ihr Glas praktiziert hat und daß sie infolgedessen auch nicht Selbstmord begangen haben kann. Das ist das einzige, was ich genau weiß.«

»Und Sie lassen darüber nicht mit sich reden?«

»Wieso? Wir tun doch schon seit einer Viertelstunde nichts anderes, oder?«

»Ich meine, Sie wollen also nicht die Möglichkeit in Erwägung ziehen, daß Sie sich geirrt haben?«

»Nein. Sie erwarten ja auch nicht von mir, daß ich Sie für den Kaiser von China halte, weil ich genau weiß, daß Sie Inspektor Cramer sind.«

Er musterte mich eine Weile mit zusammengekniffenen Augen und rutschte dann mit einem heftigen Ruck herum, in seine normale Position mit Blickrichtung auf Wolfe. Mit mir war er offenbar fertig. Jetzt kam Wolfe an die Reihe. »Ich will Ihnen sagen, was ich denke.«

Wolfe grunzte. »Das haben Sie schon des öfteren getan.«

»Ich weiß, aber ich hoffte, es würde diesmal nicht dazu kommen. Ich hoffte, Goodwin hätte inzwischen kapiert, daß er uns nicht für so dumm verkaufen kann. Ich will Ihnen sagen, wie sich die ganze Sache meiner Meinung nach abgespielt hat. Rose Tuttle erzählt ihm von dem Giftfläschchen in der Handtasche und daß sie Angst hätte, Faith Usher könnte ihre Drohung wahrmachen und Selbstmord begehen. Goodwin beruhigt sie und erklärt, er würde dafür sorgen, daß nichts passiert, und von dem Moment an behält er die Handtasche und Faith Usher im Auge. Soweit ist die Geschichte einleuchtend und logisch.«

»Und durch die Aussagen anderer Zeugen erhärtet.«

»Okay. Aber weiter. Er beobachtet das Mädchen und sieht, wie es Champagner trinkt, nach dem ersten Schluck zu Boden sinkt und stirbt. Er erkennt den typischen Geruch von Zyankali. Wie muß er auf das Ereignis reagieren? Sie wissen, wie überzeugt er von sich ist. Der Tod des Mädchens trifft ihn genau da, wo es ihn am meisten schmerzt – in seinem Selbstbewußtsein. Er ist wütend. Und deshalb erklärt er, ohne viel zu überlegen, daß Faith Usher ermordet worden ist. Die Polizei trifft ein, und da er damit rechnen muß, daß die übrigen Gäste seine unbedachte Äußerung weitergeben werden, wiederholt er sie auch den beiden Beamten gegenüber. Jetzt hat er sich festgelegt, und als Stebbins und ich ihn unter die Lupe nehmen, muß er notgedrungen bei seiner Behauptung bleiben. Aber uns gegenüber muß er mit einem Grund für seinen Verdacht herausrücken, und das tut er auch; und ich will sogar zugeben, daß es ein verdammt plausibler Grund ist, den wir, solange auch nur die geringste Wahrscheinlichkeit für seine Berechtigung bestand, bei unseren Erwägungen berücksichtigt haben. Aber jetzt – Sie haben ja selbst gehört, wie die Dinge liegen. Ich hoffte, er würde begreifen, daß es für ihn nur einen einzigen Ausweg gibt – und zwar den, offen einzugestehen, daß er ein bißchen zu selbstsicher gewesen ist, daß er sich getäuscht hat und nicht beschwören kann, daß sie das Gift nicht selbst in ihr Glas getan hat. Er hatte Zeit genug, sich die Sache zu überlegen, und er ist zu klug, um nicht zu wissen, daß er in der Klemme sitzt. Jedenfalls bin ich dieser Ansicht, und ich denke, Sie stimmen mit mir überein, oder?«

»Das ist keine Frage der Übereinstimmung. Hier geht es

lediglich um nackte Tatsachen.« Wolfe wandte sich zu mir um. »Archie?«

»Nein, Sir. Niemand liebt mich mehr als ich mich selbst, aber so weit geht meine Eigenliebe denn doch nicht.«

»Sie bleiben bei Ihrer Aussage?«

»Ja. Übrigens widerspricht Inspektor Cramer sich selbst. Zuerst behauptet er, ich hätte mich wie ein überdimensionaler Trottel benommen, und gleich danach sagt er, ich wäre klug.«

Wolfe hob seine Schultern um einen achtel Zentimeter, senkte sie und drehte sich wieder zu Cramer um. »Ich fürchte, Sie vergeuden Ihre Zeit, Mr. Cramer. Und meine auch.«

Ich gähnte.

Cramers rotes Gesicht wurde noch röter, ein sicheres Anzeichen dafür, daß er am Ende seiner Geduld angelangt war und in Sekundenfrist explodieren würde. Aber es geschah ein Wunder: Er zog gerade noch im letzten Moment die Bremse und schluckte seinen Grimm hinunter. Seine Selbstverleugnung war erschütternd. Ich hätte Cramer so viel Selbstbeherrschung gar nicht zugetraut. Er richtete seine Augen auf mich.

»Ich betrachte Ihre Aussage nicht als endgültig, Goodwin. Denken Sie noch mal darüber nach. Natürlich führen wir die Untersuchung weiter wie bisher. Wir werden selbstverständlich auch den unbedeutendsten Hinweis, der die These eines Mordes zu unterstützen scheint, berücksichtigen und nachprüfen. Das wissen Sie genau. Aber es ist nur fair, Sie schon jetzt zu warnen. Sollten wir schließlich zu der Überzeugung gelangen, daß es sich tatsächlich um Selbstmord handelt, und das Ergebnis unserer Nachforschungen veröffentlichen, dann rate ich Ihnen dringend, die Klappe zu halten. Wenn Sie Ihrem Freund Lon Cohen von der *Gazette* Ihre Darstellung des Falles zur Veröffentlichung überlassen sollten, in der Sie behaupten, Sie *wüßten,* daß es Mord war, dann werden Sie das bitter bereuen. Weiß der Kuckuck, warum ausgerechnet Sie gestern abend dabeisein mußten! Sie als Augenzeuge, das ist so ungefähr das Schlimmste ...«

Die Türklingel ertönte. Ich erhob mich, bat Cramer höflich, mich für eine Minute zu entschuldigen, und verschwand in der

Diele. Durch die Spionglasscheibe erspähte ich einen frischgebackenen Bekannten. Er hatte sich zwar fast bis zur Unkenntlichkeit maskiert und einen Vierzig-Dollar-Hut auf seinen unfrisierten Schopf gestülpt, aber nach einer Sekunde scharfen Nachdenkens wußte ich Bescheid. Ich öffnete die Tür, machte ›pst‹, legte den Zeigefinger auf den Mund, trat zurück und winkte ihn herein. Er zögerte, blickte mich leicht erschrocken an und trat dann beherzt über die Schwelle. Ich schloß die Tür wieder hinter ihm und bugsierte ihn schleunigst in das Vorderzimmer.

»Das Zimmer ist in Ordnung«, versicherte ich ihm. »Es ist völlig schalldicht.«

»Wieso in Ordnung?« fragte Edwin Laidlaw.

»Ich meine, wir sind hier ungestört. Es sei denn, Sie kamen her, um mit Inspektor Cramer vom Morddezernat zu sprechen.«

»Ich verstehe Sie nicht. Ich kam her, um mit Ihnen zu sprechen.«

»Das dachte ich mir, und ich dachte mir außerdem, daß Sie es wahrscheinlich vorziehen würden, nicht mit Cramer zusammenzutreffen. Er ist momentan im Büro und unterhält sich mit Wolfe. Aber er wird vermutlich gleich gehen. Deshalb schloß ich die Tür.«

»Gott sei Dank! Für eine Weile habe ich von der Polizei mehr als genug.« Er sah sich um. »Können wir hier miteinander sprechen?«

»Ja, aber vorher muß ich Cramer hinausgeleiten. Ich bin gleich wieder da. Setzen sie sich doch.«

Cramer sauste an mir vorbei auf die Haustür zu. Er hatte weder einen Blick noch ein freundliches Wort für mich. Bitte, wenn er grob sein wollte, konnte ich noch gröber sein. Ich wartete unbewegt, bis er Hut und Mantel von der Ablage geholt und die Tür hinter sich zugeknallt hatte. Dann ging ich ins Büro und postierte mich vor Wolfes Schreibtisch.

»Ich will mich auf eine einzige Bemerkung beschränken, Archie«, sagte er. »Es läßt sich gelegentlich nicht vermeiden und dient einem guten Zweck, Mr. Cramer in Verwirrung zu setzen;

aber ihn rein zum Zeitvertreib auf eine falsche Fährte zu hetzen, wäre nicht anständig und überdies unklug.«

»Ja, Sir. So etwas würde mir nicht mal im Traum einfallen. Wenn Sie mich fragen, ob mein Standpunkt Ihnen gegenüber – das heißt also unter vier Augen – der gleiche ist wie Cramer gegenüber, kann ich immer noch bloß mit Ja antworten.«

»Sehr schön. Dann sitzt er in der Patsche.«

»Sein Pech. Übrigens scheint sich noch jemand anders nicht sehr wohl in seiner Haut zu fühlen. Als mir Mrs. Robilottis Sekretärin gestern die Namen der Gäste durchgab, wollte ich mich über die vier Kavaliere etwas genauer orientieren und rief Lon Cohen an. Einer der vier, und zwar Edwin Laidlaw, ist für sein Alter ein ziemlich gewichtiger Bürger, ich meine in puncto Moneten. Er hat offenbar ganz schön über die Stränge geschlagen, aber beim Tode seines Vaters vor drei Jahren erbte er zehn runde Millionen, und vor kurzem erwarb er die Aktienmehrheit der Malvin Press, eines Buchverlages. Seitdem ist er solide geworden und ...«

»Ist das überhaupt von Interesse?«

»Vielleicht. Er sitzt augenblicklich im Vorderzimmer, und da er anscheinend ziemlich erpicht drauf ist, mich zu sprechen, und ich ihn erst seit gestern abend kenne, dürfte die Unterhaltung recht anstrengend werden. Ich kann ihm natürlich drüben auf den Zahn fühlen. Aber ich fand, es könnte nichts schaden, Sie darauf vorzubereiten – für den Fall, daß Sie den unsichtbaren Horcher an der Wand mimen wollen. Ich brauche möglicherweise einen Zeugen.«

»Pfui.«

Er funkelte mich wütend an. Ihn wurmte nicht nur die Aussicht, daß er wohl oder übel seinen bequemen Sessel im Stich lassen, sich in die Diele begeben und in der Nische postieren mußte – letzten Endes würde das bißchen Bewegung seinem Appetit zugute kommen. Der tiefere Grund für seine Empörung war die Tatsache, daß alle diese Unannehmlichkeiten ihm schlimmstenfalls sogar einen neuen Klienten bescheren würden, und was bedeutete das anderes als neue Arbeit und neuen Ärger. Er seufzte abgrundtief auf, ohne dabei seine ergrimmte Miene zu verziehen, murmelte »Hol der Teufel alles miteinander!«, schob sein Sitzmöbel zurück, erhob sich und watschelte hinaus.

Das sogenannte Loch befand sich in Augenhöhe in der Wand, zweieinhalb Meter hinter Wolfes Schreibtisch. Auf der Büroseite wurde es von dem Bild eines hübschen Wasserfalls getarnt. Auf der anderen Seite, in einer Nische der Diele, der Küche gegenüber, war es einfach eine Öffnung in der Wand, durch die man nicht nur alles sehen, sondern auch hören konnte, was im Büro gesprochen wurde. Ich gab Wolfe eine Minute Zeit, um sich an seinem Beobachtungsposten aufzubauen, öffnete dann die Tür zum Vorderzimmer und sagte: »Kommen Sie ins Büro, Laidlaw. Hier ist es bequemer.«

Ich schob einen der gelben Sessel vor meinen Schreibtisch und forderte Laidlaw auf, Platz zu nehmen.

5

Laidlaw hockte in seinem Sessel und starrte mich an.

»Ich fand die Gesellschaft gestern abend recht nett – bis auf den unerwarteten Schlußakt natürlich.«

Er beugte sich vor. Sein Haar war noch immer wirr und ungekämmt. »Hören Sie, Goodwin. Ich möchte Ihnen eine direkte Frage stellen, und ich hoffe, Sie werden sie mir ohne Umschweife beantworten. Ich sehe jedenfalls nicht ein, warum Sie Ausflüchte machen sollten.«

»Ich vielleicht auch nicht. Legen Sie schon los.«

»Sie behaupten, daß das Mädchen Ihrer Meinung nach ermordet worden sei, und zwar äußerten Sie diesen furchbaren Verdacht nicht nur vor den Gästen, sondern auch vor der Polizei und dem Staatsanwalt. Ich möchte Ihnen im Vertrauen mitteilen, daß mir ein Freund – es spielt keine Rolle, wer es ist und woher er das weiß – eine kleine Information zukommen ließ. Wenn ich ihn recht verstanden habe, würde die Polizei – ohne Ihr Dazwischentreten – den Fall ohne weiteres als Selbstmord abbuchen und die Untersuchung abbrechen. Der Grund für

Ihren Verdacht muß infolgedessen recht schwerwiegender Natur sein. Und meine Frage lautet: Welche Begründung haben Sie der Polizei angegeben?«

»Hat Ihnen Ihr Freund das nicht verraten?«

»Nein. Entweder wollte er es nicht, oder vielleicht konnte er es auch nicht, weil er den Grund selbst nicht kennt. Er sagte, er hätte keine Ahnung.«

Ich schlug die Beine übereinander. »Nun, ich kann Ihnen da leider auch nicht helfen. Ich möchte nur so viel sagen, daß die Polizei, der Staatsanwalt und Mr. Wolfe Bescheid wissen, und das ist für den Moment alles.«

»Sie wollen nicht darüber sprechen?«

»Tut mir leid, nein. Das ist eine Frage der Etikette.«

»Meinen Sie nicht auch, daß die Menschen, die nur deshalb in den Fall verwickelt wurden, weil sie unseligerweise Zeugen des Ereignisses waren – meinen Sie nicht auch, daß diese Menschen ein Recht haben, alles zu erfahren?«

»O ja. Ich finde, sie haben durchaus das Recht, von der Polizei eine wahrheitsgemäße Erklärung dafür zu verlangen, weshalb sie mit der Morduntersuchung fortfährt, obwohl alle Spuren auf einen Selbstmord hinzudeuten scheinen. Aber Sie haben nicht das Recht, von mir zu verlangen, daß *ich* mit der Antwort herausrücke.«

»Ich verstehe.« Er überlegte. »Aber die Polizei verweigert jede Auskunft darüber.«

»Tja, das kann ich mir denken. Ich kenne deren Gepflogenheiten. Außerdem hatte ich eben eine kleine Auseinandersetzung mit Inspektor Cramer.«

Er musterte mich forschend. »Sie sind von Beruf Detektiv, Goodwin. Ihre Auftraggeber betrauen Sie damit, bestimmte Informationen einzuholen, und bezahlen Sie dafür. Dasselbe gilt für mich. Ich brauche eine bestimmte Information und zahle Ihnen fünftausend Dollar in bar. Natürlich erwarte ich dafür eine Antwort.«

»Das können sie auch für fünftausend.« Sein durchdringender Blick ging mir langsam auf die Nerven. »Fünftausend bar auf den Tisch kämen mir wie gerufen, da das Gehalt, das ich von

Mr. Wolfe beziehe, nicht gerade überwältigend ist. Aber ich muß trotzdem ablehnen, auch wenn Sie Ihr Angebot verdoppeln. Sie begreifen offenbar nicht ganz, wie die Dinge liegen. Sobald die Polizei den Fall abgeschlossen hat, egal, ob sie sich nun für Mord oder Selbstmord entscheidet und ich mit meinem Verdacht auffliege oder nicht, kann mir kein Mensch befehlen, weiter die Klappe zu halten. Solange die Untersuchung läuft, ist das etwas anderes. Sie wissen vermutlich, daß es so etwas wie unbefugte Einmischung in ein schwebendes Verfahren gibt. Falls sie mich hochnehmen und mir meine Lizenz als Privatdetektiv entziehen, dann würden Ihre fünftausend Dollar nicht weit reichen.«

»Zehntausend würden länger reichen?«

»Nicht viel.«

»Ich habe einen Verlag. Ich könnte Ihnen einen Posten geben.«

»Sie würden mich sehr schnell wieder an die frische Luft befördern. Mit meinen orthographischen Kenntnissen ist es nicht weit her.«

Er ließ mich nicht eine Sekunde lang aus den Augen. »Wollen Sie mir nicht wenigstens folgende Frage beantworten: Wie gut fundiert ist Ihr Verdacht, daß es sich um einen Mord handelt? Ist er so zwingend, daß er die Polizei bei der Stange halten dürfte gegen den Widerstand einer so einflußreichen Frau wie Mrs. Robilotti?«

Ich nickte. »Vermutlich ja. Wenigstens war er zwingend genug, um Inspektor Cramer heute vormittag hierherzuhetzen, obwohl er in der Nacht kaum geschlafen haben dürfte. Meiner Meinung nach wird er die Polizei daran hindern, den Fall als schlichten Selbstmord abzuschreiben, bevor man nicht das Unterste zuoberst gekehrt hat.«

»Hm . . . ich verstehe.« Er preßte seine Hände gegeneinander. Zur Abwechslung fixierte er einen Punkt auf dem Teppich zu seinen Füßen. Nach ungefähr einer Minute blickte er wieder auf. »Sie sagten vorhin, Sie hätten bloß der Polizei, dem Staatsanwalt und Nero Wolfe den Grund für Ihren Verdacht mitgeteilt. Ich würde gern mit Wolfe sprechen.«

Ich zog erstaunt die Brauen hoch. »Ich weiß nicht...«

»Was wissen Sie nicht?«

»Ob er...« Ich ließ den Satz in der Luft hängen und schob nachdenklich die Lippen vor. »Er mischt sich nicht gern in Angelegenheiten, die nur mich persönlich angehen. Außerdem ist er im Augenblick ziemlich stark beschäftigt. Aber ich will trotzdem mal nachsehen.« Ich erhob mich. »Er ist nämlich völlig unberechenbar.« Ich ließ ihn allein.

Als ich mich in der Diele nach links wandte, kam Wolfe aus der Nische hervor. Er blieb unbeweglich stehen, bis ich an ihm vorbeigegangen war und die Schwingtür zur Küche aufgestoßen hatte, und folgte mir dann in majestätischem Schweigen. Sowie die Tür hinter uns zugefallen war, sagte ich: »Ich muß mich wegen meiner indiskreten Anspielungen auf mein Gehalt bei Ihnen entschuldigen, aber ich hatte im Moment ganz vergessen, daß Sie mithörten.«

Er grunzte. »Ihr Gedächtnis ist ausgezeichnet, und Sie sollten Ihre wenigen natürlichen Gaben nicht herabsetzen. Was will der Mann von mir?«

Ich hielt die Hand vor den Mund und gähnte. »Keine Ahnung. Hätte ich mein normales Quantum Schlaf hinter mir, dann würde ich vielleicht eine Vermutung riskieren. Aber mein bißchen Energie reicht gerade noch aus, um mich halbwegs auf den Beinen zu halten. Mein Hirn leidet an akutem Sauerstoffmangel. Vielleicht möchte er Ihre Autobiographie veröffentlichen. Oder vielleicht will er auch, daß Sie einen Esel aus mir machen, indem Sie beweisen, daß es doch Selbstmord war.«

»Ich will ihn nicht sehen. Diese verworrene Geschichte ist Ihre persönliche Angelegenheit und geht mich nichts an.«

»Ja, Sir. Aber ich habe auch ein sehr persönliches Interesse am Florieren Ihres Geschäftes; Fritz dito und der Bursche aus Neuguinea, der noch ein paar Orchideen an Sie loswerden möchte, desgleichen.«

Er knurrte wie ein Löwe, der gezwungen ist, sein geruhsames Lager zu verlassen, um für sich und die Seinen die nächste Mahlzeit zu beschaffen. Der Vergleich hinkt natürlich. Elefant wäre besser, aber Elefanten knurren ja nicht. Fritz, der am Tisch

Muscheln zurechtmachte, begann plötzlich leise vor sich hin zu summen, offenbar tief beglückt von der Aussicht auf einen neuen Klienten. Wolfe starrte ihn empört an, fischte eine Muschel aus der Schüssel, stopfte sie sich in den Mund und kaute mit Macht. Als ich ihm die Tür aufhielt, schluckte er die Muschel hinunter und marschierte in stiller Resignation vor mir her ins Büro.

Wolfe haßte es, Fremden die Hand zu reichen. Als ich die Vorstellungszeremonie beendet hatte, begrüßte er Laidlaw lediglich mit einem kurzen Kopfnicken und verschanzte sich danach sogleich hinter seinem Schreibtisch. Ich bat unseren Besucher, in den roten Ledersessel umzuziehen, und verzog mich auf meinen Platz. Laidlaw richtete seinen durchdringenden Blick auf Wolfe und sagte ruhig: »Ich möchte Ihnen einen Auftrag geben. Wünschen Sie den Vorschuß in bar oder mit Scheck?«

Wolfe schüttelte den Kopf. »Keines von beiden, bis ich den Auftrag akzeptiert habe. Worum handelt es sich?«

»Ich möchte, daß Sie mir eine bestimmte Information verschaffen. Sie wissen, was sich gestern abend im Hause von Mrs. Robilotti ereignete. Sie wissen, daß ein Mädchen namens Faith Usher an Gift starb, und Sie kennen vermutlich auch die Umstände, die einen Selbstmord wahrscheinlich machen, nicht wahr?«

Wolfe bejahte.

»Ist Ihnen auch bekannt, daß die Behörden am Freitod des Mädchens zweifeln, daß sie einen Mord für möglich halten und deshalb ihre Nachforschungen fortsetzen?«

Wolfe nickte.

»Man muß daraus schließen, daß ihnen ein Hinweis zu Ohren gekommen ist, den wir nicht kennen und der so zwingend ist, daß die Polizei sich nicht ohne weiteres darüber hinwegsetzen kann. Ich weiß jedoch nicht, worum es sich hier handelt, und die Polizei verweigert jede Auskunft darüber. Aber da ich nun mal durch einen unglückseligen Zufall in die Sache verwickelt wurde, habe ich meiner Ansicht nach ein legitimes Anrecht darauf, diesen Grund zu erfahren. Das ist die Information, die

Sie mir verschaffen sollen. Ich werde Ihnen sofort einen Vorschuß geben, und Sie können mir jeden Betrag, den Sie für angemessen halten, auf die Rechnung setzen. Ich werde ihn zahlen.«

Diesmal gähnte ich nicht. Die Unverschämtheit dieses Burschen wirkte direkt aufrüttelnd und so erfrischend wie eine kalte Dusche. Ich muß gestehen, ich bewunderte ihn nahezu. Obwohl er ja nicht ahnen konnte, daß Wolfe unser Gespräch belauscht hatte, mußte er doch annehmen, daß ich Wolfe von seinem Angebot berichtet hatte. Da saß er nun in voller Lebensgröße, blickte Wolfe treu und bieder in die Augen, wollte ihn engagieren und offerierte ihm ein Honorar, dessen Höhe Wolfe praktisch selbst bestimmen konnte. Und mir war er mit schäbigen zehntausend gekommen und einem miesen, kleinen Posten in seinem Verlag.

Wolfes Mundwinkel verzogen sich nach oben. »In der Tat?« murmelte er. Laidlaw holte tief Luft, starrte Wolfe gespannt an und schwieg.

»Mr. Goodwin hat mir von dem Angebot, daß Sie ihm machten, erzählt«, erwiderte Wolfe. »Ihre Hartnäckigkeit ist in der Tat erstaunlich, aber Sie werden mir verzeihen, wenn ich Ihre Naivität dennoch bedauerlich finde. Jedenfalls muß ich den Auftrag ablehnen. Ich bin bereits im Besitz der Informationen, auf die Sie so versessen sind. Da sie mir Mr. Goodwin jedoch im Vertrauen mitgeteilt hat, darf ich sie leider nicht preisgeben. Es tut mir leid, Sir.«

Laidlaw beugte sich erregt vor. »Herrgott noch mal, was ist denn so Gefährliches daran? Wovor, zum Kuckuck, fürchten Sie sich eigentlich?«

Wolfe schüttelte den Kopf. »Von Furcht kann keine Rede sein, Mr. Laidlaw. Das Ganze ist lediglich eine Frage der Diskretion. Ich kann Ihnen verichern, daß wir uns jederzeit über die Polizei hinwegsetzen, wenn die Interessen eines Klienten und unsere Verpflichtungen es verlangen. Das ist hier jedoch nicht der Fall. Mr. Goodwin wurde, ebenso wie Sie, rein zufällig in die Affäre verwickelt, und ich habe überhaupt nichts mit ihr zu schaffen. Mich bewegt weder Furcht noch etwa ein Gefühl persönlicher Abneigung; ich bin völlig unparteiisch. Folglich werde ich der Polizei nichts von den Angeboten berichten, die Sie mir und Mr. Goodwin gemacht haben. Sie wären nur dazu angetan, die amtliche Neugier der Polizei auf Ihre Person zu lenken, und da ich annehme, daß Sie sie in gutem Glauben geäußert haben, möchte ich Ihnen willentlich keinen Schaden zufügen.«

»Aber Sie weisen mich ab?«

»Ja. Glattweg. Die Umstände lassen mir keine andere Wahl. Mr. Goodwin kann für sich selbst sprechen.«

Laidlaw wandte sich zu mir um und sah mich fragend an. Ich traute es ihm ohne weiteres zu, daß er auf seine frühere Offerte zurückkommen würde mit dem Zusatz, ich könnte diesmal die Summe ebenfalls selber bestimmen. Aber falls er wirklich die Absicht gehabt hatte, so wurde er offenbar anderen Sinnes, als er meine standhafte Miene bemerkte. Er durchbohrte mich mindestens acht Sekunden lang mit seinem Blick. Als er sich danach erhob, glaubte ich, er hätte endgültig kapituliert und Wolfe würde sich für diesmal wenigstens um die Arbeit herumdrücken können. Aber weit gefehlt. Ich hatte seine Zähigkeit unterschätzt. Er wollte sich die Sache nur noch in aller Ruhe überlegen und erbat sich eine Minute Bedenkzeit. Als Wolfe das Gesuch gnädigst bewilligte, zog er sich in die hinterste Ecke des Zimmers zurück, postierte sich, mit dem Rücken zu uns, vor dem riesigen Globus und setzte ihn in Bewegung. Nachdem er sich zwei Minuten lang auf diese Art amüsiert hatte, wandte er sich wieder um und schlenderte auf den roten Ledersessel zu.

»Ich muß mit Ihnen im Vertrauen sprechen«, sagte er zu Wolfe.

»Das tun Sie bereits seit Beginn unserer Unterredung«, erwiderte Wolfe kurz. »Wenn Sie damit unter vier Augen meinen, muß ich das ablehnen. Wäre Mr. Goodwin nicht ebenso verschwiegen und zuverlässig wie ich, dann säße er nicht hier. Ich habe vor ihm keine Geheimnisse.«

»Es handelt sich aber nicht nur um eine vertrauliche Mitteilung, sondern um ein Geschehnis, von dem außer mir keine Menschenseele etwas weiß. Ich möchte mit Ihnen darüber sprechen, aber ich denke nicht daran, das Risiko zu verdoppeln.«

»Sie verdoppeln es nicht.« Wolfe entfaltete eine wahre Engelsgeduld. »Sollten Sie darauf bestehen, daß Mr. Goodwin den Raum verläßt, so würde ich ihm durch ein Zeichen bedeuten, unser Gespräch, ungesehen von Ihnen, mit anzuhören. Deshalb kann er genausogut gleich hierbleiben.«

»Sie machen es mir nicht gerade leicht, Wolfe.«

»Ich spiele mit offenen Karten. Ich kann ein Problem nicht beseitigen, ich kann nur versuchen, es zu überwinden.«

Laidlaw gab sich schließlich doch einen Ruck und ließ sich mannhaft auf das doppelte Risiko ein.

»Sie werden sich verdammt anstrengen müssen, wenn Sie mit dem Problem fertig werden wollen«, erklärte er. »Ich konnte meinen Anwalt nicht zu Rate ziehen, oder besser gesagt, ich verzichtete darauf, weil er mir vermutlich ohnehin nicht hätte helfen können. Ich hielt meine Lage für ziemlich aussichtslos, bis ich mich plötzlich an Sie erinnerte. Es ist ja bekannt, daß Sie so eine Art Zauberkünstler sind, der mit den heikelsten Situationen fertig wird, und mir kann, weiß Gott, nur noch ein Wunder helfen. Zunächst wollte ich herausbekommen, was Goodwin zu seinem Verdacht veranlaßt hat, aber da Sie offenbar nicht bereit sind – übrigens, ehe ich es vergesse...«

Laidlaw holte einen Füllfederhalter aus seiner Tasche und ein Scheckheft aus einer anderen, legte das Heft auf einen kleinen Tisch neben sich und schrieb hastig. Er riß den Scheck heraus, überflog ihn noch einmal, stand auf, deponierte ihn auf Wolfes Schreibtisch und kehrte auf seinen Platz zurück.

»Falls Ihnen zwanzigtausend als Vorschuß nicht ausreichend erscheinen, dann sagen Sie's mir bitte. Sie haben zwar den Auftrag noch nicht angenommen, aber ich rücke Ihnen nicht von der Pelle, bevor Sie nicht eingewilligt haben. Sie betonten eben, daß Sie Probleme nicht aus der Welt schaffen, sie jedoch auf die eine oder andere Art überwinden könnten. Sehr schön. Ich wünsche, daß Sie dafür sorgen, daß die Polizei bei ihren Nachforschungen nicht auf ein bestimmtes Ereignis in meinem Leben stößt. Außerdem müssen Sie es irgendwie bewerkstelligen, daß man mich nicht verhaftet und mir wegen Mordes den Prozeß macht.«

Wolfe grunzte. »Für beides kann ich nicht garantieren.«

»Das weiß ich. Ich erwarte keineswegs von Ihnen, daß Sie Unmögliches vollbringen. Sie sollen lediglich einen Ausweg finden. Aber ich möchte zuvor zu Ihrer Orientierung auf zwei Punkte hinweisen: Erstens, ich bin nicht der Mörder des Mädchens und kenne auch niemanden, der dafür in Frage käme; und zweitens bin ich nach wie vor fest davon überzeugt, daß Faith Usher Selbstmord begangen hat. Ich weiß nicht, durch welche Beobachtung Goodwin zu seinem Verdacht veranlaßt wurde, aber meiner Meinung nach hat er sich geirrt.«

Wolfe grunzte von neuem. »Warum kommen Sie dann eigentlich zu mir, wenn Sie glauben, daß es sich um Selbstmord handelt? Die Polizei ist, wie alle menschlichen Institutionen, nicht frei von Schwächen und Irrtümern, aber irgendwann stößt sie ja doch auf die Wahrheit.«

»Irgendwann! Das ist ja gerade der Haken an der Sache. Ich muß damit rechnen, daß sie bei der Suche nach der Wahrheit, wie Sie es nennen, vorher auf das Ereignis stößt, das ich um jeden Preis geheimhalten möchte. Und wenn das passiert, bin ich geliefert. Dann halsen sie mir zunächst einmal den Mord auf, egal, ob es überhaupt einer war oder nicht.«

»In der Tat? Das muß ja ein recht ungewöhnliches Ereignis sein. Bevor Sie sich mir anvertrauen, Mr. Laidlaw, möchte ich Sie darauf aufmerksam machen, daß Sie noch nicht mein Klient sind und daß die vertraulichen Mitteilungen eines Klienten einem Privatdetektiv gegenüber nicht unter das Berufsgeheimnis fallen. Sie müssen nun selbst entscheiden, ob Sie es daraufhin wagen wollen. Ich kann Ihren Auftrag erst dann übernehmen, wenn ich ihn in seiner ganzen Tragweite kenne, möchte jedoch hinzufügen, daß ich mich für meinen Klienten bis zum Äußersten einsetze.«

»Ich bin in einer verzweifelten Lage, Wolfe«, sagte Laidlaw. Er strich sein Haar zurück, aber er hätte das ebensogut unterlassen können; die Wirkung war gleich Null. »Ich bin so ziemlich am Ende meiner Kunst. Übrigens zweifle ich nicht daran, daß

Sie den Auftrag übernehmen; Sie riskieren praktisch nicht viel damit. Das, was ich Ihnen erzählen will, ist niemandem bekannt außer mir, dessen bin ich ziemlich sicher. Aber ganz genau weiß man so was natürlich nie, und das ist eben das Teuflische an der Sache.«

Er strich sich wieder über den Kopf. »Ich bin nicht gerade sehr stolz auf das, was geschehen ist. Ich bin einunddreißig. Vor anderthalb Jahren ging ich zu Cordoni auf der Madison Avenue, um ein paar Blumen zu kaufen. Das Mädchen, das mich bediente, war ein sehr anziehendes Geschöpf, und noch am gleichen Abend fuhr ich mit ihr zum Dinner. Sie hieß Faith Usher. Ihr Urlaub sollte in zehn Tagen beginnen, und bis dahin hatte ich sie überredet, ihn mit mir zusammen in Kanada zu verbringen. Übrigens hatte ich ihr meinen richtigen Namen verschwiegen, und es schien ziemlich ausgeschlossen, daß sie ihn von anderer Seite erfahren haben könnte. Wir verbrachten eine Woche miteinander, und danach kehrte sie zu Cordoni zurück, während ich nach Europa reiste und zwei Monate wegblieb. Nach meiner Rückkehr dachte ich zwar nicht daran, die Beziehung zu ihr wieder aufzunehmen, hatte jedoch auch keinen Anlaß, einer Begegnung mit ihr aus dem Weg zu gehen. Eines Tages betrat ich wieder das Geschäft von Cordoni. Sie war da, aber sie wollte nicht mit mir sprechen und bat mich, künftig einer anderen Verkäuferin meine Wünsche vorzutragen.«

»Ich schlage vor«, warf Wolfe ein, »daß Sie sich auf das Wesentliche beschränken.«

»Gewiß, aber Sie sollen begreifen, wie sich alles abspielte. Also hören Sie weiter. Mir ist nämlich das Gefühl unangenehm, daß ich jemandem etwas schuldig bin, vor allem, wenn es sich um eine Frau handelt. Deshalb rief ich sie in der Folgezeit zweimal an, um mich mit ihr zu verabreden und auszusprechen. Sie wies mich ab. Also ließ ich die Sache fallen und kümmerte mich nicht mehr um sie. Ich bezog auch meine Blumen aus einem anderen Geschäft. Aber ein paar Monate später, an einem regnerischen Tag im April, befand ich mich zufällig in der Nähe des Ladens und trat aus reiner Bequemlichkeit dort ein. Faith war nicht mehr da. Ich erkundigte mich nicht nach ihr und unternahm auch sonst keine Schritte, um etwas über ihr Ergehen zu erfahren. Ich erwähne diese Einzelheiten nur, damit Sie sich ein Bild davon machen können, wie klein oder groß die Chance ist, daß die Polizei sie herausfindet.«

»Zuerst die Hauptsache«, murmelte Wolfe.

»Na schön, aber Sie müssen wenigstens erfahren, wie ich herausbekam, daß sie sich im Haus Grantham befand. Haus Grantham ist ein Heim, in dem ...«

»Ich weiß, was für ein Heim das ist.«

»Dann brauche ich darauf also nicht weiter einzugehen. Einige Tage nach meinem letzten Blumenkauf bei Cordoni erzählte mir ein Freund – er heißt Austin Byne und ist Mrs. Robilottis Neffe –, daß er am Vortage im Auftrag seiner Tante im Haus Grantham gewesen wäre und dort ein bekanntes Gesicht entdeckt hätte. Es wäre die kleine, zierliche Verkäuferin von Cordini, das hübsche Mädchen mit den grünen Augen, und ich müßte sie eigentlich auch kennen. Ich erwiderte, er müßte sich irren; ich könnte mich an das Mädchen beim besten Willen nicht erinnern. Aber ich ...«

»Gewannen Sie den Eindruck, daß Mr. Byne über den wahren Sachverhalt im Bilde war? Lag in seinem Ton oder seinem Verhalten etwas Zweideutiges?«

»Nein. Mir kam es nicht so vor – nein, ganz bestimmt nicht, aber natürlich traf mich seine Mitteilung wie der Blitz aus heiterem Himmel. Der Ausflug nach Kanada war acht Monate her, und Faith hatte mir nicht den Eindruck eines leichtfertigen Mädchens gemacht. Ich sah ein, daß ich sie sofort aufsuchen und mit ihr sprechen mußte. Ich hoffe, daß dieser Entschluß vor allem einem gewissen Gefühl der Verpflichtung ihr gegenüber entsprang, aber ich will auch nicht leugnen, daß ich gleichzeitig festzustellen wünschte, ob sie inzwischen meinen Namen erfahren hatte und wieweit ich mich auf ihre Verschwiegenheit verlassen konnte. Ich beachtete bei meinem Besuch jede nur mögliche Vorsichtsmaßregel. Soll ich Ihnen genau beschreiben, wie ich vorging?«

»Später vielleicht.«

»Nun, ich sah sie. Sie erklärte mir sofort, sie hätte sich nur deshalb zu der Verabredung bereitgefunden, um mir ein für allemal zu sagen, daß sie nichts mehr mit mir zu tun haben wollte. Sie haßte mich nicht – übrigens glaube ich nicht, daß sie dazu überhaupt fähig war –, aber sie betrachtete unsere kurze Beziehung als einen Irrtum, den sie sich nie im Leben vergeben würde. Sie wünschte jede Erinnerung daran auszulöschen. Sie gebrauchte tatsächlich diesen Ausdruck. Und sie fügte hinzu, daß ihr Kind von fremden Leuten adoptiert werden und niemals erfahren würde, wer seine Eltern seien. Ich hatte Geld bei mir, eine recht beträchtliche Summe, aber sie wollte keinen Cent annehmen. Die Frage, ob ich auch wirklich der Vater des Kindes wäre, schenkte ich mir. Wenn ich überhaupt jemals daran gezweifelt hatte, so belehrte mich ihre Haltung mir gegenüber eines Besseren. Offen gestanden, ich schämte mich maßlos.«

Er preßte die Lippen aufeinander und schwieg. Nach einer Weile setzte er hinzu: »Immerhin hatten diese beschämende Erfahrung und mein Schuldgefühl das eine Gute, daß sie mich zur Vernunft brachten. Ich machte Schluß mit dem Leichtsinn und dem Lotterleben. Ich ließ Haus Grantham anonym eine Schenkung zukommen und sah Faith nicht wieder bis gestern abend. Ich habe sie nicht ermordet. Ich bin im Gegenteil fest davon überzeugt, daß sie sich selbst tötete, und hoffe zu Gott, daß das unerwartete Wiedersehen mit mir sie nicht dazu getrieben hat.«

Er verstummte von neuem und fuhr dann fort: »Ich habe mit ihrem Tode unmittelbar nichts zu tun, aber Sie begreifen jetzt wohl, in welch fürchterliche Lage ich geraten würde, wenn die Polizei bei ihren Nachforschungen auf diese Zusammenhänge stößt. Ich wäre ihr machtlos ausgeliefert. Ich befand mich an der Bar, als Cecil Grantham die beiden Gläser Champagner holte. Selbst wenn ich nicht unter Mordanklage gestellt würde, selbst wenn es gar nicht zu einem Prozeß käme, würde doch die ganze unglückselige Geschichte der Öffentlichkeit bekannt werden, und das wäre immer noch schlimm genug. Andererseits hätte die Polizei den Fall ohne Goodwins Dazwischentreten als Selbstmord deklariert und vermutlich bereits abgeschlossen.

Wundert es Sie da noch, daß ich Goodwins Beweggrund erfahren möchte, und zwar um jeden Preis?«

»Nein«, räumte Wolfe ein. »Sofern man Ihren Bericht guten Glaubens hinnimmt, nicht. Aber darum handelt es sich ja jetzt gar nicht mehr. Anfänglich wollten Sie mir eine Information abluchsen, an die Sie auf anderem Wege nicht herankommen konnten. Sie haben sich nicht ganz so kraß ausgedrückt, aber das war schließlich der tiefere Sinn Ihres Angebots. Ich habe es abgelehnt. Wozu brauchen Sie mich jetzt noch?«

»Um meine Interessen wahrzunehmen und dafür zu sorgen, daß meine Beziehung zu Faith Usher nicht bekannt wird und ich nicht in Verdacht gerate, sie ermordet zu haben.«

»Sie stehen bereits unter Verdacht, weil Sie dabei waren.«

»Unsinn. Das sind Ausflüchte. Ich würde nicht verdächtigt werden – kein Mensch würde verdächtigt werden, wenn Goodwin nicht die Mordthese aufgebracht hätte.«

Ich grinste still in mich hinein. Das Wort ›Ausflüchte‹ gehört zu Wolfes Lieblingsvokabeln. Er hat es Dutzenden von Leuten, die im roten Besuchersessel seiner Gnade ausgeliefert waren, erbarmungslos entgegengeschleudert. Jetzt prallte es wie ein Bumerang auf ihn zurück, und das paßte ihm gar nicht.

»Natürlich werden Sie verdächtigt«, sagte Wolfe gereizt, »und Sie wären ein Tropf, wenn Sie mich damit beauftragten, etwas zu verhindern, was bereits geschehen ist. Aber Sie befinden sich in einer verzweifelten Situation, und Menschen in Ihrer Lage sind nicht imstande, logisch zu denken. Ich sollte deshalb Nachsicht mit Ihnen haben und bin dazu bereit. Falls Sie sich der Hoffnung hingeben, daß die Polizei Ihre Beziehung zu Faith Usher nicht entdeckt, sind Sie auf dem Holzwege. Das Mädchen kannte ganz bestimmt Ihren richtigen Namen. Waren Sie denn bei Cordoni nicht Stammkunde? Hatten Sie dort kein laufendes Konto?«

»Nein. Ich habe natürlich laufende Konten, aber nicht in Blumenläden. Ich zog es damals vor, Blumen stets bar zu bezahlen. Jetzt wäre es bedeutungslos, aber zu jener Zeit schien es mir – sagen wir – klüger. Und ich glaube auch nicht, daß sie meinen richtigen Namen kannte, und falls ja, dann möchte ich darauf schwören, daß sie keiner Menschenseele von mir und unserem Ausflug nach Kanada erzählt hat.«

Wolfe blieb skeptisch. »Na ja«, brummte er mürrisch. »Immerhin zeigten Sie sich mit dem Mädchen in der Öffentlichkeit – auf der Straße, in allen möglichen Lokalen. Wenn sich die Polizei erst mal dahinterklemmt, wird sie die Affäre ganz gewiß zutage fördern; in solchen Recherchen ist sie sehr bewandert. Ich fürchte, die einzig sichere Maßregel, dieses Unheil abzuwenden, hängt von Mr. Goodwin ab.« Er richtete seine Augen auf mich. »Archie, hat irgend etwas, was Mr. Laidlaw bisher geäußert hat, Sie zu der Erkenntnis gebracht, daß Sie sich getäuscht haben?«

»Nein«, antwortete ich. »Jetzt, nachdem ich weiß, wieviel meine Antwort wert ist, in Dollar und Cent meine ich natürlich, ist die Versuchung zwar gewaltig, aber ich habe mich festgelegt. Tut mir leid, es bleibt bei Nein.«

»Auf was festgelegt?« erkundigte sich Laidlaw.

»Auf meine Aussage, daß Faith Usher keinen Selbstmord begangen hat.«

»Aber warum? Um Himmels willen, warum?«

Wolfe sprang in die Bresche und erlöste mich. »Nein, Sir. Das Thema ist tabu, auch wenn ich Ihren Vorschuß annehme. Im Verlaufe meines Lebens habe ich gefunden, daß sehr viel Hypothesen sich bei näherer Betrachtung als unhaltbar erweisen. Es ist also sehr gut möglich, daß Sie Faith Usher getötet haben und mit Ihrem Besuch in meinem Büro eine verborgene, geschickt eingefädelte Strategie verfolgen. Dann ...«

»Ich habe sie nicht getötet.«

»Ganz recht. Dann ergibt sich folgende Situation: Da Mr. Goodwin unnachgiebig ist und die Polizei, sobald sie sich ernstlich an die Arbeit macht, Ihr Geheimnis bestimmt entdekken und Sie belästigen wird, kann ich Ihren Auftrag nur erfüllen, indem ich entweder beweise, daß Faith Usher Selbstmord begangen und Mr. Goodwin unrecht hat, oder den Mörder identifiziere und bloßstelle. Das dürfte ein mühseliges und kostspieliges Unterfangen sein, und deshalb muß ich Sie bitten, nachher ein Memorandum zu unterzeichnen, in dem Sie mir bestätigen, daß Sie, ganz gleich, wer der Mörder ist, nach seiner Verhaftung meine Rechnung begleichen.«

Laidlaw zögerte eine Sekunde. »Ich unterschreibe.«

»Wie ich bereits sagte, ohne jede Garantie.«

»Ich erwarte keine.«

»Dann wäre das also klar.« Wolfe griff nach dem Scheck. »Archie, Sie können ihn als Vorschuß und Spesenvorauszahlung hinterlegen.«

Ich erhob mich, nahm ihn entgegen und ließ ihn in eine Schublade meines Schreibtisches flattern.

»Ich möchte Sie etwas fragen«, bemerkte Laidlaw und sah mich an. »Anscheinend haben Sie der Polizei nichts von dem Zwischenfall beim Tanzen erzählt, als ich Faith aufforderte und sie mir einen Korb gab. Jedenfalls kam er beim Verhör nicht zur Sprache. Warum?«

Ich ließ mich auf meinen Sitz zurückfallen. »Das dürfte so ungefähr das einzige Detail sein, das ich ausließ, und zwar aus gutem Grund. Von Anfang waren Sie hinter mir her, weil ich den sogenannten Selbstmord als Mord deklarierte. Wenn ich nun noch mit der Geschichte herausgerückt wäre, wie Faith Usher Sie abblitzen ließ, hätte man womöglich geglaubt, ich wollte zu dem Mord auch gleich den Mörder servieren, und das war mir zu riskant. Die Beamten waren sowieso nicht gut auf mich zu sprechen wegen früherer Zusammenstöße. Und falls Sie dann den Zwischenfall glattweg abgeleugnet hätten, würde man mich wahrscheinlich bei lebendigem Leibe massakriert haben. Ich konnte mich ja immer noch später daran erinnern und eine Aussage machen, wenn die Umstände es erforderten.«

Wolfe runzelte die Brauen. »Aber mir haben Sie's auch nicht berichtet.«

»Nein, Sir. Warum auch? Sie interessierten sich ja nicht dafür.«

»Aber jetzt interessiert es mich. Übrigens ist das Verhalten des Mädchen bereits einleuchtend erklärt.« Er wandte sich an Laidlaw. »Wußten Sie, daß Miss Usher dort sein würde, als Sie die Einladung annahmen?«

»Nein. Ich wäre sonst bestimmt nicht hingegangen.«

»Und sie? Wußte sie es?«

»Das entzieht sich meiner Kenntnis, aber ich bezweifle es. Meiner Meinung nach gilt das gleiche auch für sie; hätte sie eine Ahnung von meiner Anwesenheit gehabt, dann wäre sie bestimmt nicht hingegangen.«

»Das ist wirklich ein bemerkenswertes Zusammentreffen. Man muß zwar mit Zufällen rechnen, man soll sie jedoch nicht auf Treu und Glauben hinnehmen. Waren Sie schon vorher einmal als Gast auf einer dieser jährlichen Geburtstagsfestlichkeiten?«

»Nein. Ich glaube, mein Erlebnis mit Faith war der tiefere Anlaß, daß ich die Einladung überhaupt annahm. Nicht, um sie zu sehen – ich hätte die Begegnung vermieden, wenn ich vorher etwas davon gewußt hätte –, es war mehr eine Art innerer Zwang. Ein Psychiater würde wahrscheinlich von einem Schuldkomplex sprechen.«

»Von wem ging die Einladung aus?«

»Von Mrs. Robilotti.«

»Sind Sie ein häufiger Gast in ihrem Hause?«

»Nein. Eigentlich nur ein recht seltener. Ich kenne Cecil, ihren Sohn, seit der Schule, aber wir waren niemals befreundet. Ihren Neffen Austin Byle lernte ich in Harvard kennen. Aber was sollen diese Fragen? Wollen Sie mich auf Herz und Nieren prüfen?«

Wolfe antwortete nicht. Er sah zur Wanduhr auf. Zehn Minuten nach eins. Er atmete tief ein, stieß die Luft geräuschvoll durch den Mund wieder aus und betrachtete seinen Klienten ohne jede Begeisterung.

»Das wird Stunden dauern, Mr. Laidlaw. Zunächst müssen wir herausfinden, was Sie über jene Leute wissen, da ich von der Hypothese ausgehe, daß Mr. Goodwin recht hat und Miss Usher ermordet worden ist und daß Sie unschuldig sind und folglich der Täter unter den übrigen Personen zu suchen ist. Wir haben insgesamt elf Verdächtige, falls wir den Butler mitzählen – nein, zehn. Mr. Goodwin rechne ich nicht. Das ist ja eine ganze Armee, zum Teufel! Es ist Zeit für den Lunch. Ich lade Sie dazu ein, und nachher können wir weiterarbeiten.«

6

Laidlaw verließ uns erst am Spätnachmittag um Viertel nach fünf. Das Ergebnis unserer langen Sitzung waren zweiunddreißig Seiten fast unleserlicher Notizen in meiner Kurzschrift, Marke Goodwin privat. Wolfe war natürlich Punkt vier Uhr in Richtung Gewächshaus verschwunden, so daß ich während der letzten fünfviertel Stunden allein das Vergnügen hatte, Laidlaws Gedächtnis auf Vordermann zu bringen. Als Wolfe um sechs wieder im Büro auftauchte, hatte ich bereits vier Seiten abgetippt und brütete gerade über der fünften.

Das meiste war reine Zeit- und Papiervergeudung, aber hier und da gab es ein paar Einzelheiten, die uns vielleicht von Nutzen sein konnten. Die drei anderen unverheirateten Mütter allerdings waren nur unter ›Ferner liefen‹ vertreten. Laidlaw kannte weder Helen Yarmis noch Ethel Varr, noch Rose Tuttle. Die zweite Niete stellte mein Freund Hackett dar. Laidlaw konnte mir nicht mehr über ihn berichten, als daß er ein erstklassiger Butler wäre, was ich ohnehin schon wußte, und daß er bereits seit vielen Jahren im Haus Grantham-Robilotti tätig war.

Mrs. Robilotti – nun ja, Laidlaw konnte sie nicht leiden. Er drückte sich natürlich feiner aus, aber die Tatsache an sich war offenkundig. Er bezeichnete sie als eine typische Neureiche. Albert Grantham, ihr erster Mann, war ein echter Philanthrop gewesen mit einem klaren Blick für die Bedürfnisse notleidender, gescheiterter Existenzen. Aber der Wohltätigkeitsrummel seiner Witwe war nichts als Humbug. In Wirklichkeit setzte sie seine philanthropischen Bestrebungen gar nicht fort; Grantham hatte in seinem Testament bedeutende Mittel dafür ausgeworfen, die von einem Kuratorium verwaltet wurden. Mrs. Robilotti saß zwar in allen möglichen Aufsichtsräten, jedoch nur aus Geltungssucht und Angabe.

Robert Robilotti: Laidlaw konnte ihn sogar noch weniger leiden und sprach das auch sehr deutlich aus. Die verwitwete Mrs. Albert Grantham hatte ihn sich in Italien angelacht und zusammen mit ihrem Gepäck in die Staaten befördert. Nach

Laidlaws Ansicht genügte schon diese Tatsache allein als Beweis dafür, daß sie eine vulgäre Person war. Bis hierher schien mir alles ganz klar, aber danach wurde es kompliziert. Laidlaw bezeichnete Robilotti als gebildet, kultiviert und gut erzogen. Natürlich war er deshalb trotzdem ein Schmarotzer. Als ich fragte, ob sich Robilotti die Liebesfreuden, die ihm daheim nicht geboten wurden, anderweitig beschaffte, antwortete Laidlaw, diesbezügliche Gerüchte wären im Umlauf, aber geklatscht würde ja immer.

Celia Grantham: Hier harrte meiner eine Überraschung – nichts Überwältigendes, aber immerhin so viel, daß ich erstaunt die Brauen hochzog. Laidlaw hatte Celia vor ungefähr sechs Monaten einen Antrag gemacht, und sie hatte ihm einen Korb gegeben. »Ich erzähle Ihnen das nur«, sagte er, »damit Sie verstehen, warum ich ihr gegenüber nicht objektiv sein kann. Vielleicht war es ein Glück, daß sie mich abwies. Ich bat sie damals um ihre Hand, als ich gerade mein Erlebnis mit Faith hinter mir hatte und von Selbstvorwürfen gepeinigt wurde. Möglicherweise suchte ich damals nur eine hilfreiche Seele. Celia könnte einem Mann bestimmt eine Stütze sein. Sie hat nämlich Charakter, weiß jedoch nicht, was sie damit anfangen soll.«

Cecil Grantham: Diesen jungen Mann beurteilte Laidlaw mit äußerster Zurückhaltung, und ich glaubte auch zu wissen, weshalb. Cecil war drei Jahre jünger als Laidlaw und schien denselben Neigungen zu frönen, mit denen sich Laidlaw vor dem Zwischenfall mit Faith Usher und seiner moralischen Erneuerung die Zeit vertrieben hatte. Allerdings hörte die Übereinstimmung an einem gewissen Punkt auf. Laidlaw war schon seit einigen Jahren freier Herr über ein bedeutendes Vermögen, während Cecils Finanzen von seiner Mutter kontrolliert wurden und er folglich eine gewisse Vorsicht walten lassen mußte. Er hatte zwar gelegentlich die Absicht geäußert, irgend etwas zu tun und selbst Geld zu verdienen, aber bisher war es ihm nicht geglückt, die nötige Muße dafür aufzubringen. Er amüsierte sich jedes Jahr drei Monate lang auf einer Ranch in Montana.

Paul Schuster: Das war der Musterknabe, wie er im Buche steht. Er hatte sich sein Studium selbst finanziert und die Universität mit höchsten Ehren verlassen. Danach hatte ihm ein Richter des amerikanischen Bundesgerichts den Posten eines Schriftführers angetragen, aber er hatte sich für eine Stellung in einem Anwaltsbüro auf der Wall Street mit einem Dutzend gewichtiger Namen auf dem Briefkopf entschieden. Er bezog vermutlich hundertfünfzig Dollar Gehalt in der Woche. Mit fünfzig würde er aller Voraussicht nach eine halbe Million im Jahr einstecken. Laidlaw kannte ihn nur flüchtig und vermochte über Schusters Beziehungen zum schwachen Geschlecht keinerlei Informationen beizusteuern. Einer der Seniorpartner des Anwaltsbüros war Albert Granthams juristischer Berater gewesen, und dieser Verbindung verdankte Schuster vermutlich seine Einladung bei Mrs. Robilotti.

Beverly Kent: Sprößling der Rhode-Island-Kents, falls Ihnen das etwas sagt. Mir sagte es jedenfalls nichts. Seine Familie besaß immer noch etwa dreitausend Morgen Land und ein paar Meilen eines Flusses, der Usquepaugh hieß. Auch Kent hatte Laidlaws Jahrgang in Harvard angehört und, einer Familientradition folgend, die diplomatische Laufbahn eingeschlagen. Laidlaw hielt es für ziemlich ausgeschlossen, daß sich Kent jemals einer Indiskretion gegen ein weibliches Wesen schuldig gemacht hätte, von einem gröblichen Vergehen ganz zu schweigen.

Edwin Laidlaw: Ein bekehrter Mensch, ein reuiger Sünder und eine gerettete Seele. Vor drei Jahren hatte er seinen Vater beerbt und sein lustiges Leben fortgesetzt, bis die Affäre mit Faith Usher ihn zur Vernunft gebracht hatte. Mehr als die Hälfte seines Vermögens hatte er in die Malvin Press gesteckt und vier Monate lang täglich mehr als zehn Stunden in seinem Büro gehockt, den Sonntag mit eingeschlossen. Er glaubte, daß er in etwa fünf Jahren die Geheimnisse des Buchmarktes ergründet haben würde.

Seine Kenntnisse über Faith Usher waren recht dürftig und basierten lediglich auf den Eindrücken, die er im Verlaufe ihrer kurzen Bekanntschaft gewonnen hatte. Er wußte nicht das geringste über ihre Herkunft, ihre Familie und ihr Leben. Sie hatte sich sogar geweigert, ihm ihre Adresse zu geben, sondern ihm nur eine Telefonnummer genannt, über die er sie erreichen konnte. Er hatte die Nummer vergessen und überdies nach seiner Bekehrung während einer kleiner privaten Zeremonie sein Adreßbuch nebst anderen Überbleibseln aus den wilden Tagen vernichtet. Das alles machte das Kraut nicht fett, und als ich einwandte, daß man auf einem einwöchigen Ausflug eine Menge Zeit zum Reden hat, entgegnete er, sie hätten sich in Kanada über alles mögliche unterhalten, aber Faith hätte alle persönlichen Themen ängstlich gemieden. Seiner Vermutung nach hätte sie eine gute Erziehung genossen und die höhere Schule besucht.

Bevor sich Wolfe zu seinen Orchideen zurückzog, hatten wir unseren Klienten eine volle Stunde lang mit Fragen nach Einzelheiten über die Dinnergesellschaft durchlöchert. Wolfe ging Minute für Minute mit ihm durch, um wenigstens den Schimmer eines schwachen Fingerzeigs zu ergattern. Laidlaw war überzeugt, daß keiner der übrigen Gäste aus seinem oder Faith Ushers Verhalten hatte entnehmen können, daß sie sich von früher kannten. Bei ihrer Weigerung, mit ihm zu tanzen, war ich der einzige Zeuge gewesen, und er hatte sie nur deshalb aufgefordert, weil man das von ihm erwartete und er kein Aufsehen erregen wollte.

Besonders nachdrücklich quetschte Wolfe ihn darüber aus, als Cecil Grantham an der Bar aufkreuzte und die beiden Gläser holte. Laidlaw hatte mit Helen Yarmis getanzt und sich danach mit ihr zur Bar begeben. Als die beiden dort anlangten, zogen Beverly Kent und Celia Grantham ab, so daß nur noch Mr. und Mrs. Robilotti und natürlich Hackett da waren. Laidlaw schätzte, daß er und Helen Yarmis höchstens zwei Minuten an der Bar gestanden hatten, als Cecil auf der Bildfläche erschien; dieselbe Auskunft hatte er auch der Polizei erteilt. Er konnte sich jedoch nicht mehr daran erinnern, ob sich auf dem Bartisch mehrere gefüllte Gläser befunden hatten, als er sich und Helen mit Champagner versorgte; er hatte einfach nicht darauf geachtet. Er wußte nur eines ganz genau, und zwar, daß weder er noch Helen Yarmis den Champagner vergiftet hatten.

Sobald der Klient sich verabschiedet hatte, rief ich unsere Hilfstruppe an und bestellte sie – nämlich Saul Panzer, Fred Durkin und Orrie Cather – gemäß Wolfes Instruktion für neun Uhr ins Büro.

Um sechs, pünktlich wie immer, kam Wolfe aus dem Dachgeschoß herunter und begab sich an seinen Schreibtisch. Ich legte die vier fertig getippten Seiten zusammen, brachte sie ihm und setzte mich wieder hinter die Schreibmaschine. Gerade zog ich die fünfte Seite heraus, als er plötzlich zu sprechen begann.

»Archie.«

Ich verrenkte mir fast den Hals bei dem Versuch, weiterzuarbeiten und ihn dabei anzusehen. »Ja, Sir?«

»Hören Sie bitte gut zu.«

Ich schwenkte auf meinem Sessel herum. »Ja, Sir.«

»Sie werden mir sicher beistimmen, wenn ich sage, daß wir es mit einem unangenehmen Problem von nahezu monströser Kompliziertheit zu tun haben.«

»Ja, Sir.«

»Ich habe Sie nun schon dreimal gefragt, ob Sie Ihre Behauptung, daß Miss Usher nicht Selbstmord begangen hat, aufrechterhalten. Das erstemal aus gewöhnlicher Neugierde. Das zweitemal, in Anwesenheit von Mr. Cramer, aus rhetorischen Gründen und um Ihnen Gelegenheit zu geben, Ihre Meinung mit dem gebührenden Nachdruck zu äußern. Das drittemal, in Gegenwart von Mr. Laidlaw, zu rein dekorativen Zwecken, weil er die Frage erwartete, während ich sehr wohl wußte, daß Sie sie mit Rücksicht auf ihn natürlich positiv beantworten würden. Jetzt frage ich Sie zum vierten Male. Ich habe den Auftrag übernommen unter der Voraussetzung, daß es sich um einen Mord handelt, eine Voraussetzung, der lediglich Ihre Behauptung zugrunde liegt. Sie wissen selbst, wieviel Schweiß, Energie, Zeit und Ärger mich eine solche Aufgabe kostet. Zugegeben, Mr. Laidlaw fällt der finanzielle Teil zur Last, aber der ist nur eine Lappalie im Vergleich zu dem, was ich am Hals habe. Ich möchte nun nicht zusätzlich Gefahr laufen, hinter einem Mörder herzujagen, der sich schließlich bloß als ein Produkt Ihrer übereifrigen Phantasie entpuppt. Deshalb frage ich Sie noch einmal.«

Ich nickte. »Mir schwante schon, daß das kommen würde. Also, ich bleibe eisern. Ich bin aber gern bereit, Ihnen darüber einen ins einzelne gehenden Vortrag zu halten, wenn Sie es wünschen.«

»Nein, danke. Sie haben mir Ihren Verdacht bereits hinreichend begründet. Ich möchte Sie lediglich an das erinnern, was Mr. Cramer heute vormittag gesagt hat. Danach konnte der Mörder unmöglich im voraus wissen, ob das Glas mit dem vergifteten Champagner auch tatsächlich in Miss Ushers Hände gelangen würde.«

»Ich habe es gehört.«

»Ja. Das gleiche läßt sich aber auch gegen die Vermutung einwenden, daß der Mordanschlag ursprünglich gegen eine andere Person gerichtet war und Miss Usher nur zufällig traf.«

»Stimmt.«

»Außerdem scheint sie mir das einleuchtendste Opfer zu sein. Es war bekannt, daß sie stets ein Fläschchen mit Gift bei sich trug und des öfteren Selbstmordabsichten geäußert hatte. Der Mörder konnte mit ziemlicher Sicherheit damit rechnen, daß die Polizei den Tod des Mädchens als Selbstmord ansehen würde. Ohne Ihre Aussage wäre das ja auch geschehen. Deshalb war das Gift beinahe sicher für sie bestimmt.«

»Richtig.«

»Andererseits konnte es, den Ausführungen Mr. Cramers zufolge, wiederum nicht für sie bestimmt gewesen sein.«

Ich grinste ihm zu. »Zum Teufel, ja, ich weiß, das Problem kann einen ganz verrückt machen. Ich hab' keinen Schimmer, wo man es anpacken muß, um damit fertig zu werden. Aber das erwartet ja auch glücklicherweise niemand von mir. Das ist Ihre Aufgabe. Übrigens, weil wir gerade von Anpacken sprechen – Saul, Fred und Orrie werden Punkt neun hier antreten.«

Er verzog das Gesicht. Er mußte noch Aufträge für die drei ausknobeln, und zwar innerhalb von drei Stunden.

»Ich habe mich eben erst, nachdem ich Sie zu Rate gezogen

habe, für die Annahme des Auftrags entschieden«, erklärte er knurrend. »Wir hätten den Scheck immer noch zurückschicken können. Aber jetzt habe ich den Kopf in die Schlinge gesteckt und Sie auch. Sie werden sich gleich morgen früh zu diesem Haus Grantham begeben und sich nach Faith Usher erkundigen. Versuchen Sie so viel wie möglich über sie herauszufinden: Wann sie dort eintraf, wie lange sie dort geblieben ist, was mit ihrem Kind geschah – kurz, alles. Ich brauche Tatsachen.«

»Mit dem größten Vergnügen, vorausgesetzt, sie lassen mich da überhaupt rein. Das soll kein Einwand sein, sondern bloß ein taktischer Hinweis. Das Heim wurde heute bestimmt von einem Haufen Besucher überlaufen – mindestens ein Dutzend Journalisten, von den Kriminalpolizisten ganz zu schweigen. Haben Sie irgendwelche Vorschläge?«

»Ja. Sie erwähnten gestern früh einen Bekannten namens Austin Byne, und Mr. Laidlaw sprach heute von einem Neffen von Mrs. Robilotti namens Austin Byne, der im Auftrag seiner Tante Haus Grantham besucht hätte. Derselbe Mann vermutlich?«

»Vermutlich ja.« Ich schlug die Beine übereinander. »Austin Byne war mir auch schon eingefallen, und ich habe mich bloß aus rein höflichen Gründen nach Ihren Vorschlägen erkundigt.«

»Wissen Sie, wie Sie Mr. Byne erreichen können?«

Ich bejahte und wählte, bevor ich mich wieder hinter die Schreibmaschine setzte, seine Nummer. Niemand meldete sich. Bis zum Dinner rief ich ihn noch viermal an, ohne jeden Erfolg. Bei Tisch gestattet Wolfe, wenigstens was seine eigene Person betrifft, keine Störung, und da wir zusammen speisen, läuft er rot an, wenn ich während des Essens aufstehe. Aber diesmal ließ sich das leider nicht vermeiden. Ich trabte während des Dinners dreimal ins Büro hinüber, um Byne an die Strippe zu bekommen, und nachdem wir die gebackenen Birnen verdrückt hatten und Fritz uns den Kaffee im Büro serviert hatte, versuchte ich es von neuem. Ich schlucke die Tatsache, daß der Teilnehmer nicht da ist, für gewöhnlich erst dann, wenn er sich nach dreizehn Klingelzeichen nicht meldet, und ich war erst beim neunten angelangt, als Fritz Saul Panzer ankündigte. Die zwei anderen trafen eine Minute später ein.

Dieses Trio, das Wolfe immer dann herbeipfeift, wenn er eine Großaktion starten will, ist so ungefähr das Beste, was sich in New York in der Sparte Spürhunde auftreiben läßt. Saul Panzer, ein kleiner Bursche mit einer großen Nase, der niemals einen Hut trägt, sondern sich bei schlechtem Wetter höchstens zu einer Mütze aufschwingt, ist sogar erstklassig. Fred Durkin ist dick und kahlköpfig und hat seine schwachen Seiten. Aber er ist mindestens halb soviel wert wie Saul, wenn man ihm die richtigen Aufgaben zuteilt. Wäre Orrie Cather ebenso gescheit wie hübsch, dann könnte er längst zu den Brötchengebern gehören, und Wolfe müßte sich nach einem Ersatz umsehen, was eine verdammt harte Nuß für ihn wäre, denn gute Detektive sind selten.

Sie saßen nebeneinander auf den gelben Sesseln vor Wolfes Schreibtisch. Da wir seit über zwei Monaten keinen von den dreien gesehen hatten, tauschten wir die üblichen Artigkeiten aus inklusive eines kräftigen Händedrucks. Das Trio gehört zu den neun oder zehn Personen, denen Wolfe freiwillig die Hand reicht. Saul und Orrie hatten sich für Kaffee entschieden, Fred für Bier.

Wolfe schlürfte seinen Kaffee, stellte die Tasse ab und warf einen Blick in die Runde. »Ich habe mich verpflichtet, eine Erklärung für etwas ausfindig zu machen, das allem Anschein nach unerklärlich ist.«

Fred Durkin runzelte die Stirn und überlegte. Er ist schon vor Jahren zu dem Schluß gekommen, daß hinter jedem von Wolfes Worten ein geheimer Sinn verborgen ist, und wollte sich keine dieser Perlen entgehen lassen. Orrie Cather lächelte, und Saul Panzer sagte: »Dann bleibt uns also nichts anderes übrig, als eine Erklärung zu erfinden.«

Wolfe nickte. »Richtig, Saul. Möglicherweise kommt es dazu, oder wir blasen die ganze Sache ab. Wie Sie alle wissen, beschränke ich mich für gewöhnlich darauf, Ihnen genaue Instruktionen zu erteilen. Aber diesmal dürfte es angebracht sein, Ihnen die Situation und gewisse Aspekte des Falles ausführlich zu schildern. Wir haben es mit dem Tod eines Mädchens namens Faith Usher zu tun, das im Hause von Mrs. Robilotti vergifteten Champagner trank. Vermutlich haben Sie bereits darüber gelesen?«

Ja, das hatten sie alle.

»Aber Sie müssen alles erfahren, was ich darüber weiß, mit Ausnahme der Identität unseres Klienten. Gestern morgen wurde Archie von einem Bekannten namens Austin Byne, dem Neffen von Mrs. Robilotti, angerufen. Er bat Archie ...«

Da ich merkte, daß man mich für eine Weile nicht brauchte, und ich es an der Zeit fand, Byne noch eine Chance zu geben, verdrückte ich mich in die Küche und wählte auf dem Nebenanschluß seine Nummer. Ich fürchtete schon, sein Schnupfen hätte ihm den Garaus gemacht und ich würde ihn in dieser Welt nicht mehr erreichen, als sich plötzlich eine Stimme mit ›Hallo!‹ meldete.

»Byne?« fragte ich. »Dinky Byne?«

»Wer ist dort?«

»Archie Goodwin.«

»Oh, hallo, alter Junge. Ich hab' mir schon gedacht, Sie würden anrufen, weil ich schuld daran bin, daß Sie in diese verdammte Geschichte hineingeraten sind. Also los, nun sagen Sie schon , was Sie auf dem Herzen haben.«

»Tja, von Rechts wegen haben Sie eine Abreibung verdient, aber ich habe eine bessere Idee. Sie wollten mir doch auch mal einen Gefallen tun. Ich will morgen früh zum Haus Grantham hinausfahren und dort mit jemandem, am liebsten der Heimleiterin, sprechen. Da sie aber heute wahrscheinlich von allen möglichen Besuchern belästigt worden ist, wird man mich vielleicht gar nicht reinlassen. Deshalb dachte ich, Sie könnten mir dort Zutritt verschaffen – brieflich oder fernmündlich oder vielleicht sogar in persona. Was sagen Sie dazu?«

Schweigen. Dann kam die Antwort: »Was bringt Sie auf den Gedanken, daß ich Ihnen dort Zutritt verschaffen könnte?«

»Erstens sind Sie Mrs. Robilottis Neffe. Zweitens hörte ich, wie jemand – ich hab' vergessen, wer – sagte, daß Sie im Auftrag Ihrer Tante dort waren.«

Erneutes Schweigen. »Auf was sind Sie eigentlich aus? Worüber wollen Sie mit der Heimleiterin sprechen?«

»Reine Neugierde. Ein paar Fragen, die die Polizei mir wegen des Vorfalls gestern nacht stellte, haben meine Neugier erregt.«

»Was waren das denn für Fragen?«

»Das zu erzählen wäre viel zu langwierig und zu kompliziert. Wir wollen einfach sagen, daß ich eine wißbegierige Natur bin. Deshalb bin ich ja Detektiv geworden. Übrigens bitte ich Sie gar nicht darum, den Augenzeugen bei einem plötzlichen Todesfall zu mimen, wie Sie's freundlicherweise bei mir getan haben, obwohl Sie das natürlich nicht vorher wissen konnten. Ich verlange nicht mehr von Ihnen als einen einzigen, kurzen Telefonanruf.«

»Ich kann nicht, Archie.«

»Nein? Warum nicht?«

»Weil ich ... ich würde nicht ... es könnte so aussehen, als ob ... ich meine, ich kann das einfach nicht für Sie tun.«

»Okay, vergessen Sie's. Es ist natürlich verdammt unangenehm – ich meine für mich, weil ich so scheußlich neugierig bin. So würde ich, zum Beispiel, brennend gern wissen, weshalb Sie für die Einladung überhaupt einen Stellvertreter brauchten, wo Sie doch in Wirklichkeit gar keine Erkältung hatten – jedenfalls nicht die Sorte Schnupfen, die Sie mir vorzuspielen versuchten. Ich hab' der Polizei bisher nichts davon erzählt, aber ich fürchte, jetzt muß ich damit herausrücken, schon um meinetwillen, damit ich endlich eine Erklärung dafür kriege.«

»Sie sind ja verrückt. Ich war erkältet. Ich habe Ihnen bestimmt nichts vorgemacht.«

»Nehmen Sie sich in acht. Entweder Sie sprechen mit mir, oder die Polizei rückt Ihnen auf den Pelz.«

Eine lange Pause. »Legen Sie noch nicht auf, Archie.«

»Und warum nicht? Los, machen Sie mir ein Angebot.«

»Ich muß Sie unbedingt sehen und mit Ihnen über alles sprechen, aber ich kann mich nicht aus der Wohnung wegrühren, weil ich einen Anruf erwarte. Vielleicht können Sie herkommen?«

»Wohin?«

»In meine Wohnung, Bowdoin Street siebenundachtzig. Es ist zwei Blocks südlich –«

»Ich weiß, wo es ist. Ich bin in zwanzig Minuten bei Ihnen. Schlucken Sie inzwischen etwas Aspirin.«

7

Es ließ sich unmöglich sagen, wie die Nummer 87 in der Bowdoin Street noch vor ein paar Jahren ausgesehen haben mochte – man konnte es allenfalls erraten, wenn man die barackenähnlichen Gebäude der Nachbarschaft zum Vergleich heranzog –, denn irgend jemand hatte eine ganze Menge Geld an das Haus gewendet und es gründlich renoviert. Im Inneren war es gar nicht so übel. Da ich mich über die Sprechanlage im Vestibül angemeldet und Bescheid bekommen hatte, betrat ich den Fahrstuhl und drückte auf den Knopf mit der Ziffer Fünf.

Als ich in der fünften Etage ausstieg, stand Byne schon da, begrüßte mich und geleitete mich in seine Wohnung. Nachdem er mir Hut und Mantel abgenommen hatte, führte er mich in ein Zimmer, das ich, von einigen unwesentlichen Änderungen abgesehen, selbst gern an jenem denkwürdigen Tag beziehen würde, an dem Wolfe mich hinausfeuert oder ich ihm meine Kündigung vor die Füße werfe. Die Teppiche und Sessel entsprachen genau meinem Geschmack. Als Byne mich zum Sitzen genötigt und sich erkundigt hatte, ob ich etwas trinken wollte – was ich mit Dank ablehnte –, baute er sich vor mir auf und blickte mich reuig an. Er war groß und dünn, und seine Gesichtshaut spannte sich straff über die Knochen.

»Da hab' ich Sie ja in eine ganz verteufelte Geschichte verwikkelt«, sagte er. »Es tut mir wirklich verdammt leid.«

»Macht weiter gar nichts«, antwortete ich. »Ich gebe zu, ich wunderte mich, weil Sie ausgerechnet mich zum Stellvertreter auserkoren hatten. Wenn ich Ihnen einen Rat geben darf – Sie bekommen ihn umsonst, aber er ist trotzdem gut –, dann lassen Sie den Dreh mit der Erkältung das nächstemal lieber bleiben.

Sie übertreiben zu sehr. Und wenn's unbedingt Schnupfen sein muß, dann greifen Sie besser zu einem gewöhnlichen, alltäglichen Virus.«

Er drehte seinen Stuhl herum und setzte sich. »Anscheinend sind Sie fest davon überzeugt, daß ich Ihnen was vorgemacht habe.«

»Sicher, aber meine eigene Überzeugung besagt ja noch nichts. Einen stichhaltigen Beweis müßte man woanders suchen, und natürlich würde man ihn auch finden, wenn es überhaupt der Mühe wert wäre. Man müßte die Leute befragen, die Sie Montag abend oder gestern sahen oder anriefen, und sich die Putzfrau vorknöpfen, die diese Wohnung so hübsch sauberhält, aber das wäre sowieso Sache der Polizei. Falls ich persönlich noch einen Beweis gebraucht hätte, wurde er mir zuteil, als ich bei Ihnen auf den Busch klopfte und Sie mich plötzlich unbedingt sprechen mußten. Aber wie wär's, wenn wir uns einem anderen Thema zuwenden würden?«

»Und Sie haben der Polizei nichts davon verraten?«

»Nein. Es handelt sich ja nur um eine private Schlußfolgerung.«

»Und haben Sie vielleicht sonst jemandem davon erzählt? Meiner Tante zum Beispiel?«

»Nein. Ihr bestimmt nicht. Schließlich wollte ich Ihnen ja einen Gefallen erweisen, oder etwa nicht?«

»Ja, und ich bin Ihnen riesig dankbar, Archie. Das war verdammt anständig von Ihnen.«

»Schön. Wir alle werden gern anerkannt. Ich wiederum würde es Ihnen hoch anrechnen, wenn Sie jetzt endlich zur Sache kämen.«

»Ehrlich gesagt, ich sitze in der Klemme, oder besser, ich werde bestimmt hineinkommen, wenn Sie es darauf anlegen.«

»Was habe ich eigentlich damit zu tun?«

»Sie brauchen bloß die Geschichte von meiner vorgetäuschten Erkältung zu erzählen. Egal, wem Sie sie auf die Nase binden, meiner Tante kommt sie bestimmt zu Ohren, und dann bin ich aufgeschmissen. Die Sache ist im Grunde ganz einfach. Seit drei Jahren gehe ich treu und brav zu diesen vermaledeiten

Geburtstagsgesellschaften, und mittlerweile hängen sie mir zum Halse heraus. Ich versuchte mich diesmal bei meiner Tante herauszureden, aber sie blieb eisern, und es gibt gewisse Gründe, derentwegen ich nicht glattweg ablehnen konnte. In der Nacht vom Montag zum Dienstag spielte ich Poker und war am Morgen so k.o., daß mich schon der Gedanke an die Einladung völlig verrückt machte. Das Problem war natürlich, wen ich als Ersatzmann hinschicken sollte. Die Angelegenheit war zu heikel, als daß jeder x-beliebige dafür in Betracht kam. Die ersten zwei Kandidaten, die ich auserkor, waren nicht in der Stadt, und die nächsten drei hatten den Abend nicht frei. Dann fielen Sie mir ein. Ich wußte, Sie würden mit jeder Situation fertig werden, und außerdem kannte Sie meine Tante. Deshalb rief ich Sie an, und Sie waren großherzig genug, um für mich einzuspringen.«

Er lehnte sich zurück. »So war es. Und dann hörte ich heute früh in den Nachrichten, was passiert ist. Es tut mir wirklich verdammt leid, daß ich Ihnen diese unangenehme Geschichte eingebrockt habe und daß mir dieses schreckliche Erlebnis erspart geblieben ist. Sie nehmen mir das doch nicht übel?«

»Keine Spur. Ich hätte selbst gern darauf verzichtet.«

»Das kann ich mir denken. Sie begreifen jetzt sicher, daß es niemandem nützen würde, wenn Sie meinen Schwindel an die große Glocke hängen, und mir würde es fürchterlich schaden. Denn früher oder später käme es doch meiner Tante zu Ohren, und Sie wissen ja, wie schwierig sie ist. Sie würde rasen.«

Ich nickte. »Ich zweifle nicht daran. Das wäre also eine ideale Basis für ein Tauschgeschäft. Sie wollen etwas von mir, und ich will etwas von Ihnen. Ich halte die Klappe über Ihr kleines Täuschungsmanöver, und Sie verschaffen mir Einlaß ins Haus Grantham. Wie heißt die Leiterin? Irving?«

»Irwin. Blanche Irwin.« Er kratzte sich verlegen hinter dem Ohr. »Sie wollen tauschen, wirklich?«

»Jawohl. Ist das fair oder nicht?«

»Es ist fair genug«, gab er zu. »Aber ich sagte Ihnen ja schon am Telefon, daß ich das nicht für Sie tun kann.«

»Tja, aber da hatte ich Sie bloß um eine Gefälligkeit gebeten.

Jetzt handelt es sich um ein Geschäft.«

»Ich könnte es vielleicht versuchen, wenn ich wüßte, was Sie von Mrs. Irwin wollen. Was steckt dahinter?«

»Reine Habgier. Mir sind fünfhundert Dollar angeboten worden für einen Augenzeugenbericht über die Geschehnisse gestern nacht, und ich möchte ihn gern mit ein bißchen Hintergrund ausstaffieren. Aber sagen Sie Mrs. Irwin bloß nichts davon. Sie hat vermutlich mehr als genug von Zeitungsleuten. Sagen Sie ihr nur, daß ich Ihr Freund und ein vertrauenswürdiger Mitbürger bin und erst fünfmal im Kittchen gesessen hätte.«

Er lachte. »Das haut genau hin. Warten Sie, bis Sie sie kennengelernt haben.« Dann wurde er wieder ernst und beinahe sentimental. »Deshalb also. Es ist eine verrückte Welt, Archie. Ein Mädchen weiß nicht weiter und bringt sich um, und Sie sind Augenzeuge dabei, weil ich diese Geburtstagsgesellschaften satt hatte, und zu guter Letzt kassieren Sie auch noch fünfhundert Dollar dafür. Wir leben wahrhaftig in einer verrückten Welt. Also habe ich Ihnen eigentlich gar keinen so schlechten Dienst erwiesen, oder?«

Ich mußte zugeben, daß man die Angelegenheit auch von dieser Seite betrachten konnte. Daraufhin erklärte er, er hätte große Lust, die verrückte Welt mit einem Drink hochleben zu lassen, und ob ich ihm nicht dabei Gesellschaft leisten wollte. Er verschwand und tauchte mit den erforderlichen Zutaten – einem Scotch mit Wasser für mich und einem Bourbon auf Eiswürfeln für sich – wieder auf. Wir prosteten uns zu, und dann griff er zum Telefon und rief Mrs. Irwin an. Anscheinend stand er auf sehr gutem Fuß mit ihr, denn er sagte ihr lediglich, er wäre ihr zu Dank verpflichtet, wenn sie einem Freund von ihm eine kurze Unterredung gewähren würde, und damit war die Sache schon im Lot. Sie antwortete, der Vormittag wäre dazu geeigneter als der Nachmittag. Nachdem er aufgelegt hatte, unterhielten wir uns über die verrückte Welt und leerten unsere Gläser, und als ich schließlich ging, hatten wir Brüderschaft getrunken und waren ein Herz und eine Seele.

Zu Hause stellte ich fest, daß das Trio sich aus dem Staub gemacht hatte. Wolfe thronte hinter seinem Schreibtisch und war in ein Buch vertieft. Er las einen Absatz zu Ende, ließ den Schmöker sinken und sagte mir, ich sollte den Spesenvorschuß für Saul, Fred und Orrie, zweihundert Dollar pro Person, verbuchen. Ich ging zum Safe, schnappte mir das Ausgabenbuch, trug die Summen ein, verschloß den Safe für die Nacht und fragte Wolfe, ob ich etwas über die Aufträge des Trios wissen müßte. Er erwiderte, das hätte Zeit für später, womit er in Wirklichkeit meinte, daß er lieber weiterlesen wollte, und erkundigte sich dann, ob ich Erfolg gehabt hätte. Ich erklärte ihm, die Sache wäre okay, und er müßte morgen vormittag auf meine Dienste verzichten, weil ich schon vor neun Uhr in Richtung Haus Grantham abbrausen würde.

»Ich nenne Austin Byne jetzt ›Dinky‹. Warum er so heißt, weiß ich nicht, ich habe ihn nicht danach gefragt. Ich muß noch hinzufügen, daß er zuerst Schwierigkeiten machte und ich ihn daher unter Druck setzen mußte. Als er mich gestern anrief, mimte er den schwer Erkälteten, aber er vermurkste die Vorstellung. Heute behauptet er, er hätte schon drei von diesen Dinnereinladungen genossen und die Nase voll gehabt und mich erst angerufen, nachdem seine Bemühungen bei fünf anderen Bekannten erfolglos geblieben waren. Ich schlug ihm einen Tauschhandel vor. Er verschafft mir Eintritt ins Haus Grantham, und ich erzähle seiner Tante nichts von seinem Schnupfenmanöver. Er fürchtet anscheinend, daß sie ihn beißen könnte.«

Wolfe grunzte. »Es gibt nichts Erbärmlicheres als einen Mann, der sich vor einer Frau fürchtet. Halten Sie ihn für aufrichtig?«

»Ja und nein. Ich könnte keinen Eid darauf leisten. Es ist nicht ausgeschlossen, daß er vorher von dem als Selbstmord kaschierten Mordanschlag Wind bekommen hatte und mich mobil machte, um für einen perfekten Augenzeugen zu sorgen. Möglicherweise rechnet er jetzt darauf, daß ich den Täter mit Ihrer Hilfe festnagle. Aber vielleicht ist er auch eine ganz ehrliche Haut und bloß bedauernswert.«

»Sie und er sind nicht befreundet?«

»Nein, Sir. Wir sind nur flüchtig miteinander bekannt. Ich bin ihm früher ein paarmal auf Gesellschaften begegnet.«

»So daß an sich kein Anlaß bestand, Sie um einen Freundschaftsdienst zu bitten?«

»Eben. Deshalb hab' ich mir ja auch die Mühe gemacht, ihm auf den Zahn zu fühlen. Ich hätte auch ohne ihn eine Möglichkeit gefunden, mit Mrs. Irwin von Haus Grantham in Verbindung zu treten.«

»Aber Ihr Besuch bei ihm hat zu keinem endgültigen Ergebnis geführt?«

»Nein, Sir. Großes Fragezeichen.«

»Na schön.« Er versenkte die Nase wieder in sein Buch, und ich trottete in die Küche, um mir ein Glas Milch zu holen.

Am nächsten Morgen, Donnerstag, um zwanzig Minuten nach acht saß ich am Steuer unserer Heron-Limousine und fuhr die 46. Straße hinauf in Richtung West Side Highway. Die Anschaffung der Limousine im Jahre zuvor hatte zu einer Kontroverse geführt, die immer noch nicht entschieden war. Wolfe bezahlt die Wagen, aber ich fahre sie, und ich hatte mir einen schnellen, leichten Wagen gewünscht, mit dem ich auf engstem Raum wenden konnte, falls die Gelegenheit es erforderte. Mein Vorschlag stand jedoch in schärfstem Gegensatz zu Wolfes eingefleischter Überzeugung, daß jeder, der sich einem Fahrzeug – vom Kinderwagen bis zum Hubschrauber – anvertraut, sein Leben leichtsinnig aufs Spiel setzt, wobei die Gefahr im umgekehrten Verhältnis zur Größe des jeweiligen Vehikels steht. In einem Vierzig-Tonnen-Laster würde er sich wahrscheinlich ganz wohl gefühlt haben. Wir kauften also einen Heron, und, abgesehen von seinem Umfang, hatte ich nichts gegen ihn einzuwenden.

Der Achtundvierzig-Stunden-Regen, der auf New York niedergeprasselt war, entpuppte sich ein bißchen weiter nördlich als Schnee. Am Hawthorne Circle zeigte sich rechts und links der Straße das erste schüchterne Weiß, und je weiter ich auf dem Taconic State Parkway nach Norden vordrang, desto dicker wurde die Schneedecke. Als ich schließlich vom Parkway abbog und eine schmale Straße einschlug, türmten sich zu beiden Seiten vier bis fünf Fuß hohe Schneehaufen, die mir die Aussicht völlig versperrten. Nach einer halben Stunde landete ich vor einem imposanten Tor mit zwei steinernen Säulen und einem Schild mit der Aufschrift ›Haus Grantham‹. Ich fuhr die enge, gewundene, notdürftig von Schnee geräumte Einfahrt hinauf. Die Radkappen der Limousine scheuerten an den Schneebergen entlang.

Ich hatte gerade eine neue Kurve genommen, als ich auf ein Hindernis stieß, bremste und stoppte. Es war eine Schar von neun oder zehn jungen Frauen, die mir den Weg blockierten. Man hätte sie für Schülerinnen halten können, wenn sie sich nicht ausgerechnet auf dem Gelände von Haus Grantham befunden hätten. Sie starrten mich an, kicherten, und ihre weißen Zähne blitzten.

Ich kurbelte das Fenster herunter und streckte den Kopf hinaus. »Guten Morgen. Und was machen wir jetzt?«

Eine in der vordersten Reihe rief: »Von welcher Zeitung sind Sie?«

»Von keiner. Tut mir leid, wenn das für Sie eine Enttäuschung sein sollte. Ich bin nur ein Hausierer. Können Sie vorbei?«

Eine hübsche Blondine hatte sich inzwischen bis zum Kotflügel vorgearbeitet. »Die Schwierigkeit ist«, sagte sie, »daß Sie genau in der Mitte der freigeschaufelten Fahrbahn stehen. Wenn Sie ein bißchen weiter nach rechts ranfahren, könnten wir uns an der anderen Seite vorbeiquetschen.« Sie drehte sich um und kommandierte: »Das Ganze zurück, damit er genug Platz hat.«

Die Mädchen gehorchten. Sobald sie sich weit genug entfernt hatten, fuhr ich vorsichtig an, lenkte rechts hinüber, bis die Kotflügel gegen die Schneemauer streiften, und bremste. Die Schar bedankte sich und trottete im Gänsemarsch an mir vorbei.

Haus Grantham, ehemals der Landsitz einer Familie, deren Stammbaum vermutlich bis zu den ersten Einwanderern zurückreichte, lag inmitten eines baumbestandenen Geländes. Vor dem Gebäude war ein Platz zum Parken und Wenden der Wagen freigeschaufelt worden. Ich stieg aus, überquerte eine Terrasse, öffnete die Haustür, trat ein und befand mich in einer Halle, die ungefähr ebenso groß war wie Mrs. Robilottis Salon. Ein Mann, der in diesem Leben seinen achtzigsten Geburtstag schon hinter sich hatte, humpelte auf mich zu und krächzte: »Wie heißen Sie?«

Ich nannte meinen Namen. Er nickte und erwiderte, Mrs. Irwin erwarte mich bereits, und führte mich in einen kleinen Raum, wo eine Frau hinter einem Schreibtisch saß. Als sie mich erblickte, sagte sie scharf: »Sie haben doch hoffentlich meine Mädchen nicht überfahren!«

»Bestimmt nicht«, versicherte ich. »Ich hielt an, um sie vorbeizulassen.«

»Danke.« Sie wies auf einen Stuhl. »Setzen Sie sich. Der Schnee hat sich wirklich alle Mühe gegeben, uns unter sich zu begraben, aber die Mädchen müssen frische Luft und Bewegung haben. Sind Sie ein Zeitungsmann?«

Ich verneinte und wollte den Zweck meines Besuches näher erklären, aber sie ließ mich nicht zu Worte kommen. »Mr. Byne sagte, Sie hießen Archie Goodwin und wären ein Freund von ihm. In der Zeitung habe ich gelesen, daß sich unter den Gästen in Mrs. Robilottis Haus ein Mann namens Archie Goodwin befand. Sind Sie das?«

Ich hatte gleich gemerkt, wes Geistes Kind sie war. Mit ihrem glatten, teilweise ergrauten Haar, ihrer kräftigen, leicht untersetzten Figur und ihren flinken, auseinanderliegenden braunen Augen erinnerte sie mich verteufelt an Miss Clark, meine Geometrielehrerin an der Oberschule in Ohio, und vor Miss Clark hatte ich immer einen Heidenrespekt. Sie ließ sich nie hinters Licht führen, und Mrs. Irwin offenbar auch nicht. Ich entschied, daß völlige Offenheit wahrscheinlich die beste Strategie war.

»Ja«, antwortete ich, »das war ich. In den Zeitungen stand außerdem, daß ich für einen Privatdetektiv namens Nero Wolfe arbeite.«

»Ich weiß. Sind Sie in beruflicher Eigenschaft hier?«

Ihre Ähnlichkeit mit Miss Clark war direkt frappierend. Aber niemand soll von mir behaupten, daß ich mich vor Frauen fürchte. »Ihre Frage läßt sich am besten beantworten, wenn ich Ihnen erkläre, warum ich herkomme. Sie wissen natürlich, was auf der Gesellschaft passierte und daß ich dabei war. Die vorherrschende Meinung scheint zu sein, daß Faith Usher

Selbstmord begangen hat. Jedenfalls muß man damit rechnen, daß die Polizei dieser bequemen Lösung den Vorzug geben wird. Ich wiederum halte auf Grund meiner Beobachtungen einen Selbstmord für ziemlich ausgeschlossen. Meiner Ansicht nach wurde das Mädchen ermordet, und ich muß gestehen, es wäre mir zuwider, wenn der Täter, wer immer es auch sein mag, ungeschoren davonkäme. Aber bevor ich mich mit der Polizei in Verbindung setze und meinen Verdacht öffentlich ausspreche, möchte ich mich ein bißchen genauer über den Fall orientieren, und ich dachte mir, daß ich vielleicht von Ihnen eine ganze Menge über Faith Usher erfahren könnte.«

»Ich verstehe.« Sie saß sehr gerade da und musterte mich unverhohlen und eindringlich.

»Ich bin Detektiv, und stellen Sie sich vor, Sie wären ich, und irgend jemand würde direkt vor Ihrer Nase einen Mord begehen. Das würde Ihnen doch auch nicht gefallen.«

»Warum glauben Sie, daß es Mord war?«

»Wie ich schon sagte, aufgrund meiner Beobachtungen. Ich möchte mich aber nicht darüber auslassen, wenn Sie nichts dagegen haben.«

Sie nickte. »Berufsgeheimnis. Ich verstehe. Das gilt auch für mich. Ich bin Ärztin. Hat Mrs. Robilotti sie hergeschickt?«

Diese Frage machte mir Kopfzerbrechen. Haus Grantham war von Mrs. Robilotti nicht abhängig, weil Albert Grantham in seinem Testament für das Heim eine bestimmte Summe ausgesetzt hatte. Außerdem konnte ich mir denken, was Mrs. Irwin von Mrs. Robilotti hielt. Deshalb nahm ich kein Blatt vor den Mund.

»Keineswegs. Wo denken Sie hin? Ein Selbstmord in ihrem Salon ist schon schlimm genug. Wenn sie wüßte, daß ich nach Beweismaterial für einen Mord suche, würde sie Krämpfe bekommen.«

»Mrs. Robilotti bekommt keine Krämpfe, Mr. Goodwin.«

»Na schön, Sie kennen sie besser als ich. Aber sie wird alles in Bewegung setzen, darauf können Sie sich verlassen. Ich riskiere Kopf und Kragen, und wenn Sie ebenso wie Mrs. Robilotti lieber für den Selbstmord plädieren, dann hätte ich mir die Fahrt hier heraus sparen können.«

Sie betrachtete mich abschätzend. »Das ist aber nicht der Fall«, entgegnete sie kurz.

»Das ist gut«, sagte ich.

Sie hob trotzig das Kinn. »Ich sehe nicht ein, weshalb ich Ihnen nicht alles das mitteilen soll, was ich auch der Polizei gesagt habe. Natürlich ist es möglich, daß Faith sich selbst vergiftet hat, aber eigentlich bezweifle ich es. Ich lerne meine Mädchen ziemlich gut kennen. Faith war fünf Monate hier, und ich wußte natürlich, daß sie immer und überall das Fläschchen mit dem Gift bei sich trug. Sie erzählte es mir nicht selbst, aber eines der anderen Mädchen machte mich darauf aufmerksam, und das Problem für mich war, ob ich es ihr wegnehmen sollte oder nicht. Ich entschied mich gegen eine Gewaltmaßnahme, weil sie böse Folgen hätte haben können. Sehen Sie, solange sie das Fläschchen mit sich herumschleppte, es den anderen zeigte und ständig von Selbstmord sprach, machte sie ihrer innerlichen Anspannung Luft. Hätte ich sie dieser Möglichkeit beraubt, wäre sie wahrscheinlich auf einen anderen Ausweg verfallen, und das hätte schlimm ausgehen können. Gerade die Tatsache, daß sie das Gift immer noch bei sich hatte, läßt mich an ihrem Selbstmord zweifeln.«

Ich lächelte. »Die Polizei war sicher nicht sehr begeistert über Ihre Worte.«

»Natürlich nicht, aber das ist nun mal meine Meinung. Zweitens spricht meines Erachtens der Tatort stark gegen einen Selbstmord. Faith hätte sich sicher nicht vor all den fremden Leuten und in diesem fremden Haus getötet. Sie hätte sich einen einsamen, dunklen Winkel ausgesucht und bestimmt eine Nachricht für mich hinterlassen. Sie wußte, wie ich an meinen Mädchen hänge und wie sehr mich ihr Tod geschmerzt hätte. Und außerdem war sie, ungeachtet ihres zerbrechlichen, scheuen Wesens, eigentlich ein recht zähes Persönchen. Das Giftfläschchen war nur ein Symbol für einen Feind, den sie irgendwie unterkriegen wollte – es verkörperte den Tod, und ihn wollte sie überwinden. Ihre seelische Widerstandskraft war manchmal recht deutlich von ihren Augen abzulesen. Vielleicht haben Sie das Funkeln in ihnen bemerkt.«

»Sicher. Dienstag abend, als ich mit ihr tanzte.«

»Dann hat sich ihre innere Haltung nicht geändert, und folglich kann sie auch nicht Selbstmord begangen haben. Aber wie wollen Sie das beweisen?«

»Gar nicht. Etwas nicht Existentes läßt sich nicht beweisen. Ich kann das Problem höchstens vom anderen Ende her aufrollen. Wenn sie ihren Champagner nicht selbst vergiftet hat, hat es jemand anderes getan. Aber wer? Das ist die große Frage.«

»Oh.« Sie riß die Augen auf. »Natürlich! Sie werden's nicht glauben, Mr. Goodwin, aber darauf bin ich noch gar nicht gekommen. Mein einziger Gedanke war immer, daß Faith sich nicht selbst getötet haben kann, aber irgendwelche gedanklichen Konsequenzen habe ich daraus nicht gezogen.« Sie preßte die Lippen aufeinander und schüttelte mutlos den Kopf. »Ich würde Ihnen gern helfen, aber ich fürchte, ich kann es nicht.«

»Im Gegenteil, Sie waren mir bereits eine große Hilfe«, versicherte ich. »Und Sie können noch mehr für mich tun, wenn Sie gegen ein paar Fragen nichts einzuwenden haben. Sie haben in der Zeitung ja die Gästeliste gesehen. Die drei Mädchen – Helen Yarmis, Ethel Varr und Rose Tuttle – waren wohl gleichzeitig mit Faith Usher hier, nicht wahr?«

»Ja. Das heißt, ihr Aufenthalt hier überschnitt sich. Helen und Ethel gingen einen Monat eher weg als Faith, und Rose war erst sechs Wochen hier, als Faith uns verließ.«

»Kannten sich die Mädchen von früher?«

»Nein. Ich fragte sie allerdings nicht danach – ich stelle den Mädchen so wenig Fragen wie möglich über ihre Vergangenheit. Aber nichts in ihrem Verhalten deutete darauf hin, und es gibt hier nicht viel, worüber ich nicht Bescheid weiß.«

»Hat es zwischen den drei anderen und Faith Schwierigkeiten gegeben?«

Sie lächelte. »Nein, wirklich nicht, Mr. Goodwin. Ich will Ihnen gern helfen, aber solch ein Verdacht ist absurd. Meine Mädchen zanken sich und sind auch manchmal miteinander böse – das läßt sich bei einem so engen Zusammenleben einfach nicht vermeiden –, aber ich kann Ihnen versichern, daß weder für Helen noch für Rose oder Ethel der geringste Anlaß zu einem Mord bestand. Ich hätte es bestimmt erfahren, wenn etwas Derartiges in der Luft gelegen hätte, und mich auf die eine oder andere Weise eingeschaltet.«

»Dann wollen wir uns die drei männlichen Gäste vorknöpfen – Edwin Laidlaw, Paul Schuster und Beverly Kent. Kennen Sie einen von ihnen?«

»Nein.«

»Sie wissen gar nichts von ihnen?«

»Nein, bestimmt nicht.«

»Wie steht's mit Cecil Grantham?«

»Ich hab' ihn seit mehreren Jahren nicht mehr gesehen. Sein Vater brachte ihn zweimal, nein, dreimal zu unserem Sommerpicknick mit, als Cecil ungefähr fünfzehn oder sechzehn Jahre alt war. Nach dem Tode seines Vaters gehörte er ein Jahr lang unserem Verwaltungsrat an, aber dann legte er den Posten nieder.«

»Von einer möglichen Beziehung zwischen ihm und Faith ist Ihnen nichts bekannt?«

»Nein.«

»Und Robert Robilotti?«

»Ich habe ihn nur ein einziges Mal gesehen, und zwar vor über zwei Jahren, als er zusammen mit Mrs. Robilotti an unserem Dinner zum Erntedankfest teilnahm. Er spielte Klavier und forderte die Mädchen zum Singen auf, und als Mrs. Robilotti aufbrach, wollten ihn die Mädchen nicht gehen lassen. Ich betrachtete ihn mit gemischten Gefühlen.«

»Das kann ich mir vorstellen. Faith Usher war zu der Zeit noch nicht hier?«

»Nein.«

»Schön. Die Männer hätten wir hinter uns. Celia Grantham?«

»Ich kannte Celia Grantham eine Zeitlang recht gut. Kurz, nachdem sie das College absolviert hatte, besuchte sie uns ein ganzes Jahr lang drei- oder viermal im Monat, um sich mit den Mädchen zu unterhalten und sie zu unterrichten. Sie war eine wirkliche Hilfe, und die Mädchen mochten sie gern. Sie hat viele gute Eigenschaften oder hatte sie wenigstens, aber sie ist unglaublich eigenwillig. Ich möchte noch etwas dazu sagen, wenn ich darf.«

»Bitte sprechen Sie.«

»Ich täte es nicht, wenn ich befürchten müßte, daß Sie mich mißverstehen. Sie suchen nach einem Mörder, und Celia wäre zu einem Mord absolut fähig, wenn sie sich im Recht glaubte. Die einzigen Moralgesetze, die sie anerkennt, sind ihre eigenen. Allerdings kann ich mir keinen Grund denken, der zwingend genug wäre, um sie zum Mord an Faith zu treiben. Aber ich habe sie jetzt seit vier Jahren nicht mehr gesehen.«

»Sie würden es also nicht wissen, falls sie mit Faith in Verbindung gestanden hat. Und schließlich Mrs. Robilotti?«

»Na ja.« Sie lächelte. »Mrs. Robilotti ist eben Mrs. Robilotti.«

Ich lächelte zurück. »Einverstanden. Sie kennen sie vermutlich ziemlich gut. Sie war früher Mrs. Grantham, und ich möchte noch etwas dazu sagen, wenn ich darf.«

»Sie dürfen.«

»Ich täte es natürlich nicht, wenn ich befürchten müßte, daß Sie mich mißverstehen. Ich habe das Gefühl, daß Sie es für Ihre Pflicht halten würden, mir davon zu erzählen, wenn Ihnen irgend etwas Verdächtiges über Mrs. Robilotti zu Ohren gekommen wäre. Deshalb frage ich Sie ganz offen, wissen Sie etwas?«

»Das ist ziemlich direkt, Mr. Goodwin, und meine Antwort darauf lautet schlicht und einfach: Nein, ich weiß nichts. Seit Mr. Granthams Tod kommt Mrs. Robilotti regelmäßig einmal im Monat hierher, außer wenn sie auf Reisen ist, natürlich. Aber sie versteht es nicht, mit den Mädchen umzugehen. Sie ist unfrei und gezwungen, mit dem Erfolg, daß die Mädchen es auch sind. Sie war auch zu Faith' Zeit hier, aber ich bezweifle, daß die beiden jemals miteinander sprachen. Faith war für sie schließlich nur eine von vielen.«

»Wer sucht die Mädchen aus, die zum jährlichen Dinner an Granthams Geburtstag eingeladen werden?«

»Solange Mr. Grantham noch lebte, tat ich das. In den ersten Jahren nach seinem Tode stellte Mrs. Grantham die Liste auf, wobei sie mich zu Rate zog. In den letzten zwei Jahren hat sie es Mr. Byne überlassen.«

»Sieh mal einer an! Davon hat Dinky mir gar nichts gesagt.«

»Dinky?«

»Mr. Byne. Wir nennen ihn so. Ich werde ihm auf den Zahn fühlen. Und wie wird die Sache gehandhabt? Schlägt er Namen vor und holt dann bei Ihnen Auskünfte über die jeweiligen Mädchen ein?«

»Nein, ich lege ihm eine Liste mit Namen vor, hauptsächlich von Mädchen, die im Jahr vorher hier gewesen sind, mit Informationen und Kommentaren, und er wählt danach die aus, die er für geeignet hält. Ich treffe meine Wahl natürlich mit großer Sorgfalt. Viele Mädchen würden sich in der glänzenden Umgebung nicht wohl fühlen. Wie Mr. Byne bei der endgültigen Auswahl der vier Kandidatinnen vorgeht, weiß ich nicht.«

»Ich werde ihn danach fragen.« Ich beugte mich vor. »Und jetzt zum Hauptpunkt, von dem ich mir, offen gestanden, am meisten verspreche. Man darf wohl annehmen, daß das Motiv zu dem Mord an Faith Usher aus der Zeit stammt, bevor sie hier in das Heim kam. Natürlich müssen wir auch die letzten Monate vor ihrem Tode überprüfen. Aber diesen Zeitraum brauchen wir jetzt nicht zu berücksichtigen, weil Sie darüber jedenfalls nichts wissen können. Sie war fast fünf Monate hier. Sie sagen, Sie fragen die Mädchen so wenig wie möglich nach ihrer Vergangenheit, aber Ihre Schützlinge erzählen Ihnen doch sicher aus freien Stücken eine ganze Menge, oder?«

»Einige schon.«

»Richtig. Und Sie würden das Vertrauen der Mädchen natürlich niemals verletzen. Aber Faith ist tot, und Sie haben versprochen, mir zu helfen. Sie hat Ihnen doch sicher so manches erzählt. Vielleicht hat sie Ihnen sogar den Namen des Mannes genannt, der der Vater ihres Kindes ist?«

Ich mußte diese Frage stellen. Mrs. Irwin war viel zu klug, um nicht zu begreifen, daß das der Punkt in Faith Ushers Vergangenheit war, an dem jeder Detektiv einhaken mußte. Mein Stillschweigen hätte ihren Argwohn erregt und sie vielleicht sogar auf die Idee gebracht, daß ich darüber mehr wußte als sie. Die Chance, daß sie die Antwort auf meine Frage kannte, war nicht sehr groß. Jedenfalls hatte sie ganz normal reagiert, als ich mich bei ihr nach den drei männlichen Gästen – Schuster, Kent, Laidlaw – erkundigt hatte.

»Nein«, erwiderte sie. »Sie sprach nie über ihn, und ich glaube auch nicht, daß sie den anderen gegenüber redseliger gewesen ist.«

»Aber sie erzählte Ihnen einiges?«

»Nicht sehr viel. Falls Sie damit Ereignisse aus ihrem Leben meinen oder Begegnungen mit Menschen oder überhaupt handgreifliche Tatsachen, war es sogar herzlich wenig. Aber wir plauderten oft miteinander, und dabei gelangte ich zu zwei, nein, drei Schlußfolgerungen über sie – oder vielmehr über ihren Werdegang. Erstens, daß sie nur einen Mann intim gekannt hatte, und zwar nur ganz kurze Zeit. Zweitens, daß sie ihren Vater niemals gesehen hatte und vermutlich auch nicht wußte, wer er war. Und drittens, daß ihre Mutter noch lebte und daß sie sie haßte – nein, Haß ist ein zu starkes Wort dafür. Faith war kein Mensch, der hassen konnte. Vielleicht ist Abneigung der richtige Ausdruck. Das ist alles, was ich über sie weiß, oder besser, zu wissen glaube, denn sie selbst hat sich ja niemals dazu geäußert.«

»Kennen Sie den Namen der Mutter?«

»Nein.«

»Wie kam sie überhaupt ins Haus Grantham?«

»Sie traf eines Tages im März, ziemlich genau vor einem Jahr, hier ein. Sie war im siebenten Monat. Kein Brief oder Anruf, sie war einfach da und fertig. Sie erklärte, sie hätte einen Zeitungsartikel über das Heim gelesen und sich wieder daran erinnert, als sie selbst in Not war. Ihr Baby kam am achtzehnten Mai zur Welt.« Sie lächelte. »Ich weiß natürlich nicht sämtliche Geburtsdaten auswendig, aber ich schlug dieses Datum der Polizei wegen nach.«

»Besteht die Möglichkeit, daß das Baby irgendwie mit ihrem Tod zu tun hat? Ich denke zum Beispiel an die Leute, die es adoptiert haben.«

»Ausgeschlossen. Die Adoption erledige ich immer selbst. Sie können sich auf mein Wort verlassen.«

»Hatte sie hier jemals Besuch?«

»Nein. Niemals.«

»Sie sagen, sie war fünf Monate hier. Folglich ging sie im August weg. Holte sie jemand ab?«

»Nein. Für gewöhnlich bleiben die Mädchen nach der Geburt ihrer Kinder nicht so lange, aber Faith war danach recht krank und mußte erst wieder zu Kräften kommen. Übrigens wurde sie doch abgeholt – Mrs. James Robbins, eine der Damen aus dem Vorstand, brachte sie im Wagen nach New York. Mrs. Robbins hatte ihr auch einen Posten bei Barwick, dem großen Möbelhaus, verschafft und es so arrangiert, daß sie mit einem anderen Mädchen, und zwar mit Helen Yarmis, zusammen wohnte. Helen war ja am Dienstag abend auch dabei. Sie weiß möglicherweise etwas – ja, Dora?«

Ich wandte den Kopf. Eine Frau in mittleren Jahren hatte die Tür geöffnet und hielt die Klinke fest.

»Entschuldigen Sie, daß ich störe, Frau Doktor«, sagte sie, »aber mit Katherine ist es soweit.«

Mrs. Irwin hatte sich schon erhoben. Als sie auf mich zukam, sprang ich auf.

»Ich werde drüben gebraucht«, sagte sie. »Viel Glück, Mr. Goodwin. Ich beneide Sie nicht um Ihre Aufgabe, aber ich wünsche Ihnen trotzdem viel Erfolg. Entschuldigen Sie bitte, aber ich muß mich beeilen.«

8

Ich betätigte Bynes Klingelknopf im Vestibül, bis mir fast der Arm lahm wurde, jedoch ohne jeden Erfolg. Ich hatte bei Wolfe vorsichtig angetippt, ob ich nicht für alle Fälle ein Sortiment von Schlüsseln einstecken sollte, um wenigstens Bynes Wohnung einen Besuch abzustatten, falls er nicht zu Hause sein sollte. Aber Wolfe hatte ein Veto eingelegt und gemeint, Dinky hätte unser Interesse noch nicht in dem erforderlichen Maße erregt. Folglich verbrachte ich endlose sechzig Minuten in einem Hauseingang auf der anderen Seite der Straße. Das Warten auf jemanden oder etwas gehört so ziemlich zu den ödesten Beschäftigungen in unserem Beruf, vor allem, wenn man keinen Schimmer hat, wie lange es dauern wird und ob bei der verdammten Warterei überhaupt etwas herauskommt.

Zwölf Minuten nach fünf fuhr ein Taxi um die Ecke und bremste am Rinnstein vor der Nummer 87. Byne stieg aus. Als er den Chauffeur bezahlt hatte und sich umwandte, stand ich neben ihm. »So ein Zufall«, sagte ich. »Eben dachte ich an dich, und schon bist du da.«

Mit seinen brüderlichen Gefühlen war offenbar irgend etwas nicht in Ordnung. Seine Augen blickten kalt. »Was, zum Teufel ...« Er verstummte. »Nicht hier«, fügte er hinzu. »Komm mit rauf.«

Selbst seine Manieren hatten in der Zwischenzeit gelitten. Er betrat vor mir den Lift, und oben in seiner Wohnung mußte ich mich ohne seine freundliche Hilfe aus meinem Mantel schälen. Meine Sitzfläche hatte kaum den Sessel berührt, als Byne auch schon herausplatzte: »Was soll dieser Quatsch mit dem Mord?«

»Das Wort ›Quatsch‹ stört mich«, sagte ich. »Wenn wir's als Jungen in Ohio benutzten, wußten wir genau, was es bedeutete. Aber ich hab's kürzlich mal im Lexikon nachgeschlagen, und da war kein ...«

Er setzte sich. »Meine Tante sagt, du hättest behauptet, Faith Usher wäre ermordet worden, und jetzt krempelt die Polizei das Unterste zuoberst, um einen Mörder zu entdecken, der gar nicht existiert. Du weißt verdammt gut, daß es Selbstmord war. Was bezweckst du?«

»Nichts. Sieh mal, Dinky, du bist weder Polizist noch Staatsanwalt. Ich habe über meine Beobachtungen am Dienstag abend eine schriftliche Aussage gemacht, und wenn du wirklich wissen willst, weshalb die Polizei davon so tief beeindruckt ist, mußt du sie selbst danach fragen. Wenn ich ihr nur ein hübsches Märchen aufgebunden hätte, säße ich jetzt bestimmt nicht hier. Dann hätten sie mir längst das Fell über die Ohren gezogen.«

»Was hast du bei der Polizei ausgesagt?«

Ich schüttelte den Kopf. »Frag sie selbst, mehr kann ich nicht sagen. So viel ist jedenfalls sicher: Wenn mein Zeugnis allein daran schuld ist, daß die Polizei nicht auf Selbstmord schließt und den Fall ad acta legt, dann bin ich der Sündenbock und einem Haufen Leute ein Dorn im Auge. Glaub nur nicht, daß mir das gefällt, aber ich kann's leider nicht ändern. Deshalb hab' ich mich privat mit ein paar Nachforschungen befaßt und mit Mrs. Irwin von Haus Grantham gesprochen. Ich fuhr hinaus, um ein paar zweckdienliche Hinweise darüber zu ergattern, ob am Ende jemand von den Gästen einen Grund hatte, Faith um die Ecke zu bringen. Falls ja, dann mußte der Betreffende sich zum Beispiel vorher vergewissern, ob sie überhaupt eingeladen war. Ich erkundigte mich also bei Mrs. Irwin, wie sich die Auswahl der Mädchen für gewöhnlich abspielte.«

Ich grinste ihn freundlich an. »Sie gab mir zwar eine Erklärung, aber damit war mir auch nicht geholfen. Sie sagte, Mr. Byne träfe die engere Auswahl. Da du jedoch nicht nur nicht auf der Gesellschaft warst, sondern sogar das Theater mit der Erkältung aufzogst, um nicht hingehen zu müssen, entpuppte sich diese Information als Reinfall. Übrigens hatte ich dir versprochen, den Schwindel nicht auszuposaunen, und ich hab's auch nicht getan.« Ich hielt es für angebracht, ihn daran zu erinnern, daß nach wie vor für ihn ein triftiger Anlaß bestand, meine brüderlichen Gefühle anzuerkennen.

»Ich weiß.« Seine Augen blickten weniger kalt, aber die Atmosphäre blieb frostig. »Damit hast du mich in der Hand. Und was Faith Usher anbelangt – wenn du mit Mrs. Irwin gesprochen hast, weißt du ja, wie wir die Einladungen handhaben. Sie gibt mir eine Namensliste mit den notwendigen Erläuterungen, und ich hake vier Namen an. Ich war eben im Büro des Staatsanwalts, um eine Aussage zu dem Thema zu machen. Wie ich den Beamten bereits auseinandersetzte, kenne ich die Mädchen selbst überhaupt nicht. Ich verlasse mich dabei ganz auf Mrs. Irwins Auskünfte und wähle die aus, die mir am passendsten erscheinen.«

»Hast du die Liste noch?«

»Nein. Der Staatsanwalt nahm sie zu den Akten. Er wird sie dir bestimmt zeigen, wenn du ihn darum bittest.«

Ich ignorierte diesen Seitenhieb. »Aber selbst wenn aus Mrs. Irwins Anmerkungen auf der Liste hervorgehen sollte, daß du Faith über Gebühr bevorzugt hast, beweist das herzlich wenig, weil du dich ja vor der Einladung gedrückt hast. War vielleicht jemand dabei, als du die engere Wahl trafst? Jemand, der dir über die Schulter sah und sagte: ›Faith Usher ist ein hübscher Name. Warum nehmen Sie nicht die?‹«

»Niemand war dabei. Ich war ganz allein.« Er hob den Zeigefinger. »Dort am Schreibtisch.«

»Dann fällt das also flach, schade.« Ich war enttäuscht. »Hoffentlich nimmst du mir die Frage nicht übel, aber auf der Rückfahrt von Haus Grantham zerbrach ich mir den Kopf darüber, weshalb dein Interesse an der Einladung so plötzlich erlahmte. Erst machst du dir die Mühe, die Mädchen auszusuchen, und belästigst dann, sozusagen in letzter Minute, ein halbes Dutzend Freunde, damit sie für dich einspringen. So was nenne ich ein verdammt inkonsequentes Verhalten, aber vermutlich kannst du's mir erklären?«

»Dir? Warum sollte ich das?«

»Na schön, dann erklär's dir selbst, und ich höre zu.«

»Dabei gibt es nichts zu erklären. Ich suchte die Mädchen aus, weil meine Tante mich darum bat. Übrigens besorge ich das schon seit zwei Jahren. Und warum ich nicht zu der Gesellschaft gehen wollte, erzählte ich dir bereits gestern abend.« Er legte den Kopf schief und musterte mich aus zusammengekniffenen Augen. »Was, zum Teufel, willst du eigentlich von mir? Weißt du, was ich glaube?«

»Nein, aber ich würde es gern erfahren.«

Er zögerte. »Eigentlich meine ich, was meine Tante glaubt – oder vielmehr, was sie sich in den Kopf gesetzt hat und sich partout nicht ausreden läßt. Wahrscheinlich hat sie deine freche Bemerkung von damals nicht vergessen, und außerdem behauptet sie, Wolfe hätte sie damals mit der Rechnung übers Ohr gehauen, und das wurmt sie mächtig. Jedenfalls bildet sie sich ein, du hättest der Polizei und dem Staatsanwalt bloß deshalb deine blödsinnige Mordtheorie serviert, um später von meiner Tante und ihren Gästen so eine Art Lösegeld zu kassieren, wenn sie von dem ganzen Rummel die Nase endgültig voll haben. Sie glaubt, wenn man euch beiden, Wolfe und dir, mit einer hohen Summe winkt, würdest du dich plötzlich an etwas erinnern, was die Polizei von der Haltlosigkeit ihres lächerlichen Verdachtes überzeugt. Wie findest du das?«

»Das ist gar keine so üble Idee, nur hat sie einen Haken. Wenn ich mir jetzt wirklich etwas Neues einfallen ließe und meine Aussage ändern würde, dann wäre selbst die großzügigste Offerte deiner Tante keine Entschädigung für die Abreibung, die ich von der Polizei und dem Staatsanwalt beziehen würde.«

In der Stadt herrschte der übliche Hochbetrieb nach Büroschluß, und es dauerte eine ganze Weile, bis ich ein freies Taxi erwischte. Als ich – wie bereits erwähnt – fünf Minuten nach sechs aus dem Wagen kletterte und bei uns die Vordertreppe hinaufsauste, befürchtete ich das Schlimmste. Ich kenne Wolfe und habe es schon mehr als einmal erlebt, daß er in Windeseile aus dem Büro flüchtete, weil eine Frau die Fassung verloren und in Tränen ausgebrochen war. Der Besuch, den wir diesmal bei uns hatten, bestand sogar aus drei weiblichen Wesen, und zwar aus Helen Yarmis, Ethel Varr und Rose Tuttle, die vermutlich einige ziemlich anstrengende Stunden bei der Polizei und dem Staatsanwalt hinter sich hatten. Kein Wunder, wenn ihre Nerven sie womöglich im Stich ließen.

Meine trüben Vermutungen verflüchtigten sich, als ich das Büro betrat und die Gesellschaft friedlich beieinander fand – Wolfe hinter seinem Schreibtisch, die drei Mädchen ihm gegenüber in den gelben Sesseln und Orrie auf meinem Stuhl. Während ich die Gäste begrüßte, hatte sich Orrie auf die Couch verzogen, und als ich mich zu meinem angestammten Platz begab, wandte sich Wolfe an mich.

»Wir haben bisher nur die obligatorischen Höflichkeiten ausgetauscht, Archie. Wollen Sie mir Bericht erstatten?«

»Das hat Zeit bis später, Sir.«

Er grunzte und sprach dann die Gäste an: »Ich möchte Ihnen noch einmal für Ihr Kommen danken, meine Damen. Sie waren keineswegs dazu verpflichtet. Von Mr. Cather, der Sie hierherbrachte, haben Sie bereits erfahren, daß der von Mr. Goodwin am Dienstag abend in Ihrer Gegenwart geäußerte Zweifel an Miss Ushers Selbstmord gewisse Komplikationen zur Folge hatte. Da diese für mich von einigem Belang sind, wünsche ich sie mit Ihnen zu besprechen. Mr. Goodwin ist immer noch davon überzeugt ...«

»Ich sagte ihm bereits auf der Party, daß Faith sich vielleicht vergiften würde«, platzte Rose Tuttle dazwischen. »Und er versprach mir, dafür zu sorgen, daß nichts Schreckliches passieren würde, aber dann geschah es doch.« Ihre blauen Augen und ihr rundes Gesicht hatten viel von ihrer früheren Munterkeit verloren. Sie sah richtig niedergeschlagen aus, hatte aber sonst nichts von ihren Reizen eingebüßt.

Wolfe nickte. »Er hat mir bereits über Ihr Gespräch berichtet, aber seiner Meinung nach hat das, was sich später ereignete, nichts mit Ihren Befürchtungen zu tun. Er ist immer noch davon überzeugt, daß Miss Usher einem Mordanschlag zum Opfer gefallen ist. Sind Sie anderer Ansicht, Miss Tuttle?«

»Das weiß ich nicht. Ich dachte zunächst, daß sie Selbstmord begangen haben könnte, aber ich habe sie ja nicht dabei beobachtet. Inzwischen habe ich so viele Fragen darüber beantworten müssen, daß ich überhaupt nichts mehr weiß.«

»Miss Varr?«

Ethel Varr saß neben dem Fenster und zeigte mir nur ihr Profil. Deshalb entging mir ihr reizvolles Mienenspiel. Ihre Lippen öffneten und schlossen sich mehrere Male, und es dauerte eine Weile, bis sie antwortete.

»Meiner Ansicht nach«, sagte sie leise und unterdrückte mit aller Kraft ein Zittern in ihrer Stimme, » hat Faith sich bestimmt nicht selbst getötet.«

»In der Tat, Miss Varr? Und weshalb?«

»Weil ich in dem Augenblick, als sie den Champagner entgegennahm und trank, zu ihr hinüberblickte. Ich stand ganz in der Nähe und unterhielt mich mit Mr. Goodwin, nur, daß wir in dem Moment beide schwiegen. Ich wußte von Rose, daß sie Mr. Goodwin von Faith' Selbstmordabsichten und dem Gift erzählt hatte, und als ich merkte, daß er Faith beobachtete, sah ich natürlich auch zu ihr hinüber. Ich bin sicher, daß sie nichts in das Glas tat, bevor sie trank, weil ich das unbedingt gemerkt haben würde. Die Polizei versuchte mir einzureden, ich behauptete das nur Mr. Goodwin zu Gefallen und weil er es von mir verlangt hätte. Aber das stimmt nicht. Wir haben in dem kritischen Augenblick nicht ein einziges Wort miteinander gesprochen, und danach war sowieso keine Gelegenheit mehr dazu.« Sie wandte sich zu mir um und sah mich fragend an, und natürlich veränderte sich dabei ihr Gesichtsausdruck. »Habe ich nicht recht, Mr. Goodwin?«

Ich hatte große Lust, aufzuspringen, auf sie zuzustürzen und sie zu umarmen und anschließend davonzurasen und Inspektor Cramer und ein paar stellvertretende Staatsanwälte niederzuknallen. Cramer hatte uns wohlweislich verschwiegen, daß meine Aussage von einem anderen Zeugen fast wörtlich bestätigt worden war; nicht nur das, er hatte sogar die Unverschämtheit besessen, zu behaupten, ich und mein hirnrissiger Mordverdacht wären das einzige Hindernis, das einer schnellen, befriedigenden Lösung des Falles im Wege stünde. Dieser verdammte Lügner!

»Sicher« sagte ich zu ihr. »Wenn Sie mir eine persönliche Bemerkung erlauben wollen – Sie haben mir zwar bei Tisch erklärt, Sie wären erst neunzehn und hätten noch nicht gelernt, mit dem Leben fertig zu werden, aber da unterschätzen Sie sich meiner Meinung nach ganz gewaltig.« Ich wandte mich an Wolfe. »Sie würden keineswegs zu weit gehen, wenn Sie ihr sagen, daß ihre Antwort zufriedenstellend ist.«

»Das ist sie auch«, bestätigte er. »In der Tat, Miss Varr, recht zufriedenstellend.« Sie hatte natürlich keine Ahnung, aber dieses Lob aus seinem Munde bedeutete einen Triumph. Mir gönnt er es bloß alle Jubeljahre, wenn ich das Glück habe, einen Meisterstreich auszubrüten, der seinen hochgespannten Erwartungen annähernd entspricht. Seine Augen wanderten weiter. »Miss Yarmis?«

Helen Yarmis war immer noch würdevolle Zurückhaltung vom Scheitel bis zur Sohle, aber die Erfahrungen der letzten Tage hatten offenbar ihrem latenten Pessimismus endgültig zum Durchbruch verholfen. Ihre Mundwinkel hingen Trübsal verkündend nach unten, und da ihr geschwungener Mund sonst so ziemlich ihr stärkster Pluspunkt war, wirkte sie jetzt reichlich fad und reizlos. »Ich kann nicht mehr tun, als Ihnen offen meine Meinung sagen«, erwiderte sie steif, »und ich glaube fest, daß Faith Selbstmord begangen hat. Ich erklärte ihr, es wäre einfach albern, das Giftfläschchen auf eine Gesellschaft mitzunehmen, wo wir uns amüsieren sollten. Aber sie schleppte es trotzdem mit, denn ich bemerkte es später in ihrer Handtasche. Ich sehe nicht ein, warum sie das getan hat, wenn sie nicht schon vorher Selbstmordabsichten gehabt hätte.«

Wolfes Kenntnis der weiblichen Psyche ist ziemlich unvollständig, aber er versteht immerhin genug davon, um Frauen erst gar nicht mit logischen Einwänden zu kommen. Er ignorierte ihre törichte Meinungsäußerung und setzte das Verhör fort. »Wann baten Sie Miss Usher, das Giftfläschchen nicht mitzunehmen?«

»Zu Hause während des Umziehens. Wir bewohnten zusammen ein Apartment.«

»Wie lange wohnten Sie schon mit ihr zusammen?«

»Sieben Monate. Seit August, als sie aus Haus Grantham kam. Ich kann alle Antworten schon auswendig, weil ich in den letzten zwei Tagen praktisch nichts anderes gemacht habe, als Fragen zu beantworten. Mrs. Robbins holte sie an einem Freitag von Haus Grantham ab, damit Faith sich übers Wochenende eingewöhnen konnte, bevor sie am Montag ihre Arbeit bei Barwick antrat. Sie hatte nicht viele Kleider ...«

»Bitte, Miss Yarmis, wir müssen auf Miss Varr und Miss Tuttle Rücksicht nehmen. Empfing Miss Usher in den sieben Monaten viel Besuch?«

»Nein, überhaupt keinen.«

»Weder Männer noch Frauen?«

»Nein, niemanden – außer Mrs. Robbins natürlich, die einmal im Monat vorbeikam, um nach uns zu sehen.«

»Wie verbrachte sie die Abende?«

»Sie ging viermal in der Woche in die Abendschule, um Stenografie und Schreibmaschine zu lernen. Sie wollte nämlich

Sekretärin werden. An Freitagen gingen wir abends oft ins Kino, und sonntags ging sie spazieren, jedenfalls behauptete sie das. Ich war meistens zu müde. Außerdem war ich manchmal auch verabredet und ...«

»Erlauben Sie eine andere Frage, Miss Yarmis. Hatte denn Miss Usher überhaupt keine Freunde?«

»Ich hab' wenigstens niemals welche kennengelernt. Sie war auch nie verabredet, und ich hab' ihr oft genug gesagt, daß sie nicht ewig so weitermachen könnte. Das wäre doch kein Leben für sie. Ein Mädchen braucht schließlich ein bißchen Abwechslung ...«

»Erhielt sie keine Post?«

»Ich weiß nicht, aber ich glaube nicht. Unsere Post lag immer unten in der Halle auf einem Tisch. Sie hat auch niemals einen Brief geschrieben, wenigstens nicht in meiner Gegenwart.«

»Wurde Sie angerufen?«

»Das Telefon befand sich in der Halle. Aber ich hätte es natürlich trotzdem gewußt, wenn sie angerufen worden wäre, solange ich zu Hause war. Ich kann mich jedoch nicht erinnern, daß das je der Fall gewesen wäre. Es ist wirklich merkwürdig, Mr. Wolfe, aber ich könnte Ihnen meine Antworten noch im Traum hersagen, weil die Polizei mir genau dieselben Fragen gestellt hat, Wort für Wort. Ich brauche überhaupt nicht mehr zu überlegen.«

Jetzt hatte ich die größte Lust, aufzuspringen und sie zu umarmen, wenn auch aus einem ganz anderen Beweggrund als Ethel Varr. Jeder Mensch, der Wolfe einen Dämpfer aufsetzt, leistet dem Gleichgewicht der Natur einen unschätzbaren Dienst, und der schlichte Hinweis, daß seine Methode nur ein Abklatsch der Polizeiroutine sei, reichte aus, um ihm den Appetit für das Dinner zu verderben.

Er grunzte. »Jede Nachforschung folgt bis zu einem gewissen Punkt einem festgelegten Schema, Miss Yarmis. Die Gelegenheit, sein Talent zu beweisen, sofern man über ein solches verfügt, ergibt sich erst jenseits dieses Punktes. Es fällt mir, offen gestanden, schwer, Ihre Fülle von Verneinungen so ohne weiteres zu akzeptieren.« Er grunzte wieder. »Ich bin hoffentlich noch imstande, eine Frage zu formulieren, die Ihnen die Polizei nicht gestellt hat. Jedenfalls will ich's versuchen. Wollen Sie tatsächlich behaupten, daß Ihnen Miss Usher während ihres siebenmonatigen Zusammenlebens auch nicht den schwächsten Hinweis auf irgendwelche gesellschaftlichen oder persönlichen Kontakte gegeben hat – wobei ich jedoch ihre berufliche Tätigkeit, die Abendschule und die Besuche von Mrs. Robbins ausnehme?«

Helen runzelte verwirrt die Stirn. »Sagen Sie das noch mal«, forderte sie ihn auf. Wolfe tat ihr den Gefallen.

»Das haben sie mich bei der Polizei nicht gefragt«, erklärte sie. »Was meinen Sie mit schwächstem Hinweis?«

»Einen Fingerzeig. Eine Andeutung oder etwas Derartiges.«

Sie dachte angestrengt nach. »Ich kann mich an irgendwelche Andeutungen nicht erinnern.«

»Hat sie Ihnen niemals erzählt, sie hätte einen alten Bekannten getroffen? Oder eine ehemalige Freundin? Oder daß jemand, vielleicht ein Kunde bei Barwick, sie geärgert hätte? Oder daß sie auf der Straße angesprochen worden sei? Hat sie niemals Kopfschmerzen oder einen Anfall schlechter Laune mit einer unangenehmen Begegnung erklärt? Mit Begegnung meine ich in diesem Fall eine Auseinandersetzung im Geschäft oder auf der Straße. Erwähnte sie niemals einen einzelnen Namen im Zusammenhang mit einem angenehmen oder weniger schönen Erlebnis? Hat sie in all den mit Ihnen verbrachten Stunden ... Was ist los?«

Helens grübelnde Miene hellte sich plötzlich auf, und ihre Mundwinkel zogen sich leicht nach oben. »Kopfschmerzen!« platzte sie triumphierend heraus. »Faith beklagte sich nur ein einziges Mal über Kopfschmerzen, und das war, als sie eines Tages von der Arbeit nach Hause kam. Sie wollte nichts essen und ging am Abend auch nicht in ihren Kursus. Ich brachte ihr Aspirin, aber sie meinte, das würde ihr auch nicht helfen. Dann fragte sie mich plötzlich, ob meine Mutter noch lebte. Ich antwortete, meine Mutter wäre schon lange tot, und da sagte sie, sie wünschte, ihre Mutter wäre auch tot. Das sah ihr so gar nicht ähnlich, daß ich sie ganz erstaunt ansah und erklärte, so etwas

Schreckliches dürfe man keinesfalls denken. Sie gab das auch zu, meinte aber, ich würde bestimmt dasselbe sagen, wenn ich eine solche Mutter hätte wie sie. Sie wäre ihr auf der Straße begegnet, als sie zum Lunch ging, und ihre Mutter hätte ihr eine Szene gemacht, und sie hätte weglaufen müssen, um sie loszuwerden.« Helen blickte erfreut drein. »Das war doch ein Kontakt, oder nicht?«

»Ja. Und weiter?«

»Das war alles. Am nächsten Tag – nein, am übernächsten – sagte sie, sie hätte es nicht so gemeint, und es täte ihr leid, daß sie ihrer Mutter den Tod gewünscht hätte, und ich antwortete, wenn alle Leute gestorben wären, denen ich in meinem Leben schon den Tod gewünscht hätte, dann wären die Friedhöfe längst überfüllt. Ich hab' natürlich absichtlich übertrieben, weil ich dachte, es würde ihr guttun und sie trösten.«

»Hat sie ihre Mutter jemals wieder erwähnt?«

»Nein, nur das eine Mal.«

»Schön, endlich haben wir etwas Konkretes zutage gefördert. Vielleicht fällt Ihnen noch etwas ein?«

Aber dieser Wunsch ging nicht in Erfüllung. Wolfe ersann noch weitere Fragen, die die Polizei nicht gestellt hatte, aber er strapazierte damit sein Talent völlig umsonst und gab schließlich völlig entmutigt auf.

Wolfe ließ dann seine Blicke über die Reihe der vor ihm sitzenden Mädchen wandern. »Vielleicht hätte ich gleich zu Beginn erklären sollen, weshalb ich Sie eigentlich zu sehen wünschte. Erstens wollte ich, da Sie alle in enger Beziehung zu Miss Usher standen, hören, was Sie von Mr. Goodwins Behauptung halten, sie hätte sich nicht selbst vergiftet. Mehr oder weniger haben Sie meinen Verdacht unterstützt. Miss Varr teilte Mr. Goodwins Ansicht aus einem sehr triftigen Grunde. Miss Tuttle ist unentschieden, und Miss Yarmis' Ablehnung beruht auf einem inkonsequenten und obskuren Gedankenprozeß.«

Diese Zusammenstellung war raffiniert und verdammt unfair. Er wußte ganz genau, daß Helen Yarmis die Bedeutung von ›inkonsequent‹ und ›obskur‹ nicht kannte, und deshalb hatte er die beiden Wörter auch verwendet.

»Zweitens wollte ich Sie«, fuhr er fort, »da ich glaube, daß Mr. Goodwins Behauptung zutrifft und folglich jemand anders Miss Usher vergiftet haben muß, in Augenschein nehmen und mit Ihnen sprechen. Sie drei gehören zu den elf Menschen, die Zeugen des Geschehens waren und deshalb verdächtig sind. Ich zähle Mr. Goodwin nicht mit. Eine von Ihnen hätte sicher die Gelegenheit gehabt, etwas von jenem Gift, von dem Sie alle wußten ...«

»Aber das konnten wir ja gar nicht!« rief Rose Tuttle dazwischen. »Ethel war mit Archie Goodwin zusammen, Helen mit diesem Verleger – wie heißt er doch gleich? – Laidlaw und ich mit dem jungen Mann mit den großen Ohren – Kent. Also konnten wir es bestimmt nicht tun!«

Wolfe nickte. »Ich weiß, Miss Tuttle, offenbar gilt Ihr Einwand auch für alle übrigen. Deshalb muß ich den Spieß umkehren und zunächst einmal alle elf Gäste verdächtigen. Ich habe jedoch nicht vor, Ihnen mit Gewalt irgendein wohlgehütetes Geheimnis über Ihre Beziehungen zu Miss Usher zu entreißen, meine Damen. Dieses Unterfangen wäre langwierig und mühevoll und würde die ganze Nacht in Anspruch nehmen; außerdem wäre es vermutlich sinnlos. Falls sich eine von Ihnen im Besitz eines solchen Geheimnisses befindet, müßte es durch andere Mittel ans Tageslicht befördert werden. Ich weiß das, aber ich wollte Sie wenigstens sehen und Sie sprechen hören.«

»Ich habe nicht viel gesprochen«, wandte Ethel Varr ein.

»Nein«, bestätigte Wolfe. »Aber Sie haben Mr. Goodwins Behauptung unterstützt, und das allein ist entscheidend. Drittens – und das ist der wichtigste Punkt – wollte ich Sie um Ihre Hilfe bitten. Ich setze voraus, daß Sie, falls Miss Usher ermordet worden ist, Wert auf die Ergreifung des Schuldigen legen und daß Ihr Interesse für die übrigen acht Personen nicht so groß ist, daß Sie sie zu schützen wünschen.«

»Ich bestimmt nicht«, erklärte Ethel Varr. »Ich bin, wie gesagt, fest davon überzeugt, daß Faith ihren Champagner nicht selbst vergiftet hat. Aber wer hat es dann getan? Ich weiß, daß ich es nicht war, und Mr. Goodwin war es auch nicht, und ich bin sicher, daß Helen oder Rose ebensowenig in Frage kommen.

Wie viele Personen bleiben dann noch übrig?«

»Acht. Drei männliche Gäste – Laidlaw, Schuster und Kent, der Butler, Mr. und Miss Grantham, Mr. und Mrs. Robilotti.«

»Na, ich hab' bestimmt keinen Grund, diese Leute zu schützen.«

»Ich auch nicht«, sagte Rose Tuttle, »wenn einer von ihnen der Täter ist.«

»Ihr braucht niemanden zu schützen. Wenn's doch niemand von denen getan hat, wovor müßt ihr sie dann schützen?« fragte Helen Yarmis.

»Du kapierst das anscheinend nicht, Helen«, antwortete Rose. »Mr. Wolfe möchte herausfinden, wer Faith vergiftet hat, verstehst du? Und wenn zum Beispiel Cecil Grantham der Schuldige ist und du ihn womöglich dabei beobachtet hast, wie er das Giftfläschchen aus Faith' Handtasche nahm und wieder zurücklegte oder so etwas, würdest du ihn verraten oder verschweigen? Das möchte Mr. Wolfe von dir wissen.«

»Aber genau das meine ich ja«, wandte Helen ein. »Warum sollte ich denn irgendwas verschweigen wollen, da Faith doch bestimmt Selbstmord begangen hat.«

»Aber das hat sie ja gar nicht. Ethel und Mr. Goodwin haben sie doch die ganze Zeit beobachtet.«

»Wozu nahm sie dann aber das Fläschchen überhaupt mit, da ich ihr mehr als einmal gesagt hatte, sie sollte es lieber zu Hause lassen?«

Rose schüttelte verzweifelt den Kopf. »Sie erklären es ihr am besten noch mal von Anfang an«, sagte sie zu Wolfe.

»Ich fürchte, das übersteigt meine Kräfte. Es dürfte jedoch die Situation im allgemeinen klären, wenn ich sage, daß ich weder ein verdächtiges Wort noch eine verdächtige Handlung wie etwa das Öffnen der Handtasche durch Mr. Grantham oder sonst jemanden im Sinn hatte. Ich wollte Sie lediglich fragen, ob Sie über eine der betreffenden acht Personen etwas wissen, was uns Aufschluß über das Tatmotiv gibt. Oder ob Sie von Beziehungen zwischen Faith Usher und einer der acht Personen gehört haben.«

»Ich nicht«, erwiderte Rose entschieden.

»Ich auch nicht«, anwortete Ethel.

»Es sind so viele«, beklagte sich Helen. »Wer war es doch noch alles?«

Wolfe wiederholte mit wahrhaft übermenschlicher Geduld alle acht Namen.

Helen runzelte von neuem nachdenklich die Stirn. »Die einzige Beziehung, von der ich weiß, ist Mrs. Robilotti. Sie kam damals nach Haus Grantham, um uns in Augenschein zu nehmen. Faith mochte sie nicht.«

Rose schnaubte verächtlich. »Und wer von uns mochte sie schon?«

»Gab es einen bestimmten Grund für Miss Ushers Abneigung? Zum Beispiel eine Auseinandersetzung mit Mrs. Robilotti oder ein Mißverständnis?« fragte Wolfe.

»Ich glaube nicht«, sagte Helen kleinlaut. »Wir anderen konnten Mrs. Robilotti auch nicht leiden.«

»Dachten Sie vielleicht an eine Unterhaltung zwischen Miss Usher und Mrs. Robilotti?«

»O nein. Ich hab' niemals gehört, daß Faith auch nur ein Wort mit ihr gesprochen hätte. Ich übrigens auch nicht. Sie hielt uns für Dirnen.«

»Gebrauchte sie diesen Ausdruck? Äußerte sie ihn in Ihrer Gegenwart?«

»Natürlich nicht. Sie versuchte immer, nett zu uns zu sein, und wußte nur nicht, wie sie das anstellen sollte. Eines der anderen Mädchen hörte eines Tages, wie Mrs. Robilotti zu Mrs. Irwin sagte, ihrer Meinung nach wären wir Dirnen.«

Wolfe holte so tief Luft, daß sich sein Brustkorb wie ein Ballon aufblähte, und stieß sie dann geräuschvoll wieder aus. »Ich danke Ihnen noch einmal für Ihr Kommen, meine Damen.« Er schob seinen Sessel zurück und erhob sich. »Wir haben zwar allem Anschein nach nur geringe Fortschritte zu verzeichnen, aber ich habe Sie wenigstens gesehen und gesprochen, und ich weiß, wo Sie zu erreichen sind, falls ich Sie noch einmal brauchen sollte.«

»Ich verstehe bloß eins nicht«, bemerkte Rose Tuttle, als sie aufstand. »Mr. Goodwin sagte allerdings, er hätte nicht beruflich an dem Abend teilgenommen, aber er ist schließlich Detektiv, und ich erzählte ihm alles von Faith und dem Gift, und man sollte eigentlich meinen, daß er wissen muß, was passiert ist. Aber er weiß genauso wenig wie wir anderen. Ich hätte es niemals für möglich gehalten, daß jemand direkt unter der Nase eines Detektivs einen Mord begehen kann.«

Ein verdammt oberflächlicher Gesichtspunkt, meiner Meinung nach, und typisch für einen Laien!

9

Paul Schuster, der vielversprechende junge Anwalt mit der schmalen Nase und den flinken, dunklen Augen, saß am Freitag vormittag, Viertel nach elf Uhr, in dem roten Ledersessel und betrachtete Wolfe argwöhnisch. »Wir behaupten nicht«, sagte er, »daß wir beweisen können, Sie hätten etwas Ungesetzliches getan. Es versteht sich von selbst, und ich möchte das noch einmal nachdrücklich betonen, daß wir nicht im Sinn haben, Sie zu belangen. Aber es ist eine Tatsache, daß wir geschädigt worden sind und daß, falls Sie dafür verantwortlich sind, die Sache gerichtliche Folgen haben dürfte.«

Wolfe wandte den Kopf, um auch die übrigen Gäste ins Auge zu fassen – Cecil Grantham, Beverly Kent und Edwin Laidlaw, die nebeneinander in den gelben Sesseln hockten – und sie in seine Antwort mit einzuschließen. »Ich bin mir nicht bewußt«, erklärte er trocken, »irgend jemanden beeinträchtigt oder geschädigt zu haben.«

Seine kühne Behauptung kam der Wahrheit sogar ziemlich nahe. In Wirklichkeit wollte er damit eigentlich sagen, daß er bisher niemandem, zu seinem tiefsten Bedauern, einen ernstlichen Schaden hatte zufügen können. Achtundvierzig Stunden waren vergangen, seit Laidlaw den Scheck über zwanzigtausend Dollar auf Wolfes Schreibtisch gelegt hatte, und wir hatten noch nicht einen Cent davon verdient, und die Erfolgschancen sahen reichlich düster aus. Dinky Bynes Deckung, falls er überhaupt etwas zu verbergen hatte, war bis dato unversehrt, und auch die drei unverheirateten Mütter hatten uns keine Handhabe beschert, mit deren Hilfe wir ihn in die Luft sprengen konnten. Saul Panzer, Fred Durkin und Orrie Cather waren am Donnerstag abend nach dem Dinner zur Berichterstattung gekommen; das Ergebnis ihrer Nachforschungen war gleich Null. Falls wirklich irgendwelche Beziehungen zwischen Faith Usher und einer der elf Personen existiert hatten, dann waren sie verdammt gut getarnt. Das Trio hatte den Befehl erhalten, weiterzuforschen.

Am Freitag morgen, kurz nach zehn, rief Paul Schuster an, um mich darauf vorzubereiten, daß er und seine drei Kumpane Wolfe unbedingt sprechen müßten, und zwar so bald wie möglich. Sein Anruf veranlaßte mich, zwei der ungeschriebenen Gesetze des Hauses zu übertreten, und zwar erstens: niemals Verabredungen zu treffen, ohne Wolfe vorher davon zu unterrichten, und zweitens: Wolfe nur im äußersten Notfall in seinem Gewächshaus zu stören. Ich sagte Schuster, er solle mit seinen drei Freunden Punkt elf Uhr bei uns erscheinen, und scheuchte danach Wolfe in seinem Orchideenparadies auf, um ihm telefonisch mitzuteilen, daß wir Besuch bekämen. Als er knurrte, erklärte ich ihm, ich hätte das Wort ›Notfall‹ im Lexikon nachgeschlagen, und es bedeute eine Kombination unvorhergesehener Umstände, die sofortiges Handeln erforderten, und falls er sich mit dem Lexikon oder mit mir auf eine Kontroverse einlassen wollte, wäre ich gern bereit, nach oben zu sausen und den dicken Wälzer mitzubringen. Er legte wortlos auf.

Und jetzt erklärte er seinen Besuchern, er wäre sich nicht bewußt, irgend jemanden beeinträchtigt oder geschädigt zu haben.

»Also, mir bleibt allmählich die Luft weg!« stöhnte Cecil Grantham.

»Tatsachen sind Tatsachen«, murmelte Beverly Kent. Fraglos eine sehr diplomatische Art, der Situation gerecht zu werden, und eines zukünftigen Gesandten durchaus würdig.

»Leugnen Sie etwa«, fragte Schuster, »daß wir es Goodwin zu verdanken haben, wenn wir durch eine Morduntersuchung behindert und belästigt werden? Er arbeitet für Sie; folglich ist er Ihr Angestellter.«

»Aber das ist noch nicht alles«, griff Cecil ein, »sondern er fährt noch dazu nach Haus Grantham und schnüffelt dort herum. Und gestern versuchte ein Kerl den Butler meiner Mutter auszuhorchen. Er hatte keinen Ausweis, und ich will wissen, ob Sie ihn geschickt haben. Ein zweiter Kerl, ebenfalls ohne Ausweis, hängt sich an meine Freunde und stellt ihnen blöde Fragen, und ich möchte wissen, ob Sie den etwa auch losgelassen haben.«

»Für einen Mann in meiner Position sind die polizeilichen Nachforschungen besonders peinlich«, stellte Beverly Kent fest. »Meine Arbeit in unserer Gesandtschaft bei den Vereinten Nationen ist außerordentlich heikel, und ich bin bereits jetzt durch das Ausmaß der Recherchen ernstlich beeinträchtigt worden. Die Tatsache eines Selbstmords ist schon verhängnisvoll genug, eine ausgedehnte Morduntersuchung, bei der ich womöglich als Zeuge fungieren muß, wäre für mich einfach eine Katastrophe. Falls Sie darüber hinaus noch Ihre privaten Agenten zu meinen Freunden und Kollegen schicken, um diese auszuhorchen, fühle ich mich nicht nur geschädigt, sondern auch noch in meinem persönlichen Ansehen ernstlich verletzt. Ich habe allerdings bisher keine diesbezüglichen Informationen erhalten. Aber du, Cecil, wie?«

Cecil nickte. »Sicher.«

»Und ich auch«, sagte Schuster.

»Du auch, Ed?«

Laidlaw räusperte sich. »Keine direkten Informationen. Nichts Bestimmtes, aber ich habe Grund zu Vermutungen.«

Ich fand, daß er sich ganz geschickt aus der Klemme zog. Natürlich mußte er in dasselbe Horn tuten, denn wenn er bei dem gemeinsamen Angriff gekniffen hätte, würden sich die anderen wahrscheinlich gewundert haben, warum und wozu. Aber er wollte Wolfe gleichzeitig durch die Blume zu verstehen geben, daß er immer noch sein Klient war.

»Sie haben meine Frage noch nicht beantwortet«, sagte Schuster. »Leugnen Sie, daß wir all diese Unannehmlichkeiten

Goodwin zu verdanken haben und folglich indirekt Ihnen, da er Ihr Angestellter ist?«

»Nein«, erwiderte Wolfe. »Aber Sie verdanken sie mir und Mr. Goodwin erst in zweiter Linie. In erster Linie müssen Sie die Person zur Verantwortung ziehen, die Miss Ushers Tod auf dem Gewissen hat. Es ist also möglich, daß einer von Ihnen es sich selbst verdankt.«

»Ich wußte es«, erklärte Cecil. »Ich sagte es dir im voraus, Paul.«

Schuster beachtete ihn nicht. »Sie verstehen wohl, daß die Angelegenheit gerichtliche Folgen haben kann.«

»Ich rechne sogar damit, Mr. Schuster. Ein Mord hat in der Regel immer gerichtliche Folgen.« Wolfe beugte sich vor und stützte die Hände auf die Schreibtischplatte. Sein Tonfall wurde schärfer. »Meine Herren. Lassen Sie uns, wenn irgend möglich, endlich zur Sache kommen. Warum sind Sie eigentlich hier? Doch vermutlich nicht einzig zu dem Zweck, um sich über mich zu beklagen? Wollen Sie mich kaufen? Mich einschüchtern? Meine Beweggründe anfechten? Was wollen Sie erreichen?«

»Verdammt noch mal«, brauste Cecil auf. »Was, zum Kukkuck, wollen Sie erreichen? Darum geht es nämlich! Was führen Sie im Schilde? Warum schicken Sie ...«

»Halt die Klappe, Cecil«, wies ihn Beverly Kent wenig diplomatisch zurecht. »Laß Paul reden.«

Der Anwalt folgte der Aufforderung. »Ihre Unterstellung, daß wir uns zusammengetan haben, um Sie zu kaufen, ist völlig ungerechtfertigt. Wir haben auch nicht die Absicht, Sie einzuschüchtern. Wir kamen, weil wir einigen Grund zu der Empfindung hatten, daß unser Recht auf persönliche Freiheit und Zurückgezogenheit ohne zwingende Ursache oder ein Verschulden unsererseits verletzt worden ist, und weil allem Anschein nach Sie dafür verantwortlich sind. Wir bezweifeln, daß Sie Ihr Vorgehen rechtfertigen können, aber wir fanden, wir müßten Ihnen eine Chance geben, bevor wir gerichtliche Schritte in Erwägung ziehen.«

»Pfui«, sagte Wolfe.

»Ein Ausruf der Verachtung dürfte kaum eine angemessene

Rechtfertigung sein, Mr. Wolfe.«

»Das war auch nicht meine Absicht, Sir.« Wolfe lehnte sich zurück und faltete seine Hände über dem höchsten Punkt seiner Leibeswölbung. »Das ist alles nur Zeitvergeudung, meine Herren, und zwar für mich ebenso wie für Sie. Keiner von uns kann vernünftigerweise erwarten, ans Ziel seiner Wünsche zu gelangen. Sie möchten sich so schnell und schmerzlos wie möglich der Morduntersuchung entziehen, und mein Interesse erfordert es, Sie so tief wie möglich in die Sache zu verwickeln – die Unschuldigen gemeinsam mit...«

»Warum sind Sie überhaupt daran interessiert?« erkundigte sich Schuster.

»Weil Mr. Goodwins berufliche Reputation und Kompetenz in Frage gestellt worden sind und darüber hinaus auch die meinen. Wenn Unschuldige dabei ebensoviel Haare lassen müssen wie der Schuldige, dann ist das zwar bedauerlich, aber unvermeidlich. Ich würde sehr gern etwas Bestimmtes von Ihnen erfahren, und zwar, ob einer von Ihnen ein Erlebnis, eine Situation oder eine Tatsache verheimlicht, die ihn schließlich zu einem Mord veranlaßten, um Faith Usher endgültig loszuwerden, und falls ja, wer von Ihnen. Aber vermutlich sind Sie nicht gewillt, hierzubleiben und sich einem mehrstündigen Verhör zu unterwerfen, und selbst wenn Sie dazu bereit wären, ist die Wahrscheinlichkeit, daß einer von Ihnen die Existenz eines solchen Faktums zugäbe, denkbar gering. Deshalb ist unser Gespräch nichts als Zeitvergeudung, und zwar für beide Teile. Ich wünsche Ihnen einen guten Tag.«

Aber ganz so einfach ließen sie sich nicht abschütteln. Sie waren gekommen, um Wolfe die Maske vom Gesicht zu reißen und um seine dunklen Pläne zu enthüllen, und sie gedachten nicht, sich mit einem förmlichen ›Guten Tag‹ abspeisen zu lassen – wenigstens drei von ihnen dachten nicht daran. Die Unterhaltung wurde recht lebhaft, bevor sie sich endlich zum Gehen entschlossen. Schuster vergaß völlig, daß es sich nicht um einen Einschüchterungsversuch handeln sollte, und Kent überschritt die von der Diplomatie gesteckten Grenzen ziemlich weit. Cecil geriet so sehr in Rage, daß er in einem Augenblick starker Erregung sogar mit der Faust auf Wolfes Schreibtisch schlug. Ich stellte mich in Positur, um für den Fall, daß einer von ihnen die Beherrschung verlieren und einen Stuhl als Wurfgeschoß verwenden sollte, eingreifen zu können, aber meine Aufmerksamkeit galt in der Hauptsache unserem Klienten. Der Arme befand sich in einer peinlichen Situation. Um des äußeren Anscheins willen mußte er sich an dem Klamauk beteiligen, aber er war nur mit halbem Herzen dabei, und alles, was er dann und wann von sich gab, war ein schüchternes Kulissengeflüster. Als Cecil, gefolgt von Kent, zur Tür stürzte, sprang Laidlaw hastig auf, um nicht der letzte zu sein, und raste hinaus. Ich trat in die Halle, um aufzupassen, daß nicht einer in der Aufregung meinen neuen Hut mit seinem vertauschte. Dann sah ich nach, ob die Haustür richtig geschlossen war, und nachdem ich mich überzeugt hatte, kehrte ich ins Büro zurück.

Ich hoffte, Wolfe in seinen Sessel zurückgelehnt mit geschlossenen Augen vorzufinden, aber weit gefehlt. Er saß aufrecht da und starrte wütend in die Luft.

Als ich auf der Bildfläche erschien, machte er mich zur Zielscheibe seines Grimms.

»Das ist grotesk«, knurrte er.

»Da haben Sie recht«, pflichtete ich ihm bei. »Vier Mordverdächtige suchen Sie auf, ohne eine Einladung abzuwarten, um sich offen und von Mann zu Mann mit Ihnen auszusprechen, und was blüht ihnen? Ein Hinausschmiß. Der einzige Haken dabei ist, daß einer von dem vierblättrigen Kleeblatt unser Klient war und daß er auf die Idee verfallen könnte, wir trödelten nur so herum. Das wäre für uns ziemlich peinlich.«

»Bah! Wenn unsere Männer anrufen, dann sagen Sie ihnen, sie sollen um drei hier sein. Nein, um halb drei. Nein, um zwei.« Er stand auf und stapfte zur Küche hinaus.

Ich wußte nicht, wie mir geschah. Daß er unsere Hilfstruppen zurückpfiff, um ihnen neue Instruktionen zu erteilen, war vielversprechend. Daß er den Termin von drei Uhr, wo er doch erst seinen Lunch verdaut hatte, auf halb drei vorverlegte, wo er praktisch noch den letzten Bissen kaute, war höchst ermutigend. Daß er den Zeitpunkt noch einmal geändert hatte und sich mit einem früheren Lunch abfand, war fast einmalig. Und daß er sich dann noch persönlich auf die Socken machte, um Fritz, unserem Koch, Bescheid zu sagen, anstatt nach ihm zu läuten – das war das achte Weltwunder.

10

»Wie oft haben Sie von mir gehört, daß ich ein Esel bin?« fragte Wolfe.

Fred Durkin grinste. Ein Witz ist ein Witz, und mag er noch so mäßig sein. Orrie Cather lächelte wohlerzogen, wodurch er noch hübscher, aber nicht unbedingt klüger aussah. Saul Panzer sagte: »Fünfmal; dreimal im Ernst, zweimal aus rhetorischen Gründen.«

»Danke, Saul. Sie enttäuschen mich nie.« Wolfe gab sich große Mühe, unterhaltsam zu sein. Er war gerade aus dem Speisezimmer ins Büro gekommen. Für Fred und Orrie hätte er sich nicht weiter angestrengt, aber Saul genießt seine höchste Achtung. »Dann wäre es also heute das viertemal, daß es mir Ernst ist. Und diesmal habe ich mich noch dazu so täppisch benommen, daß ich mir selbst eine Buße auferlegt habe. Ich huldige wie jeder zivilisierte Mensch dem Grundsatz, die Stunde nach dem Lunch mit einer leichten Lektüre zu verbringen, aber soeben habe ich den letzten Bissen Käsekuchen genossen, und schon sitze ich hier und arbeite. Ich habe die Strafe verdient.«

»Vielleicht sind wir auch mit schuld«, meinte Saul. »Sie gaben uns einen Auftrag, und wir haben ihn nicht erfüllt.«

»Nein«, erklärte Wolfe entschieden. »Ich kann diesen Strohhalm, den Sie mir aus purer Herzensgüte reichen, leider nicht ergreifen. Ich bin ein Esel. Falls von einer Schuld Ihrerseits überhaupt die Rede sein kann, dann nur, weil keiner von Ihnen mich am Mittwoch abend während unserer Lagebesprechung an meine Devise erinnerte, niemals dem ausgefahrenen Geleise der Polizeirecherchen zu folgen. Und genau das haben Sie auf

Grund meiner Anweisungen getan, folglich dürfen wir uns über den eklatanten Mißerfolg auch nicht wundern. Die Polizei schwärmt in ganzen Heerscharen aus, und Sie sind bloß zu dritt. Sie haben lediglich Löcher gegraben, wo die Polizei bereits ganze Stollen freigelegt hatte. Ich bin ein Esel.«

»Vielleicht gibt es keinen anderen Weg«, bemerkte Orrie.

»Natürlich gibt es einen. Es gibt immer Mittel und Wege, wenn man nicht zu vernagelt ist.« Wolfe hielt inne und schnappte nach Luft. Wenn er nach einer Mahlzeit um seine Ruhepause kommt, leidet er immer an akutem Sauerstoffmangel. »Die einzige Entschuldigung, die ich für mein Versagen anführen kann, ist die Tatsache, daß mir ein wesentlicher Zugang verschlossen war. Laut Mr. Cramers Bericht konnte der Täter offenbar nicht damit rechnen, daß das Sektglas mit dem Gift auch wirklich in Miss Ushers Hände gelangen würde. Ich hätte dieses Rätsel nur durch eine sehr sorgfältige Analyse der elf verdächtigen Personen ergünden können, und die meisten von ihnen standen mir nicht zur Verfügung. Dieses Problem muß früher oder später natürlich in Angriff genommen werden, aber erst, wenn wir uns über das Tatmotiv im klaren sind. Mein dringlichstes Anliegen war infolgedessen, irgendwo einen Hinweis auf das Motiv zu ergattern, und Sie wissen selbst, was ich tat. Ich schickte Sie hinaus und ließ Sie ein Gebiet durchwühlen, das die Polizei bereits abgegrast hatte.«

»Ich sprach mit vier Leuten, bei denen die Polizei noch nicht gewesen war«, protestierte Fred.

»Und was fanden Sie heraus?«

»Nichts.«

Wolfe nickte. »Eben. Wie ich schon Mittwoch abend sagte, müssen wir ausfindig machen, ob zwischen Miss Usher und einer der elf Personen irgendeine Verbindung bestand. Das wäre an sich eine legitime und vernünftige Methode, ans Ziel zu gelangen. Aber leider folgt die Polizei derselben Fährte, und ich muß Sie um Entschuldigung bitten. Wir wollen nun einen anderen Weg versuchen, auf dem Sie wenigstens auf jungfräulichem Boden arbeiten. Ich möchte Faith Ushers Mutter sehen. Sie sollen sie ausfindig machen und hierherbringen.«

Fred und Orrie fischten ihre Notizbücher heraus. Saul besaß zwar auch eins, benutzte es jedoch nur selten. Sein Gedächtnis funktioniert ebensogut wie das meine.

»Sie werden Ihr Notizbuch nicht brauchen«, sagte Wolfe. »Es gibt nichts zu notieren außer der nackten Tatsache, daß Miss Ushers Mutter noch lebt und folglich irgendwo aufgetrieben werden kann. Als Ausgangspunkt scheint das dürftig, ist jedoch kein Grund zur Verzweiflung. Wir kennen den Anlaß nicht, der Miss Ushers gewaltsamen Tod herbeiführte, aber wir können mit einigem Recht voraussetzen, daß ihr Gefühlsleben dabei eine gewisse Rolle spielte. Nun bin ich bisher nur auf zwei Phänomene gestoßen, die ihre Empfindungen nachweislich stark beeinflußt haben. Das erste war ihre Erfahrung mit dem Mann, dessen Kind sie zur Welt brachte. Ein Gespräch mit ihm dürfte lohnend sein, aber wenn er überhaupt gefunden werden kann, wird das die Polizei besorgen; sie ist natürlich bereits auf der Suche nach ihm. Das zweite war ihr Verhältnis zu ihrer Mutter. Mrs. Irwin von Haus Grantham berichtete Archie, daß ihre Mutter noch lebt und daß das Mädchen sie gehaßt habe. Und gestern erzählte mir Miss Yarmis, mit der Miss Usher in den letzten sieben Monaten ihres Lebens zusammen wohnte, Miss Usher wäre eines Tages mit heftigen Kopfschmerzen nach Hause gekommen und hätte gesagt, sie wäre ihrer Mutter auf der Straße begegnet, es hätte eine Szene gegeben, und sie hätte davonlaufen müssen, um ihre Mutter loszuwerden; und sie wünschte, ihre Mutter wäre tot. Das sind Miss Yarmis' eigene Worte.«

»Heißt sie Usher?« erkundigte sich Orrie. Saul hätte natürlich nicht danach gefragt und Fred wohl auch nicht.

»Sperren Sie Ihre Ohren künftig besser auf, Orrie«, erwiderte Wolfe. »Ich sagte eben, das wäre alles, was ich von der Sache weiß. Und von Mrs. Irwin oder Miss Yarmis sind auch keine weiteren Auskünfte zu erwarten. Sie haben uns alles berichtet, was sie wußten.« Er richtete seinen Blick auf Saul. »Sie werden die Aktion leiten und Fred und Orrie den Erfordernissen entsprechend einsetzen.«

»Bleiben wir in Deckung?«

»Am besten ja. Aber Sie sollen natürlich die Vorsicht nicht so weit treiben, daß Ihnen die Beute entwischt.«

»Ich hab' einen Blick in das Fernsprechbuch von Manhattan geworfen«, fiel ich ein. »Es sind ein Dutzend Ushers angeführt. Natürlich braucht sie nicht Usher zu heißen, und sie muß auch nicht unbedingt in Manhattan wohnen und Telefon haben. Fred und Orrie könnten das Dutzend im Handumdrehen abgrasen. Außerdem kann ich Lon Cohen in der *Gazette* anrufen. Er hat sich die Mutter vielleicht für einen Exklusivbericht und ein Foto geschnappt.«

»Sicher«, stimmte Saul zu. »Wenn wir offen vorgehen könnten, würde ich mich zuallererst mal ums Leichenschauhaus kümmern. Selbst wenn die beiden nicht viel füreinander übrig hatten, kann die Mutter doch ihr Recht auf die Leiche der Tochter geltend gemacht haben. Aber der Beamte dort kennt mich und Fred und Orrie auch. Und Archie kommt erst recht nicht in Frage.«

Wolfe meinte, das Risiko wäre zu groß, es sollte deshalb erst dann dieser Weg eingeschlagen werden, wenn alle anderen Versuche fehlgeschlagen wären. Hingegen hielt er Lon Cohen für eine aussichtsreiche Idee. Ich wählte die Nummer der *Gazette*.

Es war für mich nicht so einfach, ihm die Würmer aus der Nase zu ziehen. Lon hatte mich ein paarmal angerufen, um mich an den Augenzeugenbericht zu erinnern, und als ich mich jetzt bei ihm nach Faith Ushers Mutter erkundigte, gerieten alle seine beruflichen Instinkte in Aufruhr. Er fragte, ob Wolfe an dem Fall arbeite, und wenn ja, für wen. Ob mir jemand womöglich ein besseres Angebot gemacht habe und ob ich die Mutter vielleicht für meinen Bericht brauchte. Ich mußte sämtliche Register ziehen und ihm ehrenwörtlich versichern, daß ich nicht einmal im Traume daran dächte, zu einem anderen Blatt als der *Gazette* in geschäftliche Beziehung zu treten, und daß er wie immer als erster erfahren würde, wenn die Bombe platzte, bevor er meine nebensächliche Frage beantworten wollte.

Ich legte auf und drehte mich um. »Ihr könnt euch das Leichenschauhaus schenken. Am Mittwoch nachmittag kreuzte dort eine Frau auf und erhob Anspruch auf die Leiche. Name: Marjorie Betz, B-E-T-Z. Adresse: 78. Straße West Nummer 28, Manhattan. Sie zeigte einen Brief vor, der von Elaine Usher, Faith Ushers Mutter, gleiche Adresse, unterschrieben war. Ihren Anweisungen entsprechend, wurde die Leiche heute früh zum Metropolitan-Krematorium in der 39. Straße gebracht. Ein Mann von der *Gazette* hat Marjorie Betz aufgesucht, aber es ist nichts aus ihr herauszubekommen. Sie verweigert jede Auskunft. Sie sagte nur, Elaine Usher wäre Mittwoch nacht verreist, und sie wüßte nicht, wohin. Die *Gazette* konnte sie bisher nicht aufspüren, und Lon glaubt auch nicht, daß es sonst jemandem gelingt. Ende.«

»Fein«, sagte Saul. »Kein Mensch verduftet ohne Grund.«

»Finden Sie sie«, befahl Wolfe. »Bringen Sie sie her. Benutzen Sie jedes Mittel, das ...« Das Telefon läutete. Ich schwenkte meinen Stuhl herum und hob den Hörer ab.

»Büro von Nero Wolfe, Arch ...«

»Goodwin?«

»Ja.«

»Hier ist Laidlaw. Ich muß Wolfe sprechen. Dringend.«

»Er ist hier. Kommen Sie her.«

»Das wage ich nicht. Ich komme soeben aus dem Büro des Staatsanwalts. Ich nahm ein Taxi, und ich werde beschattet. Ich war auf dem Wege zu Wolfe, um mit ihm über das zu sprechen, was im Büro des Staatsanwalts passiert ist, aber jetzt weiß ich nicht weiter. Man darf auf keinen Fall erfahren, daß ich mit Wolfe in Verbindung stehe. Was soll ich tun?«

»Es gibt ein Dutzend verschiedene Möglichkeiten. Einen Verfolger abzuschütteln ist kinderleicht, aber Sie haben natürlich keine Übung darin. Wo sind Sie?«

»In einer Telefonzelle in einem Drugstore auf der Seventh Avenue in der Nähe der 16. Straße.«

»Haben Sie das Taxi weggeschickt?«

»Ja. Ich hielt das für besser.«

»Richtig. Wie viele Männer sitzen in dem Wagen, der Ihnen folgt?«

»Zwei.«

»Dann ist es ihnen also Ernst. Okay, uns auch. Trinken Sie erst mal ein Cola, damit ich Zeit habe, mir einen Wagen zu schnappen. Sagen wir sechs oder sieben Minuten. Dann nehmen Sie ein Taxi zur 28. Straße Ost Nummer 214. Im Erdgeschoß des Hauses befindet sich die Perlman-Papiergesellschaft.« Ich buchstabierte Perlman. »Haben Sie das?«

»Ja.«

»Gehen Sie hinein, fragen Sie nach Abe und sagen Sie zu ihm: ›Archie braucht noch etwas Candy.‹ Was sollen Sie sagen?«

»Archie braucht noch etwa Candy.«

»Richtig. Er wird Sie zum Ausgang auf der 27. Straße führen, und wenn Sie rauskommen, werde ich vor der Tür stehen, entweder direkt davor oder auf der gegenüberliegenden Straßenseite, und zwar mit einer grauen Heron-Limousine. Und geben Sie Abe kein Trinkgeld, er mag das nicht. Die Prozedur gehört zu unserem individuellen Kundendienst.«

»Und wenn Abe nicht da ist?«

»Er ist bestimmt da. Und wenn nicht, dann sagen Sie Ihr Sprüchlein ja niemand anderem auf. Suchen Sie sich eine Telefonzelle und rufen Sie Wolfe an.«

Ich legte auf, kritzelte ›Laidlaw‹ auf meinen Stenogrammblock, riß das Blatt heraus, stand auf und reichte es Wolfe. »Er möchte Sie sofort sprechen und braucht einen geschickten Chauffeur. Ich bin in spätestens einer halben Stunde wieder hier.«

Er nickte, knüllte das Blatt zusammen und ließ es in seinen Papierkorb fallen. Ich wünschte dem Trio Hals- und Beinbruch und machte mich auf die Socken.

In der Garage an der Ecke benutzte ich die drei Minuten, während Hank den Wagen herausbugsierte, um vom Büro aus die Perlman-Papiergesellschaft anzurufen. Ich erwischte Abe, und er sagte, er hätte sich schon gefragt, wann ich wieder Candy brauchen würde, und er würde den Auftrag mit dem größten Vergnügen ausführen.

Die Operation wickelte sich ohne die geringste Panne ab. Als ich die 34. Straße entlanggondelte, war ich stark versucht, über die Park- oder Lexington-Avenue bis zur 28. Straße hinunterzusausen, um die beiden Typen in Augenschein zu nehmen, die Laidlaw auf den Fersen waren. Aber ich ließ es dann doch bleiben, weil die beiden alte Bekannte sein konnten. Statt dessen schlug ich einen weiten Bogen über die Second Avenue, bevor ich stadteinwärts fuhr. Den Ausgang auf der 27. Straße benutzt die Perlman-Papiergesellschaft als provisorische Laderampe. Es war jedoch kein Lastwagen in Sicht, als ich genau neunzehn Minuten nach Laidlaws SOS-Ruf vor dem Gebäude anlangte. Ich bremste am Rinnstein, und drei Minuten später trabte unser Klient über den Bürgersteig auf mich zu. Ich öffnete die Tür, und er stieg in den Wagen.

Laidlaw sah erregt aus. »Beruhigen Sie sich«, sagte ich und gab Gas. »Es ist alles halb so wild. Die zwei Typen werden bestimmt erst in einer halben Stunde auf die Idee kommen, drinnen nach Ihnen zu fragen, und Abe wird ihnen sagen, er hätte Sie nach hinten geführt, um Ihnen das Lager zu zeigen, und Sie wären danach auf der anderen Seite rausgegangen.«

»Es handelt sich nicht bloß darum, daß ich beschattet werde. Ich muß Wolfe in einer wichtigen Angelegenheit sprechen.« Sein verbissener Ton und seine rachedurstige Miene standen jedoch in ziemlich starkem Gegensatz zu seiner verhältnismäßig harmlosen Erklärung. Das brachte mich auf die Vermutung, daß er Wolfe nicht nur sprechen, sondern ihm zusätzlich einen Kinnhaken verpassen und mehrere Tritte versetzen wollte. Ich überließ ihn seiner düsteren Stimmung und überlegte mir auf der Fahrt durch die Stadt, ob das alte Backsteinhaus womöglich auch überwacht wurde und ob ich Laidlaw durch den Hintereingang schleusen sollte. Ich entschied mich dagegen. Wie gewöhnlich fand ich vor dem Haus keinen Platz zum Parken. Ich fuhr zur Garage, übergab Hank den Wagen und lief mit Laidlaw das Stück zurück. Als er ins Büro hineinstürzte, war ich ihm so dicht auf den Fersen, daß ich ihm beinahe die Hacken abtrat. Er war zwar kein Goliath und ohne tatkräftige Hilfe kaum imstande, Wolfe ernsthaften Schaden zuzufügen, aber er war nachweisbar der einzige von den elf Verdächtigen, von dem wir wußten, daß er Faith Usher gut gekannt und ein Motiv zum Mord gehabt hatte.

Er rührte keinen Finger. Er sagte kein Wort. Er blieb vor Wolfes Schreibtisch stehen und starrte Wolfe an, und ich begriff erst nach fünf Sekunden, daß es ihm vor Wut oder vor Angst die Sprache verschlagen hatte. Ich packte ihn behutsam am Ellenbogen, schob ihn zum roten Ledersessel und drückte ihn auf den Sitz hinunter.

»Nun, Sir?« fragte Wolfe.

Unser Klient strich sich über das Haar, obwohl er mittlerweile hätte wissen müssen, daß das verlorene Liebesmüh war, und krächzte: »Ich kann mich irren. Hoffentlich irre ich mich, aber haben Sie dem Staatsanwalt einen Brief geschickt, in dem ich als Vater von Faith Ushers Kind genannt bin?«

»Nein.« Wolfe preßte die Lippen zusammen.

Laidlaw warf seinen Kopf zu mir herum. »Oder Sie?«

»Nein. Natürlich nicht.«

»Haben Sie jemandem davon erzählt?«

»Sie sind offensichtlich stark erregt und deshalb nicht in der Lage, klar zu denken«, sagte Wolfe. »Es ist nichts geschehen, was Mr. Goodwin oder mich von unserer Schweigepflicht entbunden hätte. Sollte sich diese Notwendigkeit jemals ergeben, dann werden Sie als erster davon unterrichtet. Ich rate Ihnen, sich zunächst zu beruhigen.«

»Beruhigen! Zum Teufel!« Laidlaw massierte die Armlehnen seines Sessels mit beiden Händen und musterte Wolfe durchdringend. »Dann waren Sie es also nicht. Na schön. Ich begab mich, als ich heute vormittag von hier wegging, gleich in mein Büro. Meine Sekretärin empfing mich mit der Nachricht, der Staatsanwalt hätte mich mehrere Male zu erreichen versucht. Ich rief sofort dort an, erfuhr, daß sie mich dringend sprechen müßten, und fuhr hin. Bowen, der Anwalt, fragte mich praktisch nach der ersten halben Minute, ob ich meine Aussage, daß ich Faith Usher vor Dienstag abend nie gesehen hätte, nicht ändern wollte, und ich verneinte. Danach hielt er mir einen Brief unter die Nase, der, wie er erklärte, mit der Post gekommen war. Ein mit Maschine geschriebener Wisch ohne Unterschrift. Der Text lautete: ›Haben Sie noch nicht herausgefunden, daß Edwin Laidlaw der Vater von Faith Ushers Baby ist?

Befragen Sie ihn über seine Reise nach Kanada.‹ Bowen wollte den Brief nicht aus der Hand geben. Ich saß da und starrte den Wisch an.«

Wolfe grunzte. »Er war des Angaffens wert, selbst wenn er eine Fälschung sein sollte. Sind Sie zusammengebrochen?«

»Nein! Wahrhaftig nicht! Ich glaube, mein Unterbewußtsein reagierte ganz instinktiv, denn ich war viel zu betäubt, um einen vernünftigen Entschluß zu fassen. Jedenfalls verfiel ich ganz automatisch auf den einzigen Ausweg, der mir blieb, indem ich mich weigerte, auch nur eine der Fragen zu beantworten. Ich erklärte lediglich, daß der anonyme Schreiber mich verleumdet hätte und daß ich seine Identität feststellen lassen würde, um ihn zur Verantwortung zu ziehen. Zu diesem Zweck brauchte ich den Brief, aber den wollten sie mir natürlich nicht ausliefern. Sie wollten mir nicht einmal eine Abschrift geben. Sie behielten mich zwei Stunden da, und als ich ging, wurde ich beschattet.«

»Sie gaben nichts zu?«

»Nein.«

»Nicht einmal, daß Sie eine Reise nach Kanada gemacht haben?«

»Nein. Ich beantwortete keine einzige Frage.«

»Sehr zufriedenstellend«, sagte Wolfe. »Überaus zufriedenstellend. Das ist in der Tat erfreulich, Mr. Laidlaw. Wir haben...«

»Erfreulich!« krächzte der Klient. »Sie nennen das erfreulich?!«

»Gewiß. Etwas Besseres konnte uns gar nicht passieren. Wir haben endlich jemanden zum Handeln verleitet. Falls bisher auch nur der geringste Zweifel darüber bestand, daß Miss Usher das Opfer eines Mordanschlags wurde, so ist er jetzt behoben. Bis auf Sie haben alle übrigen behauptet, Miss Usher vor dem Abend der Gesellschaft nicht gekannt zu haben; einer von ihnen hat gelogen und fühlte sich nun veranlaßt, etwas zu tun. Es ist freilich noch immer möglich, daß Sie selbst der Schuldige sind, aber das halte ich nach den jüngsten Ereignissen für höchst unwahrscheinlich. Ich ziehe die Version vor, daß sich der Mörder zu einem Ablenkungsmanöver gezwungen sah, und das ist sehr erfreulich. Jetzt ist er geliefert.«

»Aber guter Gott! Die Polizei weiß über mich Bescheid!«

»Sie weiß nicht mehr als vorher. Sie erhält täglich ein Dutzend anonymer Briefe mit allen möglichen Hinweisen und hat längst gelernt, daß die meisten Anschuldigungen völlig unbegründet sind. Was Ihre Weigerung, die Fragen zu beantworten, betrifft, so ist das die einzig richtige Haltung für einen Mann Ihrer Position, bevor er nicht den Rat seines Anwalts eingeholt hat. Es ist eine völlig klare, einwandfreie Situation. Die Polizei wird natürlich versuchen, der Sache auf den Grund zu gehen. Aber der einzige Mensch, der die Anschuldigung untermauern könnte, ist vermutlich der Briefschreiber selbst, und wenn er sich aus seiner Anonymität hervorwagt, haben wir ihn. Wir werden seine Behauptung natürlich bestreiten, aber dann haben wir ihn.« Er blickte zur Wanduhr hinauf. »In der Zwischenzeit wollen wir jedoch nicht nur müßig dahocken und auf weitere Ereignisse warten. Ich habe noch dreißig Minuten Zeit. Am Mittwoch morgen erzählten Sie mir, keine Menschenseele hätte eine Ahnung von Ihrer Liebelei mit Miss Usher, aber wir wissen jetzt, daß Sie sich getäuscht haben. Wir müssen jeden Augenblick, den Sie in Miss Ushers Gesellschaft verbracht haben, von neuem überprüfen. Wenn ich Sie um vier Uhr verlasse, wird Mr. Goodwin mit Ihnen weiterberaten. Fangen Sie mit dem Tag an, an dem sie Ihnen bei Cordoni zum erstenmal auffiel. Befand sich vielleicht ein Kunde im Laden, der Sie kannte?«

Wenn Wolfe es sich in den Kopf setzt, dem Erinnerungsvermögen eines armen Opfers auf die Sprünge zu verhelfen, ist er schlimmer als eine putzwütige Hausfrau beim Großreinemachen. Einmal hockte ich geschlagene acht Stunden dabei, während er einen Chauffeur über eine Fahrt nach New Haven und zurück ausfragte. Mit Laidlaw machte er nicht ganz so viel Aufhebens, aber er ließ ihm auch keine Flüchtigkeiten durchgehen. Als er sich um vier Uhr von uns verabschiedete, um sich ins Dachgeschoß zurückzuziehen, waren wir nicht weiter gediehen als bis zu der Episode bei Cordoni, zwei Dinnereinladungen – eine im ›Woodbine‹ in Westchester, die andere bei ›Henke‹ auf Long Island – und einem Lunch bei ›Gayfo‹ in der 69. Straße.

Ich beackerte Laidlaws Gedächtnis noch ungefähr eine Stunde lang, wobei ich Wolfes Methoden anzuwenden versuchte, aber mein Herz schlug dabei keineswegs höher vor ungestümer Entdeckerfreude. Meiner Ansicht nach hätten wir die ganze Angelegenheit ebensogut mit einer einzigen Frage erledigen können, und zwar: Sind Sie bei Gelegenheit Ihrer Zusammenkünfte mit Faith Usher irgendwann irgendwo jemandem begegnet, der Sie kannte? Antwort: Nein. Was hingegen die Chancen betraf, daß sie zusammen gesehen worden waren, ohne daß er eine Ahnung davon hatte, so gab es deren so viele wie Sand am Meer. Sie hatten nicht bloß gemeinsam die drei Lokale aufgesucht, sondern sie war auch viermal am hellen Tage mit ihm durch die Stadt gefahren, und an dem Morgen vor ihrer Abreise nach Kanada hatte er seinen Wagen, mit ihr auf dem rechten Vordersitz, vor seinem Klub geparkt, um jemandem eine Botschaft zu hinterlassen.

Aber wir machten unverdrossen weiter und waren beim dritten Tag in Kanada und einem Hotel irgendwo in Quebec angelangt, als die Türklingel ertönte. Ich sauste in die Diele, warf einen Blick durch die Spionglasscheibe und erspähte Inspektor Cramer.

Ich war nicht allzu überrascht, da ich wußte, daß Laidlaw ihnen unabsichtlich einen deutlichen Hinweis gegeben hatte, der sie mit hundertprozentiger Sicherheit genau vor unsere Haustür lotsen mußte, wenn es ihnen wirklich ernst war. Mein Unterbewußtsein reagierte genauso zuverlässig wie das unseres Klienten. Ich schnappte mir seinen Hut und seinen Mantel, raste ins Büro zurück, drückte ihm seine Utensilien in die Hand und sagte: »Inspektor Cramer ist hier, vermutlich auf der Suche nach Ihnen. Los, beeilen Sie sich...«

»Aber wie?«

»Egal wie.« Es läutete wieder.

Er setzte sich endlich in Bewegung und folgte mir in die Küche. Fritz stand an dem großen Tisch und beschäftigte sich mit einer Ente. Ich erklärte ihm hastig: »Mr. Laidlaw möchte möglichst schnell durch die Hintertür verschwinden, und ich hab' keine Zeit, weil Cramer sonst die Vordertür einschlägt.

Zeigen Sie ihm den Weg, aber fix, und Sie haben ihn noch nie im Leben gesehen. Kapiert?«

Fritz trabte schleunigst auf die Hintertür zu, die in einen umfriedeten Hof und von da in eine enge Passage führt, die ihrerseits auf die 34. Straße mündet. Als die zwei im Hof verschwunden waren, läutete die Klingel zum drittenmal. Ich schlenderte gemächlich in die Diele, legte die Kette vor, öffnete die Tür zu einem vier Zentimeter breiten Spalt und flötete höflich: »Ach, Inspektor Cramer! Ich nehme an, Ihr unerwarteter Besuch gilt mir? Sie wissen doch, daß Mr. Wolfe bis sechs Uhr nicht zu sprechen ist.«

»Machen Sie auf, Goodwin.«

»Nur unter Vorbehalt. Sie wissen verdammt gut, worin meine Instruktionen bestehen und daß zwischen vier und sechs Uhr keine Besucher eingelassen werden, außer sie kommen zu mir.«

»Ich weiß. Öffnen Sie.«

Ich nahm seine Antwort als verbindliche Zusage, und er wußte das auch. Außerdem war es denkbar, daß sich irgendein Individuum – Sergeant Stebbins zum Beispiel – mit einem Haussuchungsbefehl bereits auf dem Weg nach hier befand, und in diesem Fall war es klüger, Cramer gutwillig einzulassen. Deshalb erwiderte ich: »Okay, wenn Sie zu mir wollen«, hakte die Kette aus und riß die Tür weit auf. Er trat ein, eilte durch die Diele und verschwand im Büro.

Ich schloß die Tür und trottete hinter ihm her; als ich das Büro betrat, war er nicht mehr da. Die Verbindungstür zum Vorderzimmer stand offen, und einen Moment später kam er wieder zum Vorschein und bellte mich an: »Wo ist Laidlaw?«

Ich war gekränkt. »Ich dachte, Ihr Besuch galt mir. Wenn ich das eher ...«

»Wo ist Laidlaw?«

»Durchsuchen Sie mich doch. Es gibt zwar einen Haufen Laidlaws, aber ich hab' zufällig keinen bei mir. Wenn Sie meinen ...«

Er raste dicht an mir vorüber in die Diele und trampelte mir dabei fast auf die Zehen.

Die Vorschriften über den Umgang mit Vertretern des Gesetzes stecken voller Widersprüche. Ob man sie mit Gewalt zurückhalten darf oder nicht, hängt ganz von den Umständen ab. Zum Beispiel war es okay, Cramer mit Hilfe der Sicherheitskette am Betreten des Hauses zu hindern. Es wäre auch in Ordnung gewesen, wenn sich zwischen Erdgeschoß und erster Etage eine massive Tür befunden hätte. Aber ich konnte ihm nicht verbieten, die Treppe hinaufzusteigen, indem ich mich auf der untersten Stufe aufbaute und ihn nicht vorbeigehen ließ, egal, wie sehr ich mich dabei auch in acht nahm, um ihm kein Härchen zu krümmen. Diese Regeln mögen Juristen vielleicht plausibel erscheinen, mir leuchten sie nicht ein.

Es fiel auch nicht weiter ins Gewicht, daß er vorher im Brustton der Überzeugung versichert hatte, er wäre sich über unsere Hausordnung im klaren. Deshalb verschwendete ich meinen kostbaren Atem gar nicht erst mit nutzlosem Protestgeschrei, als er auf die Treppe zusteuerte. Ich hob mir meine Puste lieber für die Kletterpartie auf, die wir im Eiltempo zurücklegten. Da er soeben deutlich bewiesen hatte, daß man sich im Ernstfall weder auf seine guten Manieren noch auf seinen Anstand verlassen konnte, hätte es mich nicht gewundert, wenn er auf der ersten Etage in Wolfes und auf der zweiten in mein Zimmer eingedrungen wäre, aber er machte erst im Dachgeschoß halt.

Ich habe bisher nicht ergründen können, ob Cramer Orchideen deshalb nicht mag, weil Wolfe sie schätzt, oder ob er bloß farbenblind ist. Jedenfalls scheint er niemals zu bemerken, daß er sich in einem Treibhaus befindet, inmitten einer Fülle seltener Pflanzen. Natürlich hat er seinen Kopf meist voll von anderen Dingen – sonst wäre er sowieso nicht gekommen –, und vielleicht zieht er bescheidene, anspruchslose Gewächse vor.

Die Tür zwischen dem warmen Raum und dem Arbeitsraum war wie gewöhnlich geschlossen. Cramer öffnete sie, und ich folgte ihm, ohne mich erst lang damit aufzuhalten, sie hinter mir zuzumachen. Statt dessen fegte ich um ihn herum und verkündete mit erhobener Stimme: »Er hat gesagt, er käme zu mir. Aber als ich ihn hereinließ, raste er an mir vorbei ins Büro und ins Vorderzimmer und brüllte: ›Wo ist Laidlaw?‹, und als ich ihm erklärte, ich hätte keinen Laidlaw bei mir, stürzte er an mir vorbei die Treppe hinauf. Offenbar ist er auf diesen Laidlaw so versessen, daß er auf Moral und Anstand pfeift.«

Theodore Horstmann, der am Wasserbecken Blumentöpfe reinigte, sah bei unserem stürmischen Auftritt flüchtig hoch, versenkte sich jedoch, bevor ich mit meiner Rede zu Ende war, wieder in seine Arbeit. Wolfe, an der Umpflanzbank mit der Begutachtung von Stecklingen beschäftigt, hatte sich zu uns umgewandt und funkelte mich wütend an. Als ich nach Luft schnappte und verstummte, übertrug er seinen grimmigen Blick auf Cramer und fragte eisig: »Sind Sie von Sinnen?«

Cramer stand wie ein Klotz mitten im Raum und gab Wolfe den Blick mit Zinsen zurück. »Irgendwann einmal...«, sagte er schwer atmend und hielt inne.

»Irgendwann was? Werden Sie irgendwann einmal endlich zur Vernunft kommen?«

Cramer trat zwei Schritte vorwärts. »Sie! Sie mischen sich also wieder mal in Sachen, von denen Sie lieber die Finger lassen sollten! Goodwin verwandelt einen simplen Selbstmord in Mord, und schon geht's munter weiter. Gestern hatten Sie die drei Mädchen hier. Heute morgen waren die vier Männer bei Ihnen. Heute vormittag wird Laidlaw vom Staatsanwalt persönlich vorgeladen, um ein paar Fragen zu beantworten. Er verweigert jede Auskunft, und sowie er nur die Nase aus der Tür steckt, ist er auch schon auf dem Weg zu Ihnen. Ich weiß, daß er hier gewesen ist, und ich komme...«

»Wenn Sie nicht Kriminalinspektor wären«, warf ich dazwischen, »dann würde ich sagen, daß das eine Lüge ist. Sie wissen nämlich gar nicht, ob er hier gewesen ist oder nicht.«

»Aber ich weiß, daß er in ein Taxi stieg und dem Chauffeur Wolfes Adresse nannte. Als er bemerkte, daß er verfolgt wurde, schickte er das Taxi weg, verschwand in der nächsten Telefonzelle und rief jemanden an. Danach fuhr er in einem anderen Taxi zu einer Firma, die einen ganzen Block gemietet hat, und verduftete durch den Hinterausgang. Ich bin schließlich nicht von gestern. Es ist doch klar, wohin er von da aus gegangen ist.«

»Verzeihung. So klar ist das nun wieder nicht. Es ist lediglich eine Vermutung von Ihnen.«

»Okay, es ist also nur eine Vermutung, aber eine verdammt gut fundierte.« Er trat noch einen Schritt auf Wolfe zu. »Haben Sie Edwin Laidlaw in den letzten drei Stunden gesehen?«

»Das ist doch nicht zu glauben!« erklärte Wolfe entrüstet. »Sie wissen, wie eisern ich meine persönliche Tageseinteilung einhalte und wie sehr mich jedes Attentat auf diese zwei Stunden notwendiger Entspannung verstimmt. Dennoch verschaffen Sie sich durch niederträchtige Doppelzüngigkeit Eintritt in mein Haus, dringen rücksichtslos hier oben ein und belästigen mich mit einer Frage, die unberechtigt ist und auf die Sie keine Antwort verlangen können. Folglich werde ich sie Ihnen auch nicht beantworten. In Anbetracht der skandalösen Umstände bezweifle ich, ob es überhaupt irgendeine Frage in der Welt gibt, die ich Ihnen jetzt beanworten würde.« Er wandte sich ab, erfreute uns mit dem Anblick seiner umfangreichen Kehrseite und griff nach einer Pflanze.

»Meiner Meinung nach«, sagte ich mitfühlend zu Cramer, »wäre es Ihre beste Chance, sich einen Haussuchungsbefehl zu verschaffen und Ihre Leute herbeizuzitieren, damit sie nach verdächtigen Spuren Ausschau halten. Ich kann mir denken, wo Sie der Schuh drückt. Sie haben den Tag noch nicht verschmerzt, an dem Sie mit einem Haussuchungsbefehl und einem ganzen Regiment hier anrückten, um eine Frau namens Clara Fox zu schnappen, und das ganze Haus auf den Kopf stellten, ohne sie zu finden. Es muß ein ziemlicher Schock für Sie gewesen sein, als Sie später erfuhren, daß die Dame hier im Umpflanzraum in einer Versandkiste unter einer Dekoration von Rispenfarn gesteckt hatte, den Wolfe gerade goß. Wahrscheinlich glaubten Sie, Sie könnten Wolfe auf frischer Tat ertappen und Ihren Laidlaw an den Haaren aus einer Kiste zerren, wenn Sie nur schnell genug hier hereinstürmten, bevor ich Alarm blasen konnte. Aber jetzt ist Ihnen die Petersilie verhagelt, und Sie sitzen in der Klemme. Übrigens sollten Sie lieber den Mantel ablegen, solange Sie im Haus sind, oder Sie werden sich später einen Schnupfen holen. Ich rede deshalb so viel, um Ihnen über Ihre Enttäuschung wegzuhelfen. Was Ihren Laidlaw betrifft,so war er natürlich heute vormittag mit den drei anderen hier, aber das wissen Sie anscheinend schon. Wer immer Ihnen diese Auskunft gegeben hat, mußte von Rechts wegen . . .«

Er drehte sich um und stapfte schweigend davon. Ich heftete mich an seine Fersen.

11

Fünf Minuten nach sechs Uhr rief Saul Panzer an. Sein Anruf gehörte zur Routine. Wenn unsere Hilfstruppe mit Aufträgen unterwegs ist, meldet sie sich für gewöhnlich gegen Mittag und dann noch einmal kurz nach sechs, um über ihre Erfolge oder Mißerfolge Bericht zu erstatten und neue Instruktionen einzuholen. Er sagte, er befände sich in einer Telefonzelle in einer Bar mit Grill auf dem Broadway in der Nähe der 86. Straße. Wolfe, der eben aus dem Gewächshaus heruntergekommen war, stürzte sich, Saul zu Ehren, sofort in die Arbeit, denn er klemmte sich unaufgefordert den zweiten Telefonhörer ans Ohr, um mitzuhören.

»Bisher«, berichtete Saul, »haben wir das Terrain bloß sondiert. Marjorie Betz bewohnt zusammen mit Mrs. Elaine Usher ein Apartment in der 78. Straße; Mrs. Usher ist die Hauptmieterin. Ich knöpfte mir Miss Betz unter einem der üblichen Vorwände vor und versuchte sie auszuhorchen, aber sie ist stumm wie eine Auster. Mrs. Usher verließ Mittwoch abend die Wohnung, und Miss Betz hat angeblich keine Ahnung, wo sie steckt oder wann sie zurückkehrt. Wir unterhielten uns mit zwei Fahrstuhlführern, dem Portier, fünf Nachbarn, vierzehn Leuten in den umliegenden Läden und einem Taxichauffeur, den Mrs. Usher für gewöhnlich in Anspruch nimmt, und Orrie ist augenblicklich hinter dem Dienstmädchen her, das gegen halb sechs nach Hause geht. Möchten Sie Mrs. Ushers Beschreibung?«

Wolfe verneinte, und ich sagte gleichzeitig ja. »Nun denn«, knurrte Wolfe, »tun Sie Archie den Gefallen.«

»Etwa vierzig Jahre alt. Die Schätzungen schwanken zwischen dreiunddreißig und fünfundvierzig. Eins sechzig groß, Gewicht etwa hundertzwanzig Pfund. Blaue, eng zusammenstehende Augen, ovales Gesicht, gepflegte Haut, Haar vor zwei Jahren lichtbraun, jetzt blond, leichte Dauerwelle, halblange Frisur. Kleidet sich gut, aber ein wenig auffallend. Steht nie vor Mittag auf. Haßt es, Trinkgelder zu geben. Ich glaube, das alles dürfte so ziemlich den Tatsachen entsprechen. Der nächste Punkt ist lediglich eine Vermutung. Sie arbeitet anscheinend nicht, hat trotzdem immer Geld und ein stark entwickeltes Faible für Männer. Sie bewohnt das Apartment seit acht Jahren. Kein Mensch hat dort jemals einen Ehemann gesehen. Sechs der Befragten kannten die Tochter, Faith, und mochten sie gern. Aber das Mädchen hat sich seit vier Jahren nicht mehr bei seiner Mutter blicken lassen, und Mrs. Usher sprach auch nie von ihr.«

Wolfe grunzte. »Das dürfte genügen.«

»Ja, Sir. Sollen wir weitermachen?«

»Ja.«

»Okay. Vielleicht gelingt es Orrie, dem Dienstmädchen irgendeinen Hinweis abzuluchsen, und wenn nicht, hab' ich noch ein paar andere Ideen in petto. Vielleicht geht Miss Betz heute abend aus. Das Schloß an der Wohnungstür ist nur ein Wyatt.«

»Der Taxichauffeur, mit dem sie immer fährt – was sagt der?« fragte ich. »Hat sie ihn am Mittwoch nicht bemüht?«

»Anscheinend nicht. Fred machte ihn ausfindig. Ich hab' nicht selbst mit ihm gesprochen, aber Fred meint, daß er die Wahrheit gesagt hat.«

»Hör mal«, erklärte ich, »du sagst, das Schloß ist nur ein Wyatt, aber für ein Wyatt brauchst du mehr als nur eine Papierklammer. Ich könnte mit einem Sortiment Schlüssel aufkreuzen, und wir könnten einen Schlachtplan entwerfen ...«

»Nein«, fiel Wolfe entschieden ein. »Sie werden hier gebraucht.«

Wozu er mich brauchte, sagte er jedoch nicht. Nachdem wir aufgelegt hatten, erkundigte er sich lediglich nach Laidlaw und dem Erfolg unserer Gedächtnisforschung. Ich hätte seine Frage mit einem einzigen Satz beantworten können, und zwar, daß wir uns die Mühe hätten sparen können, aber er ritt bis zum

Dinner auf diesem Gesprächsthema herum. Ich wußte, was er damit bezweckte, und er wußte, daß ich es wußte. Er wollte mich von meinem Vorhaben ablenken, Saul bei der illegalen Erstürmung der Wohnung beizustehen, weil ihm vor der Aussicht graute, am nächsten Morgen womöglich auf meine Dienste als Portier, Laufbursche und Sekretär verzichten zu müssen, falls man mich heute nacht unter dem Verdacht des Einbruchsdiebstahls schnappte und einlochte.

Aber als wir uns nach dem Dinner wieder ins Büro zurückbegaben, wurde ihm klar, daß das Thema Laidlaw bei mir nicht mehr zog und daß es an der Zeit war, stärkeres Geschütz aufzufahren. Vermutlich hatte er meine mißbilligende Miene bemerkt, als er nach seinem Buch griff, sobald Fritz den Kaffee serviert hatte.

Jedenfalls blickte er hoch und sagte: »Zum Teufel! Ich will ja Mrs. Usher nicht bloß deshalb sehen, weil ihre Tochter sie angeblich gehaßt hat. Die Tatsache, daß sie so plötzlich verschwunden ist, ist viel bedeutsamer.«

»Ja, Sir. Ich hab' ja gar nichts gesagt.«

»Nein, aber Ihr Gesicht spricht Bände. Sie dachten wahrscheinlich gerade an den anonymen Briefschreiber und die beiden schwachen Hinweise, die uns auf seine Spur führen könnten.«

»Das Denken überlasse ich lieber Ihnen. Das ist Ihre Aufgabe. Was für Hinweise sind das?«

»Sie kennen sie ebensogut wie ich. Nummer eins ist die Bemerkung von Austin Byne, er hätte Faith Usher in Haus Grantham gesehen. Er nannte zwar ihren Namen nicht, sondern bezeichnete sie lediglich als das hübsche Mädchen aus dem Blumenladen, und Laidlaw hielt Bynes Bemerkung auch nicht für doppelsinnig, aber deshalb verdient diese Episode dennoch Beachtung. Leider können Sie sie Byne gegenüber nicht erwähnen, da es sich um eine vertrauliche Mitteilung unseres Klienten handelt. Dieser Weg ist uns also versperrt.«

Ich nickte. »Schön. Und wen betrifft der andere Hinweis Ihrer Meinung nach?«

»Miss Grantham. Sie lehnte Laidlaws Heiratsantrag ab, und

ihre Begründung erscheint mir reichlich bizarr. Einem Mann einen Korb zu geben, nur, weil er nicht gut tanzt, ist ein starkes Stück. Frauen haben zwar stets die Neigung, ihren Handlungen phantastische Gründe unterzuschieben, aber Miss Grantham muß sich doch klar darüber gewesen sein, daß sie den Mann mit ihrer Erklärung kränkte. Sie hätte ihm mit einem einfachen Nein antworten können, es sei denn, sie wollte ihn absichtlich verletzen. Verachtet sie ihn?«

»Nein.«

»Warum beleidigt sie ihn dann? Den Heiratsantrag eines Mannes und damit die äußerste Kapitulation eines Menschen überhaupt mit einer frivolen Erklärung abzulehnen ist im höchsten Grade beleidigend. Sie wies Laidlaw vor sechs Monaten, im September vorigen Jahres, zurück. Daraus könnte man nun schließen, da sie von seiner Beziehung zu Faith Usher Kenntnis erhalten hatte. Hat sie moralische Grundsätze?«

»Wahrscheinlich. Wenn es ihr gerade in den Kram paßt.«

»Ich denke, Sie sollten sie aufsuchen. Sie sind ja ein guter Tänzer und müßten imstande sein, ihr, ohne unsere geschäftliche Verbindung mit Mr. Laidlaw zu enthüllen...«

Das Telefon läutete. Ich schwenkte meinen Stuhl zum Apparat herum in der stillen Hoffnung, daß Saul anrief, um mich zur Mitarbeit anzufordern, aber Fehlanzeige. Dennoch war es jemand, der mich unbedingt sofort sehen wollte, und ich erwiderte, ich würde in spätestens zwanzig Minuten zur Stelle sein.

Ich legte auf und drehte mich wieder herum. »So ein Zufall. Wirklich sehr zufriedenstellend. Das war Celia Grantham, und ich nehme an, Sie haben den Anruf mit ihr verabredet, während ich weg war, um unseren Klienten vor der Polizei zu retten. Sie möchte mich sprechen. Dringend. Wahrscheinlich, um mir anzuvertrauen, warum sie Laidlaw beleidigt hat, obwohl sie eben nichts davon erwähnte.« Ich erhob mich. »Ich gehe. Sie wissen ja, wo Sie mich erreichen können.«

»Wo?« knurrte Wolfe.

»Bei ihr zu Hause.« Ich blieb auf dem Weg zur Tür stehen, um mich zu verbessern. »Ich meine natürlich, im Hause ihrer Mutter. Die Nummer haben Sie.«

Da Celias Wunsch, mich zu sehen, mindestens zwanzig verschiedene Gründe haben konnte, die persönlichen gar nicht mitgerechnet, sie mir auch nicht die geringsten Anhaltspunkte gegeben hatte und ich ohnedies sehr bald hinter den Zweck ihres Anrufs kommen würde, war es sinnlos, darüber nachzugrübeln. Aber unvernünftig und verbohrt, wie der Mensch nun einmal ist, nahm ich mir auf der Fahrt durch die Stadt sämtliche Gründe der Reihe nach vor und war erst beim zehnten angelangt, als ich im Vestibül des Hauses die Klingel in Bewegung setzte.

Ich fragte mich, in welcher Eigenschaft mich Hackett, der Butler, empfangen würde, als Detektiv oder als Gast. Aber das schwierige Problem blieb ihm erspart. Celia tauchte neben ihm auf, nahm mir Hut und Mantel ab, händigte ihm beides aus, packte mich dann am Ellenbogen und zerrte mich durch eine Tür rechts in einen Raum, der vornehm als ›Diele‹ bezeichnet wurde. Sie schloß die Tür und wandte sich zu mir um.

»Mutter möchte mit Ihnen sprechen.«

»Oh?« Ich zog eine Braue hoch. »Ich dachte, Sie wären diejenige, welche.«

»Jawohl, das stimmt auch, aber es fiel mir erst ein, nachdem Mutter mich bereits als Lockvogel für sich eingespannt hatte. Der Polizeikommissar ist hier, und man wollte mit Ihnen sprechen, fürchtete jedoch, Sie würden es ihnen abschlagen. Deshalb sollte ich Sie anrufen, und dabei wurde mir klar, daß ich auch unbedingt mit Ihnen sprechen muß. Mutter ist oben im Musikzimmer, aber zuerst möchte ich Sie etwas fragen. Was war zwischen Edwin Laidlaw und Faith Usher?«

Es war ein Segen, daß ich Celia Grantham gut genug kannte, um auf Überraschungen gefaßt zu sein. Wolfe hatte mir eingetrichtert, das heikle Thema möglichst vorsichtig anzupeilen und Celia nur ganz diskret über das Geheimnis unseres Klienten auszuhorchen. Und jetzt drehte sie den Spieß um und platzte ohne viel Umschweife damit heraus, und ich mußte den Ahnungslosen spielen.

»Laidlaw?« Ich schüttelte den Kopf. »Keinen Schimmer. Wieso?«

»Sie wissen nichts davon?«

»Nein. Bedaure.«

»Ich glaubte natürlich, Sie wüßten es, weil *Sie* alle diese Schwierigkeiten machen. Sehen Sie, ich werde Ed wahrscheinlich irgendwann mal heiraten. Und falls er in der Patsche sitzen sollte, heirate ich ihn sogar auf der Stelle, nachdem Sie sich als gemeiner Schuft entpuppt haben. Diese Information stammt aus diskreter Quelle; sie ist allerdings nicht verbürgt. Sind Sie ein gemeiner Schuft?«

»Ich will's mir überlegen und Ihnen später Bescheid sagen. Was ist mit Edwin Laidlaw und Faith Usher eigentlich los?«

»Das möchte ich ja selbst zu gern herauskriegen. Die Polizei löchert uns alle mit Fragen, ob wir etwas über eine frühere Beziehung zwischen Ed und Faith wüßten. Aber natürlich ist das dummes Zeug. Ed kannte sie bestimmt nicht. Meiner Meinung nach hat die Polizei einen anonymen Brief bekommen, weil die Beamten unsere sämtlichen vier – nein, fünf Schreibmaschinen sehen wollten; Hackett hat eine und Cecil und ich, und in Mutters Büro stehen noch zwei. Machen Sie mir auch bestimmt nichts vor? Wissen Sie wirklich gar nichts davon?«

»Doch, jetzt schon, weil Sie's mir gerade gesagt haben.« Ich tätschelte ihr beruhigend die Schulter. »Wenn Sie jemals in Not sind und dringend einen Posten brauchen, dann wenden Sie sich an mich. Sie haben unbedingt das Zeug zu einem weiblichen Spürhund. Die Idee mit dem anonymen Brief war eine erstklassige Leistung. Hat die Polizei die Schriftproben erhalten?«

»Ja. Sie können sich sicher vorstellen, daß Mutter nicht gerade begeistert war, aber was konnte sie schon tun?«

Ich tätschelte ihre Schulter noch einmal. »Aber lassen Sie sich wegen dieser Lappalie bloß nicht Ihre Heiratspläne vermiesen. Die Polizei hat zweifellos irgendeinen anonymen Wisch bekommen, aber solche Briefe flattern denen täglich dutzendweise auf den Schreibtisch. Und was immer der feine Zeitgenosse Ihrem Ed angehängt haben kann, selbst wenn er ihn zum Vater von Faith Ushers Baby befördert hat, so beweist das im Grunde gar nichts. Leute, die anonyme Briefe abschicken, sind niemals . . .«

»Ach, das wäre mir sowieso egal«, warf sie dazwischen. »Wenn er wirklich der Vater des Kindes ist, wüßte ich wenigstens, daß wir eine große Familie haben können; ich wünsche mir nämlich eine. Nein, worum ich mich sorge, das ist seine augenblickliche Lage, und dabei sind Sie mir gerade keine sehr überzeugende Hilfe.«

Mrs. Irwin hatte Celia ganz richtig eingeschätzt. Sie hatte Charakter und ihre eigene, sehr persönliche Auffassung vom Leben. Sie fügte hinzu: »Also halten Sie es jetzt, wie Sie wollen. Falls Sie Mutter und dem Kommissar lieber aus dem Wege gehen möchten, dann wissen Sie ja, wo Sie Ihren Hut und Mantel finden können. Ich mag es nicht, wenn man mich als Köder benutzt, und werde ihnen einfach sagen, Sie wären wütend abgezogen.«

Ich überlegte. Sollte ich von Celias freundlicher Aufforderung Gebrauch machen, oder sollte ich mich der Meute stellen? Ein Gespräch mit Mrs. Robilotti hatte unbedingt seine Reize, vor allem, wenn sie in Rage war und ich dabei irgendeine interessante Information aufschnappen konnte. Allerdings würde sie ihr Temperament und ihren Mitteilungsdrang in Gegenwart des Kommissars vermutlich zügeln, und dadurch würde die ganze Angelegenheit für mich ziemlich witzlos. Andererseits konnte es für uns von Nutzen sein, zu erfahren, warum sie den Kommissar überhaupt hierhergeschleift hatte und weshalb sie so versessen darauf war, in seiner Anwesenheit mit mir zu sprechen. Ich sagte Celia also, ich brächte es nicht übers Herz, ihre Mutter zu enttäuschen, und marschierte neben ihr durch die Halle, die Treppe hinauf, den Flur entlang in das Musikzimmer, wo wir uns am Dienstagabend nach dem Dinner und dem Fiasko mit dem Brandy wieder zu den Damen gesellt hatten.

Die Familie war vollzählig versammelt – Cecil stand am Fenster, Mr. und Mrs. Robilotti und Kommissar Skinner saßen einträchtig am anderen Ende des Raumes um einen niedrigen Klubtisch. Sie waren reichlich mit Getränken versehen, aber Champagner ließ sich diesmal nicht entdecken. Als Celia und ich näher traten, erhoben sich Robilotti und Skinner, jedoch nicht, um mich mit einem Händedruck willkommen zu heißen.

»Mr. Goodwin kam auf eigenen Wunsch«, erklärte Celia. »Ich sagte ihm, daß ihr wahrscheinlich über ihn herfallen würdet, aber das hielt ihn nicht zurück. Mr. Skinner, Mr. Goodwin.«

»Wir sind einander schon begegnet«, bemerkte der Kommissar. Sein Ton deutete an, daß die Bekanntschaft mit mir nicht unbedingt zu den schönsten Erinnerungen in seinem Leben gehörte. Er hatte sich seit unserem letzten Zusammentreffen vor einem Jahr oder so noch mehr graue Haare über den Ohren und ein paar neue Falten zugelegt und war alles in allem bestimmt nicht liebenswürdiger geworden.

»Ich möchte Sie gleich zu Anfang darauf hinweisen«, platzte Mrs. Robilotti heraus, »daß ich es vorgezogen hätte, Sie niemals wieder in meinem Hause zu empfangen.«

Skinner schüttelte warnend den Kopf. »Sachte, sachte.« Er setzte sich und blickte mich an. »Sie verstehen wohl, Goodwin, daß es sich bei unserer Unterredung um ein vertrauliches, ganz inoffizielles Gespräch handelt. Albert Grantham war ein enger und geschätzter Freund. Das, was in seinem Hause geschehen ist, hätte ihn zutiefst entsetzt, und ich bin es ihm schuldig...«

»Er wäre aber bestimmt ebenso entsetzt darüber gewesen«, warf Celia ein, »wenn man in seinem Hause einem Gast keinen Stuhl angeboten hätte.«

»Ganz recht«, sagte Robilotti. »Nehmen Sie bitte Platz, Goodwin.« Ich hatte gar nicht geahnt, daß er so viel Schneid entwickeln könnte.

»Machen Sie nur keine besonderen Umstände.« Ich nahm Mrs. Robilotti aufs Korn. Von diesem Blickwinkel aus traten ihre Ecken und Kanten noch unangenehmer in Erscheinung. »Ihre Tochter sagte mir, Sie wünschten mich zu sehen. Bloß, um mir mitzuteilen, daß ich nicht willkommen bin?«

Sie konnte mich zwar nicht, ohne den Kopf zu heben, verächtlich und von oben herab ansehen, aber ihre Augen schossen wahre Blitze auf mich ab, und wenn Blicke töten könnten, wäre ich innerhalb von Sekundenfrist eine Leiche gewesen. »Ich habe die drei schlimmsten Tage meines Lebens hinter mir, und Sie sind schuld daran. Ich habe schon einmal mit Ihnen zu tun gehabt, mit Ihnen und dem Mann, für den Sie arbeiten, und die eine Erfahrung hätte mir eigentlich als Warnung dienen müssen. Meiner Meinung nach sind Sie ein ganz übler Erpresser, aber wenn Sie sich etwa einbilden, daß ich mich von Ihnen einschüchtern . . .«

»Halt den Mund, Mom!« rief Cecil dazwischen. »Das ist eine Verleumdung.«

»Und außerdem ganz zwecklos«, fügte Skinner hinzu. »Wie ich bereits zu Beginn sagte, handelt es sich hier um ein rein privates Gespräch, Goodwin. Keiner meiner Kollegen, einschließlich des Staatsanwalts, weiß, daß ich hier bin. Wir wollen annehmen – es dreht sich lediglich um eine Hypothese –, wir wollen annehmen, daß am Dienstag in diesem Hause etwas passierte, obwohl Sie vorher erklärt hatten, es würde nicht geschehen, und auch alles daransetzten, um es zu verhindern. Ich meine damit den Selbstmord des jungen Mädchens. In Ihrer durchaus begreiflichen Verärgerung über das Fehlschlagen Ihrer Bemühungen platzten Sie in der ersten Hitze mit der Behauptung heraus, daß Faith Usher vermutlich ermordet worden sei. Sie hatten sich damit festgelegt. Sie wiederholten Ihre Äußerung vor den zwei Revierpolizisten, vor Inspektor Cramer und dem Staatsanwalt, und nun hatten Sie sich endgültig festgelegt.«

Er lächelte. Ich kannte sein Lächeln, und eine Menge anderer Leute kannte es auch. »Wir kommen nun zum zweiten Teil der Affäre. Auch hier handelt es sich wiederum nur um eine Hypothese. Irgendwann im Verlaufe der folgenden Tage, wahrscheinlich sogar sehr bald, wurde Ihnen und Wolfe klar, daß mehrere der in den Fall verwickelten Personen reich und gesellschaftlich hochstehend waren und durch die Unannehmlichkeiten einer Morduntersuchung dazu veranlaßt werden könnten, die Dienste eines Privatdetektivs in Anspruch zu nehmen. Übrigens dürften Sie inzwischen wohl begriffen haben, daß Ihre Hoffnungen in dieser Hinsicht trügerisch waren. Keine der betreffenden Personen war so töricht, Sie zu engagieren. Mit einem Honorar können Sie folglich nicht rechnen.«

»Soll ich mich jetzt schon dazu äußern«, erkundigte ich mich,

»oder erst, wenn Sie fertig sind?«

»Lassen Sie mich bitte zu Ende sprechen. Ich begreife Ihre Lage. Ich verstehe, daß es schwierig und peinlich für Sie sein würde, jetzt zu Inspektor Cramer oder dem Staatsanwalt zu gehen und einem von beiden zu gestehen, daß Sie sich getäuscht haben. Deshalb möchte ich Ihnen einen Vorschlag machen: Nehmen wir mal an, Ihnen sind nach reiflicher Überlegung Zweifel gekommen, und Sie wollen sich an Ort und Stelle vergewissern, ob Ihnen nicht doch ein Versehen unterlaufen ist. Sie kamen aus diesem Grunde hierher und trafen mich an. Nach einer sorgfältigen Besichtigung der Örtlichkeit – Entfernungen, Standorte der Personen und so weiter – finden Sie, daß Sie, ohne daß man Ihnen deshalb einen Vorwurf machen kann, in Ihrer Aussage ein wenig zu konkret gewesen sind. Sie räumen ein, daß Faith Usher möglicherweise ihren Champagner doch selbst vergiftet hat, und versprechen, das offizielle Urteil nicht anzufechten, wenn es auf Selbstmord lauten sollte. Ich hingegen verpflichte mich, dafür zu sorgen, daß Ihnen aus Ihrer Meinungsänderung kein Schaden erwächst und daß Sie in dieser Sache nicht mehr behelligt werden. Ich weiß, daß Sie vermutlich zunächst Nero Wolfe zu Rate ziehen müssen, bevor Sie mir eine definitive Antworte erteilen können, aber mir wäre es lieb, wenn Sie das recht bald erledigen würden. Sie können ihn von hier aus anrufen oder von einer Telefonzelle auf der Straße aus, falls Sie das vorziehen, oder ihn aufsuchen, ganz, wie Sie wollen. Ich werde inzwischen hier auf Sie warten. Diese alberne Geschichte hat schon genug Ärger angerichtet. Ich glaube, daß mein Vorschlag vernünftig und fair ist.«

»Sind Sie fertig?« fragte ich.

»Ja.«

»Okay. Ich könnte auch ein paar Hypothesen aufstellen, aber was hätte das schon für einen Zweck. Außerdem befinde ich mich in einer ungünstigen Ausgangsposition. Meine Mutter hat mir immer gesagt, ich sollte niemals an einem Ort bleiben, wo ich unerwünscht bin, und Sie haben Mrs. Robilottis liebenswürdigen Empfang ja miterlebt. Ich fürchte, ich bin zu empfindlich, aber ich habe es wirklich so lange ertragen, wie es eben ging.«

Ich machte kehrt und steuerte auf die Tür zu. Stimmen wurden laut – Skinner, Celia und Robilotti riefen mich zurück –, aber ich ließ mich nicht aufhalten.

12

Am folgenden Tag, einem Samstag, gerieten Wolfe und ich uns in die Haare. Die Kontroverse ereignete sich direkt nach dem Lunch. Um halb neun, als ich gerade bei meiner zweiten Tasse Kaffee saß, rief Saul an, hatte jedoch nichts Neues zu berichten. Marjorie Betz hatte sich den ganzen Abend über nicht aus ihrer Wohnung weggerührt, so daß die illegale Expedition ausfallen mußte. Gegen Mittag meldete er sich wieder, konnte jedoch außer einigen belanglosen Informationen noch immer keinen Fortschritt verzeichnen. Aber um halb drei, als wir nach dem Lunch ins Büro zurückkehrten, läutete das Telefon, und diesmal platzte die Bombe. Sie hatten Elaine Usher aufgespürt. Vor ihrer Wohnungstür war ein Bote aufgekreuzt, und als er wenige Minten danach wieder zum Vorschein kam, trug er einen Koffer mit einem Anschriftanhänger. Saul und Orrie hatten sich dem Mann an die Fersen geheftet, waren dicht hinter ihm in die U-Bahn eingestiegen und hatten dabei einen Blick auf das Anhängeschild geworfen. Die Adresse lautete: ›Miss Edith Upsom, Zimmer 911, Hotel Christie, Lexington Avenue 523‹, und auf dem Koffer befanden sich die Initialen ›E. U.‹.

Jemanden unter die Lupe zu nehmen, der sich in einem Hotelzimmer verbarrikadiert hat, ist nicht immer ganz einfach. Aber sie wurden auch damit fertig. Saul, der nicht durch Gepäck behindert wurde, war als erster im Hotel eingetroffen und sofort zum neunten Stock hinaufgefahren. Er schlenderte in dem Moment an der Tür von Zimmer 911 vorbei, als sie sich öffnete, um den Boten mit dem Koffer einzulassen; und falls Personenbeschreibungen überhaupt etwas taugen, dann war Edith Upsom haargenau Elaine Usher. Natürlich hätte Saul die Dame gar zu gern sofort in die Zange genommen, aber die

Vernunft siegte, und er hatte statt dessen Wolfe angerufen. Er erkundigte sich, ob Wolfe neue Instruktionen für ihn hätte oder ob er sich auf seine gute Nase verlassen sollte.

»Du brauchst Unterstützung«, sagte ich. »Ich bin in zwölf Minuten bei dir. Wo . . .?«

»Nein«, knurrte Wolfe in seinen Hörer. »Machen Sie so weiter, Saul, und tun Sie, was Sie für das Beste halten. Sie haben Orrie. Ich weiß, daß ich mich in dieser Krisis auf Ihre Fähigkeiten verlassen kann. Bringen Sie Mrs. Usher so bald wie möglich her.«

»Ja, Sir.«

»Es wäre mir lieber, wenn sie gutwillig mitkäme, aber schaffen Sie sie mir auf jeden Fall her.«

»Ja, Sir.«

Das war der Augenblick, da mir der Kragen platzte. Ich knallte den Hörer auf die Gabel und stand auf. »Heute ist Samstag, und ich habe meinen Scheck für die vergangene Woche schon kassiert. Ich verlange ein Monatsgehalt im voraus und kündige hiermit.«

»Pfui!«

»Nicht pfui. Ich trenne mich von Ihnen. Es ist genau achtundvierzig Stunden her, seit ich das arme Mädel sterben sah, und der einzige Geistesblitz, der Ihnen bisher kam, war, ihre Mutter aufzustöbern und sie herschleppen zu lassen. Ich weigere mich, noch länger faul auf meinen vier Buchstaben herumzuhocken, während Saul die ganze Arbeit macht. Saul ist nämlich nicht zehnmal klüger als ich, sondern höchstens zweimal. Ein Monatsgehalt . . .«

»Schweigen Sie!«

»Mit Vergnügen.« Ich ging zum Safe, schnappte mir das Scheckheft und begab mich wieder an meinen Schreibtisch.

»Archie.«

»Ich halte ja die Klappe, oder nicht?« Ich schlug das Scheckheft auf.

»Unsere Meinungsverschiedenheit liegt in der Natur der Dinge. Sie sind eigenwillig, und ich bin diktatorisch, und die Duldsamkeit, die wir einander bekunden, grenzt für mich immer wieder an ein Wunder. Übrigens hatte ich nicht nur einen Geistesblitz, sondern zwei. Wir haben Austin Byne vernachlässigt. Da er sich mit einem vorgetäuschten Leiden vor der Einladung drückte und Sie zu seinem Stellvertreter erkor und da er Laidlaw erzählte, er hätte Miss Usher in Haus Grantham gesehen, und da er für die Auswahl der weiblichen Gäste verantwortlich ist, hat er Anspruch auf unser Interesse. Ich schlage vor, daß Sie sich um ihn kümmern.«

Ich wandte den Kopf. »Wie stellen Sie sich das eigentlich vor? Soll ich ihm sagen, seine Erklärungen gefielen uns nicht, und er sollte sich was Neues ausdenken?«

»Unsinn. Sie sind gar nicht so harmlos, wie Sie tun. Spüren Sie ihm nach.«

»Das hab' ich bereits getan. Byne arbeitet nicht und verfügt offensichtlich über kein laufendes Einkommen, aber er besitzt eine komfortable Wohnung, einen Wagen und geht nicht gerade unbekleidet. Übrigens, seine Wohnung ist genau mein Fall. Sollten Sie ihm den Mord anhängen und sollte sich das Wunder unserer gegenseitigen Toleranz als fauler Zauber erweisen, dann werde ich sie mir wahrscheinlich unter den Nagel reißen. Wollen Sie Dinky sehen?«

»Nein. Mir fehlt ein geeignetes Druckmittel, um ihn zum Sprechen zu bringen. Das gleiche gilt für Sie. Vielleicht wäre es das vernünftigste, ihn lediglich zu überwachen.«

»Falls ich das Ausschreiben des Schecks aufschiebe, ist das dann ein regelrechter Auftrag?«

»Ja.«

»Okay.« Wenigstens würde ich auf diese Art an die frische Luft kommen und meinem diktatorischen Brötchengeber für eine Weile den Rücken kehren. Ich deponierte das Scheckheft wieder im Safe, schnappte mir zwanzig Zehner aus der Spesenkasse und verschwand in die Diele.

Bevor man sich seinem Opfer an die Fersen heftet, muß man herausfinden, wo es steckt. Das war in meinem Fall das größte Problem. Ich hatte so gut wie keine Ahnung von Bynes derzeitigem Aufenthalt. Soviel ich wußte, konnte er in Jersey City oder Brooklyn sein oder sich die Nacht mit einer Marathon-Pokerpartie um die Ohren schlagen oder zu Haus mit einem Schnupfen im Bett liegen oder im Central Park spazierengehen. Ecke Bowdoin und Arbor Street entdeckte ich eine Telefonzelle und wählte Bynes Nummer. Er meldete sich nicht. Jetzt wußte ich wenigstens, wo er nicht war, und wieder lockte mich der Gedanke, seiner Wohnung heimlich einen Besuch abzustatten. Es macht Spaß, fremde Türschlösser zu knacken, und es gibt kein besseres Mittel, Gehörschärfe und Reaktionsfähigkeit auf die Probe zu stellen, als das Durchsuchen einer fremden Wohnung.

Ich widerstand der Versuchung und schlenderte den Häuserblock entlang bis zu einer Art Künstlerlokal, das mir bereits am Donnerstag nachmittag aufgefallen war. Über der Tür hing ein handgemaltes Schild mit der Aufschrift ›Amys Klause‹. Als ich eintrat, war es auf meiner Armbanduhr zwölf Minuten nach vier. Zwei Stunden später, um Viertel nach sechs, hatte ich insgesamt fünf Stück Kuchen verdrückt. Außerdem hatte ich vier Glas Milch und zwei Tassen Kaffee getrunken und dabei von einem Tisch am vorderen Fenster aus die gegenüberliegende Straßenseite, den Eingang von Nummer 87 und einige weitere Hauseingänge beobachtet. Damit meine Seßhaftigkeit und meine etwas ungewöhnliche Diät keine ungebührliche Neugier erregten, hatte ich mich gleich zu Anfang mit Bleistift und Notizbuch bewaffnet. Das Modell für meine Zeichenkünste war eine Katze, die auf einem Stuhl einem ausgedehnten Schläfchen frönte. Im Village sind Bleistift und Papier die beste Tarnung. Der Kuchen war, nebenbei bemerkt, mehr als zufriedenstellend. Ich hätte gern eine Probe für Fritz mit nach Haus genommen. Um sechs Uhr fünfzehn wurde es draußen dämmrig. Ich steckte mein Notizbuch ein, und als ich um die Rechnung bat, bremste vor der Nummer 87 ein Taxi. Dinky Byne kletterte heraus und steuerte auf die Haustür zu.

Ich postierte mich in dem Eingang, den ich schon am Donnerstag nachmittag als Standort gewählt hatte, und wartete. Das Lokal wäre natürlich gemütlicher gewesen, aber nachts ist es angezeigt, seinem Opfer möglichst dicht auf den Pelz zu rücken. Ich konnte nur hoffen, daß Dinky nicht die Absicht hatte, den Abend mit einem Buch auf der Couch zu vertrödeln. Allerdings hatte er sich vermutlich sein Dinner noch nicht einverleibt, und ich bezweifelte, daß er sein eigener Koch war. Ein Fenster im fünften Stock wurde hell, und rein zum Zeitvertreib verrenkte ich mir alle dreißig Sekunden den Hals, um festzustellen, ob das Licht noch brannte. Zwei Minuten nach sieben, als mein Hals langsam steif zu werden begann, erlosch es, und kurz danach erschien Dinky auf der Bildfläche und wandte sich auf der Straße nach rechts.

Jemanden in Manhattan nicht aus den Augen zu verlieren, selbst wenn der Betreffende keine Ahnung davon hat, daß er beschattet wird, ist reine Glückssache. Wenn er zum Beispiel plötzlich auf die Idee kommt, ein Taxi heranzuwinken, und weit und breit kein zweites Taxi aufzutreiben ist, wird die Verfolgung schon unmöglich. Es gibt hundert ›Wenn‹, und alle zugunsten des Opfers. Aber je mehr Chancen man gegen sich hat, desto größer ist die Freude am Spiel, und wenn man es gewinnt, dann kann man sich mit Recht etwas darauf einbilden. Nachts ist die Arbeit des Spürhunds natürlich leichter als tagsüber, doch erschwert wird sie in jedem Falle, wenn das Opfer den Beschatter kennt. Übrigens hatte ich diesmal Glück. Es handelte sich nur um einen Spaziergang von zehn Minuten. Byne bog links in die Arbor Street ein, überquerte die Seventh Avenue, ging drei Häuserblocks in westlicher Richtung und einen stadteinwärts und verschwand schließlich in einer Tür, an der ein Schild mit der Aufschrift ›Toms Schenke‹ baumelte.

Damit hatte die Jagd zunächst ein Ende. Ich konnte ihm nicht in das Lokal folgen, weil er mich kannte. Mir blieb nichts anderes übrig, als in der Nähe einen geeigneten Beobachtungsposten ausfindig zu machen, und ich entdeckte sogar einen ganz erstklassigen: eine enge Passage zwischen zwei Gebäuden genau gegenüber. Ich drang etwa drei Meter tief vor bis zu einem Fleck, auf den von der Straße her kein Licht mehr fiel und von dem aus ich trotzdem den Eingang von ›Toms Schenke‹ im Auge behalten konnte. In meinem Versteck war sogar eine Art Eisengitter vorhanden, auf das ich mich setzen konnte, falls mir die Beine lahm wurden.

Dazu kam es jedoch nicht. Ich hatte noch nicht fünf Minuten

gewartet, als sich plötzlich ein Gast einstellte. Ein Mann war in die Passage geschlüpft, hatte mich bemerkt und starrte angespannt zu mir herüber. Die bis dahin ungelöste Frage, wer von uns beiden die schärferen Augen hatte, erledigte sich von selbst, als wir beide gleichzeitig mit dem Namen des anderen herausplatzten. Er rief: »Archie«, und ich rief: »Saul.«

»Wo, zum Teufel, kommst du denn her?« erkundigte ich mich.

»Bist du auch hinter ihr her?« fragte er. »Das hättest du mir eigentlich vorher sagen können.«

»Ich bin hinter einem Mann her. Ich will verdammt sein: Ist die Dame etwa auch in der Nähe?«

»Genau gegenüber. In ›Toms Schenke‹. Soeben frisch eingetroffen.«

»Kaum zu fassen«, sagte ich. »Und außerdem ein Zufall, wie er in tausend Fällen nur einmal vorkommt. Mr. Wolfe behauptet zwar immer, man müßte in einer Welt, die im wesentlichen ins Blaue hinein operiert, mit Zufällen rechnen, aber wenn das hier bloß ein Zufall ist, fress' ich zwei Besen auf einmal. Hast du mit ihr gesprochen? Kennt sie dich?«

»Nein.«

»Mein Mann kennt mich. Er heißt Austin Byne, ist über einsachtzig groß, hundertsiebzig Pfund schwer, dünn, schlaksig, Anfang Dreißig, hat braunes Haar und braune Augen. Schau dich mal in der Kneipe um. Ich wette eins zu zehn, daß die beiden zusammenhocken.«

»Diese Wette ist reizlos«, antwortete er und verschwand. Die nächsten fünf Minuten kamen mir wie fünf Stunden vor. Ich setzte mich auf das Eisengitter und hüpfte mindestens drei- bis viermal wieder hoch vor lauter Aufregung.

Als Saul endlich zurückkehrte, sagte er: »Beide sitzen zusammen in einer Nische ziemlich am Ende des Lokals. Sie sind allein. Er ißt Austern.«

»Soll er. Bald wird er nur noch an seinen Nägeln kauen. Was wünschst du dir zu Weihnachten?«

»Ich hab' mir schon immer ein Autogramm von dir gewünscht.«

»Das sollst du haben. Ich lass' dir's eintätowieren. Was sollen wir machen? Sie gehört zu dir, und er gehört zu mir. Wer hat jetzt den Oberbefehl über die beiden?«

»Das ist kein Problem, Archie. Mr. Wolfe natürlich.«

»Ich schätze auch, verdammt noch mal. Wenn Dinky Austern ißt, bleibt uns Zeit genug zum Telefonieren. Du oder ich?«

»Geh du. Ich passe auf.«

»Wo ist Orrie?«

»Keine Ahnung. Als sie aus dem Hotel kam, war er für Laufen und ich für Fahren, und sie schnappte sich ein Taxi.«

»Okay. Setz dich und mach's dir gemütlich.«

In der Bar mit Grill an der Ecke war die Telefonzelle besetzt, und ich mußte warten. Dabei hing mir die Warterei schon zum Halse heraus, weil ich in den letzten vier Tagen mehr als genug davon genossen hatte. Aber nach ein paar Minuten wurde die Zelle frei. Ich trat ein, zog die Tür zu und wählte. Als Fritz sich meldete, erklärte ich ihm, ich müßte unbedingt mit Mr. Wolfe sprechen.

»Aber Archie! Er sitzt gerade beim Dinner!«

»Ich weiß. Sagen Sie ihm, es wäre dringend.« Das war das zweite unerwartete Vergnügen, das mir dieser Abend bescherte. Endlich hatte ich einmal eine gute Entschuldigung, um Wolfe beim Essen zu stören. Er machte sich das Leben viel zu leicht. Nach einer Weile hatte ich seine wütende Stimme im Ohr.

»Was gibt's?« bellte er.

»Ich muß Bericht erstatten. Saul und ich sind uns nämlich nicht einig. Er dachte ...«

»Was, zum Kuckuck, haben Sie mit Saul zu schaffen?«

»Darum handelt es sich doch gerade. Der Anruf bei Ihnen war seine Idee. Ich folgte Byne bis zu einer Kneipe, und Saul folgte Mrs. Usher bis zu einer Kneipe, und dann stellte sich heraus, daß es in beiden Fällen dieselbe Kneipe war. Die zwei sitzen im Moment allein in einer Nische, und Byne ißt Austern. Jetzt ist die Frage, wer den Oberbefehl hat, Saul oder ich? Wir hatten keine Lust, uns deshalb zu prügeln. Darum habe ich Sie angerufen.«

»Ausgerechnet während des Essens«, murrte er. Ich nahm

ihm seinen Stoßseufzer nicht krumm, weil ich wußte, daß er nicht mir galt, sondern seinen zwei Geistesblitzen, die sich gerade diesen Zeitpunkt für ihr Stelldichein ausgesucht hatten.

Ich erwiderte mitfühlend: »Stimmt. Das ist wirklich verdammt rücksichtslos von den beiden.«

»Ist jemand bei ihnen?« fragte er.

»Nein.«

»Wissen sie, daß sie beobachtet werden?«

»Nein.«

»Könnten Sie sie belauschen?«

»Möglich, aber ich bezweifle es.«

»Na schön, dann bringen Sie sie her. Es hat keine Eile, da ich eben erst mit dem Dinner begonnen habe. Geben Sie ihnen keine Gelegenheit zu einem vertraulichen Gespräch, nachdem die zwei Sie gesehen haben. Haben Sie schon gegessen?«

»Massenhaft Kuchen und Milch. Ob Saul was gefuttert hat, weiß ich nicht. Ich werde ihn fragen.«

»Tun Sie das. Er könnte herkommen und hier essen – nein. Sie werden ihn vielleicht brauchen.«

Ich hängte ein, kehrte in unser Versteck zurück und sagte: »Er möchte die beiden natürlich sehen. Aber erst in ungefähr einer Stunde, weil er gerade mit dem Dinner begonnen hat. Weißt du, was ein Genie ist? Ein Genie ist ein Bursche, der keinen Finger rührt – außer beim Essen und Trinken natürlich – und mit einem Geistesblitz mehr zustande bringt als ein gewöhnlicher Mensch mit hundert passablen Einfällen. Unser Genie wollte wissen, ob du schon gegessen hast.«

»Das sieht ihm ähnlich. Klar habe ich das. Sogar eine Menge.«

»Okay. Und jetzt zu unserem Schlachtplan. Sollen wir sie drinnen schnappen oder warten, bis sie herauskommen?«

Beide Prozeduren hatten ihr Für und Wider. Nach reiflicher Überlegung beschlossen wir, daß Saul drinnen im Lokal auf sie aufpassen sollte. Wenn es den Anschein hatte, daß sie so weit gesättigt waren, um die folgenden Stunden ohne ernstlichen Schaden zu überstehen, oder wenn sie Miene machten, die Sitzung aufzuheben, sollte er mir ein Zeichen geben, und ich würde wie ein Blitz angesaust kommen.

Sie müssen schnelle Esser gewesen sein, denn Saul war höchstens zehn Minuten auf seinem Posten, als er vor der Tür des Lokals auftauchte, mir zuwinkte und wieder im Inneren verschwand. Ich lief über die Straße, trat ein, brauchte fünf Sekunden, um mich an den Lärm und die verräucherte Atmosphäre zu gewöhnen, und steuerte auf die Nische zu. Byne merkte erst, was los war, als ich mich neben ihn auf die Bank quetschte. Er wandte sich mit empörter Miene um, sah, wer neben ihm saß, und starrte mich mit weit aufgerissenen Augen an.

»Hallo, Dinky«, sagte ich. »Entschuldige die Störung, aber ich wollte dich mit einem Freund bekannt machen. Mr. Panzer. Saul, Mrs. Usher. Mr. Byne. Setz dich, Saul. Würden Sie bitte ein bißchen zur Seite rücken, Mrs. Usher?«

Byne war vor Schreck unwillkürlich hochgefahren, ließ sich aber sehr schnell wieder auf die Bank fallen, weil er in der engen Nische mit seinen ungestümen Reflexbewegungen das Geschirr in Gefahr brachte. Er klappte seinen Mund auf und zu wie ein Fisch, der aufs Trockene geraten ist. Elaine Usher verschüttete ihr Getränk. Saul, der sich neben sie auf die Bank geklemmt hatte, nahm ihr das Glas aus der zitternden Hand.

»Laßt mich raus«, japste Byne. »Laßt mich raus. Sie heißt Upsom. Edith Upsom.«

Ich schüttelte den Kopf. »Wenn du handgreiflich wirst, verschlimmerst du nur deine Lage. Mr. Panzer kennt Mrs. Usher, obwohl das Vergnügen bisher nicht gegenseitig war. Reg dich nicht auf. Wir wollen uns die Sache in aller Ruhe überlegen. Es muß...«

»Was willst du eigentlich von uns?«

»Das möchte ich dir ja gerade erklären. Es muß doch einen Grund dafür geben, und zwar einen verdammt zwingenden, warum ihr beide euch ausgerechnet in dieser obskuren Kneipe zu einem Stelldichein verabredet habt, und Mr. Panzer und ich und noch andere Leute – nämlich die Presse, die Öffentlichkeit, die Polizei, der Staatsanwalt und Nero Wolfe – würden ihn zu gern erfahren. Ich verlange aber nicht, daß ihr hier in diesem Lärm eine lange Erklärung vom Stapel laßt. Mr. Panzer kann Inspektor Cramer anrufen, während ich mit euch plaudere, oder wir gehen alle miteinander zu Mr. Wolfe. Ihr habt die Wahl.«

Dinky hatte sich inzwischen ein wenig von seinem Schreck erholt. Schließlich war er ein erfahrener Pokerspieler. Er legte mir die Hand auf den Arm. »Sieh mal, Archie, im Grunde ist überhaupt nichts an der Sache dran. Auf den ersten Blick macht es einen merkwürdigen Eindruck, daß wir hier zusammen sind, das gebe ich zu, aber wir waren bestimmt nicht verabredet. Ich lernte Mrs. Usher vor ungefähr einem Jahr kennen, und zwar suchte ich sie auf, als ihre Tochter nach Haus Grantham kam, und als ich ihr heute abend hier ganz zufällig begegnete, sprach ich natürlich mit ihr. Vor allem, wo doch diese schreckliche Geschichte mit Faith ...«

»Geschenkt, Dinky. Saul, ruf Cramer an.«

Saul zwängte sich hinter dem Tisch hervor. Byne packte ihn am Ärmel. »Nein, warten Sie! Verdammt noch mal, Archie, ich bin ...«

»Nichts da«, sagte ich entschieden. »Es hat keinen Zweck, Dinky. Ich gebe dir eine Minute Bedenkzeit. In einer Minute kommt ihr mit zu Mr. Wolfe, oder wir rufen Cramer an. Eine Minute.« Ich sah auf meine Uhr. »Los.«

»Nicht die Polizei«, jammerte Mrs. Usher. »Mein Gott, bloß nicht die Polizei.«

Byne begann von neuem: »Wenn du mir wenigstens zuhören ...«

»Nein. Noch vierzig Sekunden.«

Wenn man Poker spielt und nur noch eine Karte zu bekommen hat und der Gegner dann zwei Buben aufdeckt, während man selbst nur Kleinzeug in der Hand hält, dann macht die letzte Karte das Kraut auch nicht mehr fett. Byne wartete die letzten vierzig Sekunden gar nicht erst ab. Nach zwanzig Sekunden rief er den Kellner und verlangte die Rechnung.

13

Als ich Elaine Usher von meinem Schreibtisch aus unter die Lupe nahm, stellte ich fest, daß Sauls Beschreibung, die er bei einem Dutzend verschiedener Leute zusammengeklaubt hatte, ziemlich genau zutraf: ovales Gesicht, blaue, dicht zusammenstehende Augen, guter Teint, mittellanges, blondes Haar, um die Vierzig herum. Ich würde ihr Gewicht eher auf 115 statt auf 120 Pfund geschätzt haben, aber vielleicht hatten ihr die Aufregungen der letzten vier Tage einige Pfündchen abgezwackt. Ich hatte sie in den roten Ledersessel verfrachtet, weil ich es für wünschenswert hielt, Byne in Reichweite zu haben. Er saß zwischen Saul und mir und Saul zwischen ihm und Elaine Usher. Aber meine wohldurchdachte Sitzordnung wurde bald über den Haufen geworfen.

»Ich ziehe es vor«, sagte Wolfe, »Sie getrennt zu befragen, möchte jedoch zunächst allen Mißverständnissen Ihrerseits vorbeugen. Ich habe die Absicht, Sie zu verhören. Aber Sie sind nicht verpflichtet, sich diesem Verhör zu unterwerfen. Sie können jederzeit aufstehen und dieses Haus verlassen. Niemand wird Sie mit Gewalt am Weggehen hindern. Ziehen Sie diese Lösung vor, dann sind Sie mit mir fertig, und alles Weitere ist dann Sache der Polizei. Ich wollte diesen Punkt klarstellen, damit Sie genau im Bilde sind und mir unnötige Scherereien und Proteste erspart bleiben. Falls Sie gehen wollen, dann können Sie auch gleich gehen.«

Wolfe holte tief Luft. Er war vor fünf Minuten aus dem Speisezimmer herübergekommen, nachdem er seinen Kaffee getrunken und ich ihm über die Ereignisse in ›Toms Schenke‹ Bericht erstattet hatte.

»Wir sind nicht freiwillig hergekommen. Man hat uns gedroht«, erklärte Byne.

»Gewiß. Und ich bediene mich derselben Drohung. Die Wahl liegt bei Ihnen, wie Sie ja wissen. Und nun, meine Gnädigste, wünsche ich mit Mr. Byne allein zu sprechen. Saul, führen Sie Mrs. Usher ins Vorderzimmer.«

»Gehen Sie nicht«, sagte Byne. »Bleiben Sie hier.«

Wolfe wandte sich an mich. »Sie hatten ganz recht, Archie. Er ist wirklich unverbesserlich. Es hat keinen Zweck. Benachrichtigen Sie Inspektor Cramer.«

»Nein!« Elaine Usher stand schleunigst auf. »Ich werde gehen.«

Saul sprang hoch. »Bitte hier entlang«, sagte er und öffnete die Tür zum Vorderzimmer. Als sie an ihm vorbeigegangen war, folgte er ihr und machte die Tür hinter sich zu.

Wolfe richtete seine Augen auf Byne. »Also, Sir. Es wäre völlig sinnlos, wenn Sie jetzt ein wildes Protestgeschrei erheben. Die Wände und Türen sind schalldicht. Mr. Goodwin hat mir berichtet, wie Sie Ihr Zusammensein mit Mrs. Usher in jenem Lokal zu erklären versuchten. Erwarten Sie von mir, daß ich Ihnen diese Erklärung abnehme?«

»Nein«, erwiderte Dinky.

Natürlich nicht. Er hatte inzwischen Zeit genug, sich die Sache zu überlegen, und begriffen, daß seine Geschichte reichlich unwahrscheinlich klang. Zum Beispiel die schöne Ausrede, daß er Mrs. Usher aufgesucht hatte, weil ihre Tochter in Haus Grantham war. Woher hätte er erfahren sollen, daß sie Faith' Mutter war? Nicht aus den Akten und auch nicht von Mrs. Irwin. Von einem der anderen Mädchen? Das hätte ihm ohnehin niemand geglaubt.

»Und was wollen Sie nun behaupten?«

»Ich konnte Goodwin vorhin nicht die Wahrheit sagen, weil ich Mrs. Usher nicht bloßstellen wollte. Aber jetzt kann ich ihr nicht mehr helfen. Ich lernte sie vor ungefähr drei Jahren kennen und war etwa ein Jahr lang mit ihr befreundet. Sie wird diese Tatsache vermutlich nicht zugeben. Ich bin sogar ziemlich sicher, daß sie sie leugnen wird, aber das wäre ja nur natürlich.«

»Zweifellos. Und Ihr Zusammentreffen am heutigen Abend war purer Zufall?«

»Nein«, antwortete Dinky. Er hatte inzwischen auch eingesehen, daß das zu unglaubwürdig war. »Sie rief mich heute früh an«, fuhr er fort, »und sagte, sie wäre im Hotel Christie unter dem Namen Edith Upsom abgestiegen und würde mich gern ihrer verstorbenen Tochter wegen sprechen. Sie hat von Anfang an gewußt, daß ich Mrs. Robilottis Neffe bin. Ich erklärte ihr, daß ich an der Gesellschaft am Dienstag abend gar nicht teilgenommen hätte, und sie erwiderte, das wüßte sie, aber sie wolle trotzdem mit mir sprechen. Ich willigte schließlich ein, weil ich sie nicht kränken wollte, und da ich nicht wünschte, daß meine Beziehung zu Faith Ushers Mutter publik würde, verabredeten wir uns in diesem abgelegenen Lokal.«

»War Ihnen schon früher bekannt, daß sie die Mutter von Faith Usher war?«

»Nein. Ich wußte zwar, daß sie eine Tochter hatte, wußte jedoch nicht, daß diese Faith hieß. Sie hatte ihre Tochter einige Male erwähnt, als wir ... als ich sie noch besuchte.«

»Was für Fragen stellte sie Ihnen heute abend über ihre Tochter?«

»Sie erkundigte sich lediglich danach, ob mir Einzelheiten bekannt seien, die die Zeitungen nicht gebracht hätten. Und dann fragte sie mich nach den übrigen Gästen und verlangte einen genauen Bericht über alles, was passiert war. Über die Leute konnte ich zwar eine ganze Menge erzählen, aber von den Ereignissen wußte ich auch nicht mehr als sie.«

»Haben Sie mir sonst noch etwas zu sagen?«

»Nein.«

»Schön. Dann möchte ich jetzt mit Mrs. Usher reden. Wenn ich mit ihr gesprochen habe, werde ich Sie wieder rufen lassen. Archie, nehmen Sie Mr. Byne mit und bringen Sie Mrs. Usher herein.«

Dinky folgte mir wie ein Lamm. Er hatte seine Karten ausgespielt und hielt die Gewinnchancen offenbar für recht aussichtsreich. Ich winkte Mrs. Usher herein, schloß die Tür hinter ihr und hockte mich wieder hinter meinen Schreibtisch. Sie ließ sich graziös in dem roten Ledersessel nieder, und Wolfe drehte sich in seinem überdimensionalen Sitzmöbel zu ihr herum. Saul hatte bei ihrer Personenbeschreibung als besonderes Charakteristikum angeführt, daß sie dem Ondit zufolge eine Schwäche für Männer hatte, und wenn mich nicht alles täuschte, dann beruhte dieses Gefühl auf Gegenseitigkeit. Die Art, wie sie sich beim Gehen in den Hüften wiegte, den Kopf zurückwarf und ihr Gegenüber unter halbgesenkten Lidern hervor musterte, schien mir ziemlich eindeutig zu beweisen, daß sie an Erfolge gewöhnt war. Es störte sie offenbar auch nicht, daß sie sich in einer verdammt heiklen Lage befand und daß der Mann, mit dem sie es zu tun hatte, kaum der geeignete Partner für Anbändeleien war. Mit Zwanzig mußte sie eine Augenweide gewesen sein.

Wolfe schnappte nach Luft und stieß sie schnaubend wieder aus. Es war hart für ihn, sich unmittelbar nach dem Dinner so scharf ins Zeug legen zu müssen. »Es dürfte wohl klar sein, meine Gnädigste, warum ich Sie und Mr. Byne getrennt befrage. Es geht mir darum, festzustellen, ob Ihre Aussage mit der seinen übereinstimmt. Da Sie keine Gelegenheit hatten, Ihre Aussagen aufeinander abzustimmen, wäre eine augenfällige Ähnlichkeit zwar nicht entscheidend, aber doch recht überzeugend.«

Sie lächelte. »Sie lieben große Worte, wie?« Ihr Ton und ihre Blicke erweckten den Anschein, als hätte sie sich schon ihr ganzes Leben lang danach gesehnt, einem Mann zu begegnen, der eine Vorliebe für hochtrabende Formulierungen hegte.

Wolfe grunzte. »Ich verwende Worte, die das ausdrücken, was ich meine.«

»Ich auch«, erklärte sie, »aber manchmal ist es schwer, die richtigen zu finden. Da ich nicht weiß, was Mr. Byne Ihnen erzählt hat, bleibt mir nichts anderes übrig, als Ihnen die Wahrheit zu sagen. Sie wollen von mir wissen, warum ich mich heute abend mit ihm verabredet hatte, nicht wahr?«

»Ja.«

»Nun, ich rief ihn heute morgen an und sagte ihm, ich würde ihn gern sehen, und er erwiderte, wir könnten uns in ›Toms Schenke‹ treffen. Ich kannte das Lokal nicht. Wir hatten uns für Viertel nach sieben verabredet, und ich fuhr im Taxi hin. Das ist nicht gerade sehr aufregend, oder?«

»Nicht sehr. Kennen Sie Mr. Byne schon lange?«

»Eigentlich kenne ich ihn nicht näher. Wir sind uns irgendwo mal begegnet, vor einem Jahr oder so. Ich glaube, es war auf einer Gesellschaft, aber ich kann Ihnen beim besten Willen nicht mehr sagen, wo. Das ist ja auch egal. Aber als ich gestern am Fenster saß und an meine Tochter dachte – an meine liebe kleine Faith« – sie hielt inne und schluckte; ihr Kummer wirkte jedoch nicht sehr überzeugend –, »da fiel mir plötzlich Mr. Byne ein und daß ich von irgend jemandem, vielleicht sogar von ihm selbst, gehört hatte, er wäre der Neffe der reichen Mrs. Robilotti, der Witwe von Mr. Albert Grantham. Schließlich ist meine Tochter ja in Mrs. Robilottis Haus gestorben, und ich dachte, Mr. Byne könnte mir genaue Einzelheiten berichten und möglicherweise sogar Mrs. Robilotti dazu veranlassen, mich zu empfangen. Ich wollte alles über meine Tochter erfahren, einfach alles.« Sie schluckte wieder.

Es sah nicht gut aus. Es sah sogar verdammt böse aus. Byne war gerissen genug gewesen, uns eine Erklärung zu liefern, von der kein Mensch erwarten konnte, daß Mrs. Usher sie bestätigen würde. Er hatte uns sogar wohlweislich vorausgesagt, daß sie seine Aussage vermutlich energisch abstreiten würde. Aber das schlimmste an der Sache war, daß es gar keine Ausrede zu sein brauchte. Vielleicht hatte er sich wie ein Gentleman an die Wahrheit gehalten, und vielleicht entpuppten sich Wolfes zwei Geistesblitze, die die rosigsten Hoffnungen in mir entfacht hatten, als ausgemachte Pleite. Am Ende war Wolfe doch kein Genie.

Falls Wolfe meine düsteren Ahnungen teilte, so zeigte er es wenigstens nicht. Er fragte: »Wenn Ihr Stelldichein mit Mr. Byne wirklich so harmlos war, warum beunruhigte Sie dann Mr. Goodwins Drohung, die Polizei zu rufen? Wie lauteten Mrs. Ushers Worte, Archie?«

»Nicht die Polizei. Mein Gott, nicht die Polizei.«

»Danke. Weshalb, Mrs. Usher?«

»Ich kann die Polizei nicht ausstehen. Ich hab' noch nie was für sie übrig gehabt.«

»Und warum verschwanden Sie aus Ihrer Wohnung und mieteten unter einem anderen Namen ein Hotelzimmer?«

»Wegen dieser schrecklichen Geschichte mit meiner Tochter. Ich wollte keinen Menschen sehen. Ich wußte, daß ich von Zeitungsleuten bestürmt werden würde und daß die Polizei hinter mir her war. Ich wollte allein sein. Es wäre Ihnen nicht anders zumute gewesen, wenn Sie ...«

Die Türklingel schellte, und ich ging in die Diele. Manchmal überlasse ich Fritz die Tür, wenn ich beschäftigt bin. Aber unserer zwei unfreiwilligen Gäste wegen, die für ein paar Leute, unter anderem auch für Inspektor Cramer, ein wahrer Leckerbissen gewesen wären, hielt ich es für angebracht, selbst nach dem Rechten zu sehen. Es war aber nur Orrie. Er kam herein, und ich schloß die Tür hinter ihm. Als er seinen Mantel ablegte, kam eine Aktenmappe zum Vorschein, eine von diesen ledernen Taschen mit ellenlangem Reißverschluß.

»Was ist das?« erkundigte ich mich. »Deine Ausrüstung fürs Wochenende?«

»Nein. Es ist Mrs. Ushers ...«

Meine Hand schnellte hoch und landete ziemlich unsanft auf seinem Mund. Er erschrak, aber gelegentlich begreift er einen Wink recht schnell. Als ich durch die Diele nach rechts auf das Speisezimmer zusteuerte, folgte er mir, ohne einen Mucks von sich zu geben.

Ich schloß die Tür, drehte mich um und fragte: »Mrs. Ushers was?«

»Ihre geheime Sünde.« Seine Augen glänzten. »Ich möchte es Mr. Wolfe selbst aushändigen.«

»Das geht jetzt nicht. Mrs. Usher ist bei ihm im Büro. Wo ...«

»Sie ist hier? Wieso?«

»Das hat Zeit bis nachher. Wo hast du das Ding aufgegabelt?«

Meine Frage mochte ein bißchen zu diktatorisch ausgefallen sein, aber es war schließlich kein Wunder, wenn meine Nerven nicht mehr ganz auf der Höhe waren. Orrie fühlte sich jedenfalls auf den Schlips getreten und mimte den zu Unrecht Erniedrigten und Beleidigten: »Ich erstatte Ihnen mit dem größten Vergnügen Bericht, Mr. Goodwin. Mr. Panzer und ich beobachteten das Hotel Christie. Als die fragliche Person auftauchte und ein Taxi nahm, folgte er ihr in einem anderen, bevor ich zu ihm einsteigen konnte. Ich war also beschäftigungslos und rief Mr. Wolfe an. Er fragte, ob ich eine Ahnung hätte, wie lange sie wegbleiben würde, und ich antwortete, vermutlich mindestens so eine halbe Stunde oder noch länger, weil sie ein Taxi genommen hätte. Daraufhin sagte er, es wäre ihm lieb, wenn ich mir ihr Zimmer etwas genauer ansehen würde, und ich antwortete: okay. Es dauerte allerdings eine ganze Weile, bis ich da reinkam. Soll ich die Einzelheiten auch berichten?«

»Später. Was ist da drin?«

»Ich fand die Tasche in einem verschlossenen Koffer – nicht in dem, den der Bote heute hinbeförderte, sondern in einem kleineren. Der Koffer war kein Problem, aber die Mappe hat ein Trickschloß, und das mußte ich aufsprengen.«

Ich streckte auffordernd die Hand aus. Er lieferte mir die Tasche höchst ungern aus, aber Dienst ist Dienst. Ich legte sie auf den Eßtisch, zog den Reißverschluß auf und fischte zwei Briefumschläge heraus, einen großen und einen kleineren. Keiner von beiden war versiegelt. Ich schüttelte den Inhalt des großen Umschlags auf die Tischplatte.

Es waren aus Zeitungen und Zeitschriften ausgeschnittene Fotos. Ich hätte ihn auch erkannt, wenn die Bildunterschriften gefehlt hätten, weil ein Philanthrop, der zugleich Multimillionär ist, für jeden Fotoreporter eine willkommene Beute ist. Der oberste Zeitungsausschnitt trug die Überschrift: ›*Albert Grantham (links) nimmt die jährlichen Auszeichnung der Amerikanischen Wohltätigkeitsliga in Empfang.*‹ Es waren insgesamt mehr als zwanzig Fotos, und alle zeigten Albert Grantham. Ich begann sie nacheinander umzudrehen, um festzustellen, ob die Rückseite womöglich aufschlußreicher war.

»Zur Hölle mit dem Zeug« sagte Orrie ungeduldig. »Sieh dir lieber den anderen Umschlag an.«

Ich schüttelte ihn, und ein zweiter, schmalerer, aus weißem Büttenpapier mit eingraviertem Absender fiel heraus. Der Absender lautete ›*Albert Grantham, Fifth Avenue*‹, und der Brief war mit der Hand an ›*Mr. Elaine Usher*‹ adressiert. Im Inneren befanden sich mehrere zusammengefaltete Bogen. Ich strich die einzelnen Blätter glatt und las:

Meine liebe Elaine,
ich möchte mit diesem Brief mein Versprechen einlösen, das ich Dir kürzlich mündlich gegeben habe.

Bevor ich jedoch zum geschäftlichen Teil unserer Abmachungen komme, möchte ich noch einmal nachdrücklich darauf hinweisen, daß ich die Vaterschaft an Deiner Tochter Faith weder moralisch noch gesetzlich anerkenne. Du hast stets behauptet, ich wäre ihr Vater, und eine Zeitlang habe ich es selbst geglaubt. Ich bin auch jetzt noch nicht imstande, diese Deine Behauptung gültig zu widerlegen, aber wie Du weißt, habe ich mir die Mühe gemacht, Informationen über Deine Lebensweise während der letzten zehn Jahre einzuholen, und aus ihnen geht eindeutig hervor, daß Zurückhaltung Männern gegenüber nicht zu Deinen Tugenden zählt. Es ist unmöglich, daß sich die Sache vor fünfzehn Jahren, also zu der Zeit, da ich Deine Gunst genoß, anders verhielt – Du hast mir das jedenfalls immer wieder beteuert –, aber Dein späteres Verhalten läßt Deine diesbezüglichen Beteuerungen in einem recht zweifelhaften Licht erscheinen. Ich will an dieser Stelle nicht noch einmal auf meine eigenen Empfindungen in dieser Angelegenheit eingehen. Du weißt, daß ich sie, seit ich zur Reife und Einsicht gelangt bin, immer von Herzen bedauert habe. Außerdem bin ich weder Dir noch Deiner Tochter gegenüber jemals kleinlich gewesen. Eine Zeitlang war es nicht einfach, Deinen materiellen Ansprüchen zu genügen, aber seit dem Tode meines Vaters hast du monatlich 2000 Dollar von mir erhalten, für die Du keine Steuern zahlen mußtest.

Aber ich werde nicht jünger, und Du hattest ganz recht mit Deiner Bemerkung, daß ich Vorkehrungen für den Fall meines Ablebens treffen sollte. Wie ich Dir bereits neulich sagte, muß ich Deinen Vorschlag zurückweisen, Dir sogleich eine größere Summe auszuzahlen. Ich mißtraue, offen gestanden, Deiner Fähigkeit, mit Geld umzugehen. Ich befürchte, Du würdest das Kapital sehr schnell durchbringen und Dich dann erneut an mich wenden. Andererseits ist es mir aus Gründen, die Du kennst, auch nicht möglich, Dir jetzt oder in meinem Testament ein Treuhandvermögen auszusetzen.

Ich habe jedoch einen Weg ausfindig gemacht, der allen Schwierigkeiten gerecht wird, und zwar habe ich meinem Neffen Austin Byne eine Mappe mit Wertpapieren übergeben, deren

Ertrag sich auf etwas mehr als zwei Millionen Dollar belaufen dürfte und steuerfrei ist. Das Einkommen daraus beträgt im Jahr schätzungsweise 55 000 Dollar, und mein Neffe ist angewiesen, die Hälfte dieser Summe Dir auszuzahlen und die andere Hälfte für sich selbst zu behalten.

Diese Übereinkunft wurde von mir schriftlich niedergelegt und von meinem Neffen und mir unterzeichnet. Die damit verknüpften Bedingungen lauten: 1. Solltest Du jemals zusätzliche Forderungen stellen oder Ansprüche auf mein oder das Vermögen meiner Familie erheben oder unsere ehemalige Beziehung enthüllen, dann entfällt für meinen Neffen jegliche Verpflichtung, den Gewinn mit Dir zu teilen. 2. Sollte mein Neffe andererseits seinen Verpflichtungen Dir gegenüber nicht ordnungsgemäß nachkommen, dann hast Du das Recht, das gesamte Kapital für Dich zu beanspruchen.

Ich hätte bei der Niederschrift dieses Dokumentes natürlich gern einen sachverständigen Anwalt zu Rate gezogen, aber ich glaube ganz bestimmt, daß mein Neffe seinen Verpflichtungen pünktlich nachkommen wird. Es ist natürlich möglich, daß er das Vermögen verschwendet, aber ich kenne ihn seit seiner Geburt und halte die Gefahr für denkbar gering.

Ich habe also hiermit mein Versprechen Dir gegenüber eingelöst, muß jedoch noch einmal betonen, daß dieser Brief keineswegs mit einer Anerkennung meiner Vaterschaft gleichbedeutend ist. Solltest Du ihn jemals publik machen oder als Druckmittel gegen mir nahestehende Personen verwenden, dann wird mein Neffe die Zahlungen sofort einstellen.

Ich schließe mit den besten Wünschen für Dein Wohlergehen. Diese Wünsche gelten auch für Deine Tochter,

Dein Albert Grantham

Als ich mit dem Lesen fertig war und aufblickte, sagte Orrie: »Ich möchte es Mr. Wolfe selbst geben.«

»Das kann ich mir denken.« Ich faltete den Brief wieder zusammen und steckte ihn in den Umschlag. »Ein nettes Briefchen. Ich las vor kurzem in der Zeitung, daß irgend so ein Schreiberling an einer Biographie über Albert Grantham arbeitet. Er würde sich sämtliche Finger nach diesem Wisch lecken. Du bist doch ein verteufelter Glückspilz. Ich würde ein volles Monatsgehalt für den Spaß blechen, den du gehabt haben mußt, als du das Zeug fandest.«

»Oh, es war natürlich eine angenehme Überraschung. Ich möchte es ihm jetzt gleich übergeben.«

»Das sollst du auch. Warte hier, aber schnapp inzwischen nicht über vor Freude.«

Ich ging ins Büro hinüber, wartete, bis Wolfe seinen Satz zu Ende gesprochen hatte, und sagte dann zu ihm: »Mr. Cather möchte Ihnen etwas zeigen. Er ist im Speisezimmer.« Er warf mir einen forschenden Blick zu, erhob sich und watschelte hinaus. Ich setzte mich wieder an meinen Schreibtisch. Mrs. Usher trug eine ziemlich siegesgewisse Miene zur Schau, als wäre sie mit der Entwicklung der Dinge sehr zufrieden. Meine Nerven waren immer noch leicht lädiert, und ich brachte es einfach nicht übers Herz, ihr triumphierendes Lächeln dauernd vor Augen zu haben, da ich nur zu gut wußte, daß die Freude nicht von langer Dauer sein würde. Ich drehte ihr den Rücken zu, zog eine Schublade auf, nahm ein paar belanglose Papiere heraus und fummelte mit ihnen herum. Als sie mir erklärte, sie wäre mir direkt dankbar, daß ich sie zu Wolfe gebracht hätte, weil man so gut mit ihm sprechen könnte, murmelte ich irgendeine Antwort vor mich hin und verletzte dabei die Gebote der Höflichkeit so weit, daß ich mich nicht einmal zu ihr umwandte. Ich war gerade damit beschäftigt, Skizzen von schlafenden Katzen aus meinem Notizbuch zu reißen, als Wolfe wieder auftauchte.

Er setzte sich und sagte: »Archie, holen Sie Mr. Byne und Saul herein.«

Ich ging zur Verbindungstür, öffnete sie schwungvoll und rief: »Mr. Wolfe läßt bitten, meine Herren!«

Bynes Augen hefteten sich forschend auf Mrs. Usher, und da er, wie ich zuvor, auf ihrem Gesicht denselben frohlockenden Ausdruck entdeckte, wurde er plötzlich recht munter. Saul und Dinky nahmen ihre alten Plätze ein, und Wolfe blickte seine Gäste der Reihe nach an.

»Ich will unsere Sitzung nicht unnötig verlängern, aber ich möchte Ihnen beiden wenigstens gratulieren. Sie wurden in jenem Lokal überrascht und danach hierhergebracht, ohne daß Ihnen Zeit blieb, sich über Ihre Aussagen zu verständigen. Aber Sie haben alle beide so geschickt gelogen, daß es einer langwierigen und kostspieligen Untersuchung bedurft hätte, um Sie zu überführen. Es war wirklich eine beachtliche Leistung – bitte, Mr. Byne, Sie werden ohnehin gleich zu Wort kommen. Heben Sie sich Ihre Überredungskünste besser dafür auf. Bedauerlicherweise für Sie war die Leistung umsonst. Eben ist frische Munition eingetroffen. Ich habe ein Dokument gelesen, das nicht für mich bestimmt war« – er sah Mrs. Usher an – »und das Ihnen eine harte Strafe in Aussicht stellt, falls Sie seinen Inhalt enthüllen.«

Mrs. Usher beugte sich heftig vor. »Was ist das für ein Dokument? Wovon sprechen Sie überhaupt?«

»Es ist vielleicht am besten, wenn ich Ihnen einen Abschnitt daraus, zum Beispiel den vierten Absatz, zitiere. Er lautet folgendermaßen: ›*Ich habe jedoch einen Weg ausfindig gemacht, der allen Schwierigkeiten gerecht wird, und zwar habe ich meinem Neffen Austin Byne eine Mappe mit Wertpapieren übergeben, deren Ertrag sich auf etwas mehr als zwei Millionen Dollar belaufen dürfte und steuerfrei ist. Das Einkommen daraus beträgt im Jahr schätzungsweise 55 000 Dollar, und mein Neffe ist angewiesen, die Hälfte dieser Summe . . .*‹«

Byne sprang wie angestochen hoch und spuckte Gift und Galle. In den folgenden Sekunden brach ein ziemlicher Tumult los. Ich hatte mich geistesgegenwärtig zwischen Byne und Wolfe geworfen, aber Bynes Rage galt nicht Wolfe, sondern Mrs. Usher. Als er wutschnaubend auf sie zuschoß, stellte sich ihm Saul in den Weg, und im Augenblick sah es so aus, als wäre das Schlimmste vorüber. Aber dann fuhr Mrs. Usher plötzlich von ihrem Sessel in die Höhe und auf Wolfe los. Ich hätte sie vielleicht mittels eines Hechtsprunges über Wolfes Schreibtisch hinweg außer Gefecht setzen können, aber ich war viel zu verblüfft, um überhaupt etwas zu unternehmen – verblüfft nicht über sie, sondern über ihn. Er ließ sich blitzschnell in seinen Sessel zurückfallen, schleuderte gleichzeitig seine Beine hoch und traf sie mit einem gutgezielten Tritt am Knie, als sie sich wie eine Wildkatze auf ihn stürzen wollte. Sie taumelte zurück in Sauls Arme, und er beförderte sie nachdrücklich in ihren Sessel.

Vor lauter Aufregung hatte ich einen von Bynes Armen erwischt und klammerte mich daran fest, und er bemerkte es nicht einmal. Als er schließlich aus seiner vorübergehenden Betäubung erwachte, versuchte er sich loszureißen, und eine Sekunde lang glaubte ich, er würde mit dem anderen Arm zu einem Haken ausholen, was auch stimmte.

»Immer sachte«, sagte ich beschwichtigend. »Heb dir deine Puste lieber für später auf. Du wirst sie noch gut gebrauchen können.«

»Wo haben Sie den Brief her?« fragte Mrs. Usher und befühlte vorsichtig ihr Knie. »Wo ist er?«

Wolfe betrachtete sie selbstgefällig. Seine zufriedene Miene erweckte den Anschein, als hätte er schon ein ganzes Leben lang den unterdrückten Wunsch gehabt, einer Frau gegen das Knie zu treten.

»Er befindet sich in meiner Tasche.« Er klopfte sich auf die Brust. »Und er wurde mir soeben von einem Mann übergeben, der ihn aus Ihrem Hotelzimmer entwendet hat. Ich werde ihn zunächst behalten. Er könnte ...«

»Das ist Einbruchdiebstahl«, erklärte Byne empört. »Das ist ein Verbrechen.«

Wolfe nickte. »Genaugenommen ja. Aber ich bezweifle, ob Mrs. Usher ein Interesse daran hat, die Sache an die große Glocke zu hängen, vor allem, wenn ich ihr zusichere, daß sie das Dokument zu gegebener Zeit unversehrt zurückbekommt. Es könnte nämlich als Beweisstück in einem Mordprozeß gute Dienste leisten. Wenn ...«

»Es war ja gar kein Mord.«

»Sie irren sich, Mr. Byne. Würden Sie bitte wieder Platz nehmen? Unsere Unterredung dürfte noch eine Weile dauern. Danke. Ich möchte diesen Punkt ein für allemal und ganz kategorisch klarstellen: Faith Usher wurde ermordet.«

»Nein!« Mrs. Usher ließ in der Erregung ihr lädiertes Knie los. »Faith beging Selbstmord!«

»Ich denke nicht daran, mich über diesen Punkt noch lange mit Ihnen herumzustreiten. Ich bin fest davon überzeugt, daß Ihre Tochter ermordet worden ist, und setze für diese Überzeugung meinen professionellen und gesellschaftlichen Ruf aufs Spiel. Wie Sie sehen, riskiere ich eine ganze Menge, und es darf Sie deshalb nicht wundern, wenn ich von jeder Handhabe, die sich mir bietet, Gebrauch mache.« Er tippte mit dem Zeigefinger gegen seine Brust und konzentrierte sich zur Abwechslung auf Byne. »So muß ich zum Beispiel darauf bestehen, die zwischen Ihnen und Mr. Grantham getroffene schriftliche Vereinbarung einzusehen. Enthält sie etwa eine Klausel, der zufolge Sie Ihre Zuwendungen an die Mutter kürzen oder sogar völlig einstellen können, falls die Tochter vorzeitig stirbt?«

Byne fuhr sich mit der Zunge über die Lippen. »Da Sie den Brief an Mrs. Usher gelesen haben, dürfte Ihnen bekannt sein, daß es ein streng vertrauliches Schriftstück ist. Es tut mir leid, aber Sie werden es nicht einsehen.«

»O doch«, versicherte Wolfe. »Als Sie hierherkamen, erstreckte sich meine Drohung nur darauf, der Polizei über Ihre Zusammenkunft mit Mrs. Usher zu berichten. Aber jetzt habe ich gegen Sie eine Waffe in Händen, die weit gefährlicher, möglicherweise sogar tödlich für Sie ist. Betrachten Sie Mrs. Usher. Beachten Sie ihren Gesichtsausdruck. Haben Sie das Schriftstück gesehen, meine Gnädigste?«

»Ja.«

»Enthält es eine derartige Klausel?«

»Ja. Es heißt darin, daß er mir im Falle von Faith' Tod nur noch halb soviel wie bisher oder sogar noch weniger auszahlen muß. Ist es wirklich wahr, daß sie ermordet wurde?«

»Keine Spur«, sagte Byne. »Die Wahrheit interessiert ihn ja gar nicht. Er ist auf etwas anderes aus. Außerdem war ich ja nicht auf der Gesellschaft. Sieh nicht mich an, Elaine, sieh ihn an.«

»Ich war der Meinung«, erklärte Wolfe ungerührt, »daß es uns Zeit sparen würde, wenn wir die Vereinbarung sogleich herbeischaffen könnten. Ich habe deshalb Mr. Cather in Ihre Wohnung geschickt mit dem Auftrag, das Schriftstück zu suchen und herzubringen. Es dürfte die ganze Angelegenheit noch beschleunigen, wenn Sie ihn anrufen und ihm sagen würden, wo es sich befindet. Er versteht sich auf Türschlösser und müßte eigentlich schon in der Wohnung sein.«

Byne starrte ihn fassungslos an. »Das ist doch die Höhe!«

»Werden Sie Mr. Cather anrufen?«

»Bestimmt nicht! Zum Donnerwetter! Die ganze Zeit haben Sie mir mit der Polizei gedroht. Jetzt werde ich sie selbst anrufen und ihr mitteilen, daß ein Mann in meine Wohnung eingebrochen ist und daß man ihn festnehmen soll.«

Ich stand auf und zeigte mit einer einladenden Geste auf den Apparat. »Okay, Dinky. Hier ist das Telefon.«

Er ignorierte mich. »Es handelt sich nicht um das Dokument«, sagte er zu Wolfe. »Es handelt sich um Ihre gottverdammte Unverschämtheit. Ihr Schnüffler kann es sowieso nicht finden, und wenn er die ganze Wohnung auf den Kopf stellt, weil ich es vorsorglich in einem Schließfach deponiert habe. Und dort wird es auch bleiben!«

»Dann müssen wir uns eben bis Montag gedulden.« Wolfe hob seine Schultern um einen achtel Zentimeter und ließ sie wieder fallen. »Aber Mr. Cathers Gang dürfte dennoch nicht ganz zwecklos sein. Ich gab ihm zusätzlich den Auftrag, sich in Ihrer Wohnung nach einer Schreibmaschine umzusehen und folgenden Text darauf zu tippen: ›*Haben Sie noch nicht herausgefunden, daß Edwin Laidlaw der Vater von Faith Ushers Baby ist? Befragen Sie ihn über seine Reise nach Kanada.*‹ Er soll mir die Schriftprobe mitbringen. Sie lächeln? Meine Eröffnung amüsiert Sie? Etwa deshalb, weil Sie überhaupt keine Schreibmaschine besitzen?«

»Natürlich besitze ich eine Schreibmaschine. Hab' ich wirklich gelächelt?« Er lächelte schon wieder, das typische Lächeln eines Pokerspielers. »Na, und wenn schon? Sie machen mir Spaß, weil Sie jetzt auch noch Laidlaw in die Sache hineinzerren. Ich weiß überhaupt nicht, was Sie damit eigentlich bezwecken.«

»Ich zerre ihn nicht hinein«, verbesserte ihn Wolfe. »Das

besorgte jemand anders. Die Polizei erhielt einen anonymen, mit der Maschine geschriebenen Brief, dessen Inhalt ich Ihnen soeben zitiert habe. Und es war falsch von Ihnen, darüber zu lächeln. Jedenfalls wüßte ich nicht, was Ihnen an dem Text so amüsant erscheinen konnte. Folglich haben Sie aus einem anderen Grunde gelächelt. Etwa aus innerer Zufriedenheit? Etwa aus Freude darüber, daß ich das Corpus delicti am falschen Ort suchen ließ? Vielleicht, weil Sie genau wissen, daß Ihre Schreibmaschine harmlos ist und daß sich die fragliche Maschine ganz woanders befindet? Ich glaube, es lohnt sich, dieser Spur nachzugehen. Leider ist morgen Sonntag. Wir müssen also mit den Nachforschungen bis übermorgen warten. Aber gleich Montag früh werden Mr. Goodwin, Mr. Panzer und Mr. Cather alle jene Orte abklappern, wo ihnen eine Schreibmaschine ohne viele Umstände zugänglich ist. Erstens in Ihrem Klub. Zweitens in der Bank, bei der Sie Ihr Schließfach gemietet haben. Archie, Sie erledigen ja regelmäßig alle meine Bankaufträge. Wäre es für einen Bankkunden sehr ungewöhnlich, wenn er einen der Beamten darum bäte, eine Schreibmaschine benutzen zu dürfen?«

»Ungewöhnlich?« Ich schüttelte den Kopf. »Nein.«

»Ich bedaure es, offen gestanden, gar nicht, daß wir uns bis Montag gedulden müssen, denn die Sache hat einen Haken. Die verschiedenen Schriftproben müßten natürlich mit dem anonymen Brief verglichen werden, und der befindet sich ja leider in den Händen der Polizei. Die Lösung paßt mir nicht, aber ich sehe tatsächlich keinen anderen Weg. Falls meine Vermutung zutrifft, dann habe ich wenigstens den anonymen Schreiber entlarvt, und das würde bereits einen Schritt vorwärts bedeuten. Was diesen Punkt anbelangt, so drohe ich Ihnen nicht etwa mit der Polizei, Sir; ich bin im Gegenteil sogar gezwungen, mich an sie zu wenden.«

»Sie verdammter Schnüffler«, fauchte Byne.

Wolfe zog die Brauen hoch. »Ich habe anscheinend mit meiner Vermutung ins Schwarze getroffen. Handelt es sich um die Schreibmaschine in der Bank?«

Byne machte Mrs. Usher ein Zeichen mit dem Kopf. »Geh bitte, Elaine. Ich muß mit ihm allein sprechen.«

14

Austin Byne hockte verkrampft und steif in seinem Sessel und wartete, bis Saul mit Mrs. Usher im Vorderzimmer verschwunden war. Seine verzweifelte Lage ging mir nahe, und ich riet ihm, in den roten Ledersessel umzuziehen, weil er dort bequemer sitzen würde. Aber aus dem Blick, den er mir zuwarf, schloß ich, daß er das Wort ›bequem‹ überhört hatte.

»Also gut, Sie haben gewonnen«, sagte er zu Wolfe. »Ich werde alles auspacken. Womit soll ich anfangen?«

Wolfe lehnte sich zurück, stützte die Ellenbogen auf und legte die Handflächen gegeneinander. »Wir wollen zunächst zwei oder drei Punkte klären. Warum schickten Sie der Polizei diese Mitteilung über Laidlaw?«

»Ich sagte nicht, daß ich sie geschickt habe.«

»Pfui!« Wolfe verzog angewidert das Gesicht. »Entweder wollen Sie jetzt aussagen oder nicht. Ich denke nicht daran, Ihnen Ihre Erklärung Silbe für Silbe herauszupressen. Also, warum haben Sie diesen Wisch geschrieben?«

Byne räusperte sich und bewegte die Lippen, ohne einen Ton von sich zu geben. Anscheinend hatten sich seine Stimmbänder verklemmt. »Weil«, brachte er schließlich heraus, »die Polizei die Untersuchung fortsetzte und nicht abzusehen war, was sie dabei alles zutage fördern würde. Es bestand die Gefahr, daß sie meine Bekanntschaft mit Faith' Mutter entdecken könnte und außerdem die Sache mit meinem ... die Sache mit der Vereinbarung. Ich glaubte, daß Faith Selbstmord begangen hätte – das glaube ich übrigens jetzt noch –, aber falls sie doch ermordet worden war, dann kam meiner Meinung nach nur Laidlaw als Täter in Frage. Deshalb wollte ich die Polizei auf sein Verhältnis mit Faith aufmerksam machen.«

»Wieso verfielen Sie gerade auf ihn? Sie erfanden das, nicht wahr? Ich meine, die Beziehung zwischen ihm und Faith Usher?«

»Nein. Ich behielt Faith natürlich die ganze Zeit im Auge. Das soll aber nicht heißen, daß ich ihre Bekanntschaft suchte oder ihr öfters begegnete. Ich kümmerte mich sozusagen aus der Ferne um sie. Und so kam es, daß ich sie zweimal in Laidlaws Gesellschaft sah. Außerdem saß sie in seinem Wagen an dem Tag, an dem sie zusammen nach Kanada fuhren. Daß es sich um Kanada handelte, wußte ich von einem Freund, dem Laidlaw von dort eine Postkarte schickte. Ich brauchte also nichts davon zu erfinden.«

Wolfe grunzte. »Sie begreifen doch, Mr. Byne, daß alle Ihre Äußerungen von nun an Argwohn erregen müssen. Nehmen wir einmal an, es wäre Ihnen tatäschlich bekannt gewesen, daß Laidlaw mit Miss Usher ein Verhältnis unterhielt. Wieso schlossen Sie daraus, daß er sie getötet haben müßte? Hat sie ihm gedroht, ihn erpreßt oder so etwas?«

»Soviel ich weiß, nicht. Ich kannte sein Motiv nicht, falls er überhaupt eins hatte, aber er war der einzige von den Gästen, der früher mit ihr zu tun gehabt hatte.«

»In der Tat? Und Sie?«

»Zum Donnerwetter, ich war doch nicht dabei!«

»Richtig, aber alle jene, die dabei waren, können sich ebenso wie Sie auf das Fehlen einer passenden Gelegenheit für einen Mordanschlag berufen. Wenn ich recht unterrichtet bin, konnte sich der Täter nicht hundertprozentig darauf verlassen, daß das Glas mit dem vergifteten Champagner auch wirklich in die Hände des vorbestimmten Opfers gelangte. Und Sie allein von allen betroffenen Personen haben ein Motiv, und zwar ein ziemlich starkes. Miss Ushers Tod beschert Ihnen ein zusätzliches Einkommen von mehr als dreizehntausend Dollar im Jahr, steuerfrei; wenn das keine Verlockung ist! Ich an Ihrer Stelle würde mich beinahe mit jedem anderen Ausweg abfinden, solange der Staatsanwalt von der schriftlichen Vereinbarung nicht Wind bekommt.«

»Tue ich das etwa nicht? Ich halte doch still, während Sie hemmungslos auf mir herumhacken, oder?«

»Gewiß.« Wolfe betrachtete tiefsinnig seine Handteller und legte sie dann wieder auf die Armlehnen seines Sessels. »Weiter. War Ihnen bekannt, daß Miss Usher Gift in einem Fläschchen mit sich herumzutragen pflegte?«

Die Antwort kam wie aus der Pistole geschossen. »Ja. Ihre

Mutter und Mrs. Irwin sprachen vor einiger Zeit davon, aber ich habe das Fläschchen niemals mit eigenen Augen gesehen.«

»Wußten Sie, um welches Gift es sich handelte?«

»Nein.«

»War es Mrs. Ushers eigene Idee, sich in einem Hotel unter einem anderen Namen zu verbergen, oder stammte der Einfall von Ihnen?«

»Keines von beiden. Ich meine, ich erinnere mich nicht mehr daran, wer von uns den Vorschlag machte. Sie rief mich am Donnerstag – nein, am Mittwoch an, und wir entschieden gemeinsam, was sie tun sollte.«

»Von wem ging die Verabredung für heute abend aus?«

»Von ihr. Sie rief mich heute früh an, aber das wissen Sie ja schon.«

»Was wollte sie von Ihnen?«

»Sie wollte wissen, wie sich Faith' Tod auf die Geldzuwendungen auswirken würde. Auf Grund der Vereinbarung hing die Höhe der Summe ganz von meinem Gutdünken ab. Ich sagte ihr, ich würde ihr zunächst weiter die Hälfte schicken.«

»Hat sie einen Teil des Geldes, das Sie ihr überwiesen, pflichtgemäß ihrer Tochter zukommen lassen?«

»Ich glaube nicht. Jedenfalls nicht in den letzten vier oder fünf Jahren, aber das war nicht ihre Schuld. Faith wollte nichts mehr von ihr annehmen, sie weigerte sich sogar, weiter mit ihr zusammenzuleben. Sie vertrugen sich nie besonders gut. Mrs. Usher ist sehr – unkonventionell. Faith verschwand mit sechzehn Jahren aus der Wohnung, und über ein Jahr lang hatten wir keine Ahnung, wo sie steckte. Als ich sie schließlich aufstöberte, arbeitete sie in einem Restaurant als Kellnerin.«

»Aber Sie zahlten Mrs. Usher trotzdem ihren vollen Anteil aus?«

»Ja.«

»Befindet sich das Kapital ausschließlich in Ihrem Besitz und unter Ihrer Kontrolle?«

»Sicher.«

»Es ist niemals überprüft worden?«

»Natürlich nicht. Wer hätte es denn prüfen sollen?«

»Das kann ich nicht sagen. Würden Sie es von einem Revisor meiner Wahl nachprüfen lassen, da ich jetzt ohnehin über die Vereinbarung im Bilde bin?«

»Ich denke nicht daran. Das Vermögen ist mein Eigentum, und ich bin keinem Menschen dafür verantwortlich außer mir selbst, solange ich Mrs. Usher ihren Anteil pünktlich auszahle.«

»Ich muß diese Vereinbarung unbedingt sehen.« Wolfe schob die Lippen vor und schüttelte mißmutig den Kopf. »Es ist nahezu unmöglich, den Tod zu überlisten. Der verstorbene Mr. Grantham unternahm einen sehr schneidigen, ritterlichen Versuch in dieser Richtung, aber sein Wunsch, sein Geheimnis um jeden Preis auch über die Grenzen des Lebens hinweg zu bewahren, behinderte ihn. Er schützte Sie und Mrs. Usher jeweils vor der Schwäche oder Schurkenhaftigkeit des anderen. Aber was geschieht, wenn Sie beide gemeinsame Sache machen und vereint seinen guten Namen in Mißkredit bringen? Dagegen vermochte *er* sich nicht zu schützen.« Wolfe hob seine Hand zu einer verächtlichen Gebärde. »Das Verlangen, den Tod zu besiegen, macht den vernünftigsten Menschen zum Narren. Ich muß diese Vereinbarung sehen. Inzwischen wollen wir jedoch noch einige dunkle Punkte aufklären. Sie erzählten Mr. Goodwin, Sie hätten Miss Usher rein zufällig für diese Abendgesellschaft ausgewählt. Aber diese Erklärung gilt jetzt selbstverständlich nicht mehr. Weshalb also ist Ihre Wahl auf Miss Usher gefallen?«

»Natürlich«, sagte Byne. »Ich ahnte, daß das kommen würde.«

»Dann hatten Sie ja Zeit genug, sich eine einleuchtende Antwort auszudenken.«

»Ich brauche mir nichts auszudenken. Ich war ein verdammter Esel, das ist alles. Als mir Mrs. Irwin die Liste aushändigte und ich darauf Faith' Namen entdeckte ... also, da war ich wirklich erstaunt. Ich stellte mir Faith als Gast im Haus meiner Tante vor, und das machte mir einen Heidenspaß. Mrs. Robilotti ist bloß eine angeheiratete Tante, wissen Sie. Meine Mutter war Albert Granthams Schwester. Sie werden zugeben, daß die Idee, daß Faith am Tisch meiner Tante sitzt, verflixt komisch schien. Und dann ...« Er verstummte.

»Und dann?« fragte Wolfe.

»Na ja, und das brachte mich auf den Gedanken, Laidlaw auch einzuladen. Ich weiß, das war eine furchtbare Eselei, aber die Vorstellung, wie die zwei sich plötzlich gegenüberstehen würden, hatte etwas unheimlich Verführerisches für mich. Natürlich war es durchaus möglich, daß meine Tante Faith von der Liste strich und Mrs. Irwin bat...« Er stockte. Nach einer Sekunde fuhr er fort: »Ich meine, es war natürlich nicht vorauszusehen, was Faith tun würde. Sie konnte sich zum Beispiel weigern, hinzugehen. Aber im Grunde genommen hielt ich die Sache für völlig harmlos. Also schlug ich meiner Tante vor, Laidlaw einzuladen, und das geschah dann auch.«

»Wußte Miss Usher, daß Albert Grantham ihr Vater war?«

»Mein Gott, nein. Sie glaubte, ein Mann namens Usher wäre ihr Vater gewesen und schon vor ihrer Geburt gestorben.«

»Wußte sie, daß das Einkommen ihrer Mutter von Ihnen kam?«

»Nein. Ich glaube nicht. Genau weiß ich das natürlich nicht. Sie nahm vermutlich an, daß ihre Mutter das Geld von Freunden erhielt, von Männern, die sie kannte. Deshalb lief sie auch davon. Aber als ich die ganze Sache eingefädelt hatte, ich meine, als ich Faith und Laidlaw zu der Gesellschaft eingeladen hatte, bekam ich plötzlich kalte Füße. Ich hatte Angst, es könnte irgendwie schiefgehen. Ich fürchtete, Faith würde etwas ganz Verrücktes anstellen, zum Beispiel Laidlaw in aller Öffentlichkeit eine runterhauen oder so. Jedenfalls wurde mir klar, daß ich nicht dabeisein dürfte, und ich beschloß, mir einen Stellvertreter zu suchen. Den Schnupfen legte ich mir zu, um meiner Tante gegenüber eine plausible Ausrede zu haben. Ich rief vier oder fünf Freunde an, aber alle hatten schon etwas anderes vor, und dann fiel mir plötzlich Archie ein.«

Wolfe lehnte sich zurück und schloß die Augen. Seine Lippen begannen sich zu bewegen. Sie schoben sich vor und zurück, wie es seine Gewohnheit ist, wenn er ernstlich mit dem Nachdenken beginnt. Ein harmloses Gemüt könnte glauben, er schliefe. Im allgemeinen habe ich wenigstens eine Art Ahnung von dem Problem, über das er meditiert, aber diesmal tappe ich völlig im dunkeln. Er hatte schon eine ganz hübsche Bresche in das Dickicht von Lügen und faulen Ausreden geschlagen und einen Haufen Unterholz beiseite geräumt. Aber er hatte für meine Begriffe bloß einen einzigen Brocken ergattert, der der Erwägung wert war, und zwar die dreizehntausendfünfhundert Dollar, die Dinky bei Faith' Tod im Handumdrehen verdient hatte. Dreizehntausendfünfhundert Dollar zusätzliches Einkommen im Jahr sind eine hübsche, runde Summe und meiner Meinung nach ein verdammt einleuchtendes Motiv für einen sauberen kleinen Mord. Aber Byne hatte sich vor der Einladung gedrückt, und für einen Giftmord durch telepathische Fernsteuerung schien er mir nicht der richtige Typ.

Ich zerbrach mir immer noch den Kopf, als Wolfe plötzlich die Augen aufmachte und Dinky ansah. »Ich habe mich entschlossen, nicht bis Montag zu warten. Wenn ich jetzt nicht genug Material habe, werde ich nie genug haben. Ein Indiz, das Ihnen unabsichtlich entschlüpfte, muß mir als Hebel dienen. Es wäre zwecklos, Sie darüber näher zu befragen, denn Sie würden mir lediglich einen Haufen törichter Lügen servieren. Ich bin jetzt so weit, daß ich endlich das zentrale Problem in Angriff nehmen kann. Unsere Frage muß lauten: Wie hat der Schuldige den Mord an Miss Usher bewerkstelligt, falls es sich tatsächlich um einen Mord handelt?« Er wandte sich um. »Archie, verbinden Sie mich mit Inspektor Cramer.«

»Nein!« Byne war aufgesprungen. »Verdammt noch mal, wo ich Ihnen doch ...«

Ich hatte den Hörer abgehoben, aber Byne drang auf mich ein und versuchte, ihn mir aus der Hand zu reißen. Wolfes scharfe Stimme brachte ihn zur Besinnung. »Mr. Byne! Schreien Sie doch nicht, bevor Sie nicht in Gefahr sind! Ich habe keineswegs die Absicht, Sie auszuliefern! Muß ich Mr. Panzer hereinrufen?«

Sauls Beistand war nicht mehr nötig. Dinky trat einen Schritt zurück und ließ mir wenigstens genug Ellbogenfreiheit, um die Nummer zu wählen. Aber er wartete praktisch nur auf das Stichwort, um wieder über mich herzufallen. Es war an sich ein ziemlich aussichtsloses Beginnen. Inspektor Cramer an einem

Samstagabend, zwanzig Minuten nach zehn, irgendwo aufzutreiben. Aber da Nero Wolfe es so wünschte, hängte ich mich an die Strippe und hatte gleich beim erstenmal Glück. Cramer befand sich im Morddezernat, und ich wurde nach einer kurzen Umschaltpause mit ihm verbunden. Wolfe meldete sich. Cramer begrüßte ihn mit einem Knurren, und Wolfe beteuerte ihm, daß das Gespräch höchstens drei Minuten dauern würde.

»Mehr geht auch über meine Kraft«, brummte Cramer. »Was gibt's?«

»Es handelt sich um Faith Usher. Ich werde ihretwegen andauernd belästigt, und meine Geduld ist endgültig erschöpft. Gestern morgen zum Beispiel rannten mir jene vier Männer die Bude ein. Am Nachmittag gönnten Sie mir das Vergnügen Ihres Besuches, und am Abend wurde Mr. Goodwin angerufen und zum Hause von Mrs. Robilotti bestellt. Als er dort eintraf, fand er Mr. Skinner vor und ...«

»Meinen Sie den Kommissar?«

»Ja. Er behauptete, die Unterredung wäre inoffiziell und vertraulich, und machte Mr. Goodwin dann einen höchst beleidigenden Vorschlag. Ich habe mich bei Ihnen nicht darüber beschwert, weil er Ihr Vorgesetzter ist und Sie vermutlich ohnehin keine Ahnung davon hatten.«

»Stimmt. Ich hatte keinen blassen Dunst.«

»Aber für mich war damit das Maß endgültig voll, und deshalb habe ich den dringenden Wunsch, der lästigen Geschichte ein für allemal ein Ende zu machen. Da Mr. Goodwin sie mir mit seiner Aussage als Augenzeuge eingebrockt hat, daß Faith Ushers Tod kein Selbstmord war, werde ich mich damit begnügen, seine Aussage nachzuprüfen. Gelange ich zu dem Schluß, daß er sich getäuscht hat, werde ich nach eigenem Ermessen mit ihm verfahren. Kann ich andererseits beweisen, daß er recht hat, dann geschieht das auf Grund von Indizien, die Ihnen bisher entgangen sind. Ich setze Sie deshalb von meiner Absicht in Kenntnis, weil ich für mein Vorhaben alle jene Personen brauche, die in den Fall verwickelt sind. Ich muß sie zu mir bitten und wollte das nicht ohne Ihr Wissen tun. Außerdem hielt ich es für möglich, daß Sie den Wunsch haben könnten, bei der Sitzung dabeizusein. Sie sind mir natürlich jederzeit willkommen, nur müßten Sie in diesem Fall die betreffenden Personen selbst mitbringen. Ich möchte nicht irgendwelche Leute in mein Büro einladen, um sie dann unvermutet mit einem Kriminalinspektor zu konfrontieren. Ich schlage deshalb vor, daß wir uns für morgen vormittag um elf Uhr verabreden.«

Cramer polterte los: »Sie haben sich also in irgendeine Beute verbissen, wie? Was ist es? Heraus mit der Sprache!«

»Wenn hier überhaupt von einer Beute die Rede sein kann, dann bin ich derjenige, dem über das Maß alles Erträglichen hinaus zugesetzt wird. Ich habe die ewigen Belästigungen satt. Im übrigen habe ich Ihnen die Situation völlig wahrheitsgetreu geschildert und meinen Worten nichts weiter hinzuzufügen.«

»Natürlich nicht. Die Leier kenne ich. Morgen ist Sonntag.«

»Richtig, aber da drei der Mädchen berufstätig sind, paßt das sehr gut.«

»Sie brauchen alle Personen?«

»Ja.«

»Sind etwa ein paar von ihnen im Moment bei Ihnen?«

»Nein.«

»Hat Kommissar Skinner mit der Sache zu tun?«

»Nein.«

»Ich rufe Sie in einer Stunde wieder an.«

»Ausgeschlossen«, protestierte Wolfe. »Ich muß die Einladungen noch heute abend erledigen, und es ist ohnehin schon reichlich spät.«

Der Aufschub um eine Stunde schreckte Wolfe weniger als der Gedanke, was in dieser einen Stunde alles passieren konnte. Es war Cramer glatt zuzutrauen, daß er innerhalb von zehn Minuten vor unserer Haustür erschien und Sturm läutete. Übrigens hatte Wolfes energischer Protest die beabsichtigte Wirkung. Cramer erklärte, er wäre mit allem einverstanden.

Wir legten auf, und Wolfe nahm Dinky aufs Korn, der inzwischen lammfromm auf seinen Platz zurückgekehrt war.

»Und nun zu Ihnen und Mrs. Usher. Ich kann es nicht riskieren, Sie vor morgen auf die Menschheit loszulassen. Sie würden meine Pläne natürlich brühwarm ausposaunen. Folglich wird Mrs. Usher die Nacht hier verbringen; wir haben ein Gästezimmer mit einem recht anständigen Bett. Es ist zwar ein männlicher Haushalt, aber diese Tatsache dürfte sie kaum aus der Fassung bringen. Es ist noch ein zweites Zimmer vorhanden, das ich Ihnen gern zur Verfügung stelle, aber Sie können auch, wenn Ihnen das lieber ist, nach Hause gehen und in Ihrer eigenen Wohnung übernachten. Mr. Panzer würde Sie allerdings begleiten und morgen früh wieder herbringen. Mr. Cramer wird mit den übrigen Personen um elf Uhr hier eintreffen.«

»Zum Teufel mit Ihnen!« Byne stand auf. »Ich bringe Mrs. Usher in ihr Hotel.«

Wolfe schüttelte den Kopf. »Ich kann das leider nicht zulassen, Mr. Byne. Ich wäre ein Trottel, wenn ich Ihnen Gelegenheit gäbe, die Breschen, die ich in Ihre Verteidigung geschossen habe, wieder zu reparieren. Das sehen Sie doch wohl ein. Sollten Sie auf die glorreiche Idee verfallen, auszukneifen, dann sind Sie geliefert. Vergessen Sie nicht, daß es von meinem guten Willen abhängt, ob Sie aus dieser Affäre mit heiler Haut herauskommen. Archie, holen Sie Saul und Mrs. Usher ... nein. Rufen Sie zuerst in Mr. Bynes Wohnung an und bitten Sie Orrie, sich so schnell wie möglich hier einzufinden. Und sagen Sie ihm, er solle sich seinen Mißerfolg nicht zu Herzen nehmen. Das Dokument befände sich woanders. Falls er irgend etwas aufgestöbert hat, was ihm wichtig erscheint, soll er es mitbringen.«

»Sie elender Schnüffler!« Dinky wiederholte sich, aber gute Einfälle sind selten.

15

Am Sonntag morgen schufteten Fritz und ich anderthalb Stunden lang wie Schwerarbeiter, um unser Büro in eine möglichst genaue Kopie des Tatorts zu verwandeln. Der Einfall stammte natürlich von Wolfe, und mir kam er mehr als abwegig vor, weil Mrs. Robilottis Salon mindestens sieben- oder achtmal so groß war, von der Nische für das Orchester ganz zu schweigen. Wir verbesserten die Raumverhältnisse ein wenig, indem wir den Globus, die Couch, die Fernsehtruhe und einige andere entbehrliche Möbelstücke ins Speisezimmer hinüberschleppten, aber es war und blieb eine Schnapsidee. Ich war schon drauf und dran, Wolfe bei seinen Orchideen aufzustöbern und ihm zu sagen, er sollte den ganzen Rummel, falls er ihn für unbedingt notwendig hielt, lieber in den Palazzo Robilotti verlegen und ausnahmsweise einmal auf sein albernes Vorurteil verzichten, seine eigenen vier Wände um keinen Preis zu verlassen. Aber Fritz riet mir davon ab. Wir holten alle verfügbaren Sitzmöbel zusammen – insgesamt vierzehn – und stellten nachher fest, daß wir uns die Mühe hätten sparen können. Sie wurden überhaupt nicht gebraucht. Ein Tisch in der Ecke fungierte als Bar. Wir konnten ihn allerdings nicht ganz an die Wand schieben, weil Hackett hinter ihm stehen und den Barmann mimen sollte. Der einzige Lichtblick bei all der Plackerei war für mich, daß auch der rote Ledersessel dran glauben mußte und mit dem übrigen Krempel ins Speisezimmer verbannt wurde. Ich freute mich schon auf Cramers Miene.

Aber die Schinderei mit den Möbeln war nicht unser einziges Vergnügen an diesem schönen Sonntagmorgen. Mrs. Usher, die im Südzimmer untergebracht war, entpuppte sich als wahrer Plagegeist. Sie verlangte über das Haustelefon mehr Kaffee, neue Handtücher, obwohl das halbe Dutzend im Bad hätte ausreichen müssen, einen Teil der Sonntagszeitung, den ich angeblich verbummelt hatte, und noch diverse andere Kleinigkeiten, deretwegen ich eigens zum nächsten Drugstore rasen mußte. Um Viertel nach zehn trudelte Austin Byne in Sauls Begleitung ein und forderte eine Privataudienz bei Wolfe. Um ihn loszuwerden, schickte ich ihn mit Saul die Treppen hoch bis zum Dachgeschoß. Natürlich war die Tür zum Gewächshaus abgeschlossen, und danach mußte Saul handgreiflich werden, weil Dinky sämtliche Türen in den unteren Etagen mit Gewalt einrennen wollte, um Mrs. Usher ausfindig zu machen.

Ich rechnete mit neuen Schwierigkeiten, als um zehn Uhr vierzig die Türglocke ertönte und Inspektor Cramer auf der Vortreppe stand. Aber er war nicht Wolfes wegen so frühzeitig eingetroffen. Er erkundigte sich bloß, ob Mrs. Robilotti schon eingetroffen wäre, und als ich das verneinte, postierte er sich draußen auf dem Bürgersteig. An sich sollte in einer Demokratie ein Kriminalinspektor einer Dame der Gesellschaft mit einer Residenz in der Fifth Avenue die gleiche Behandlung angedeihen lassen wie einer berufstätigen, unverheirateten Mutter. Aber Dienst ist Dienst. Schließlich hatte sich sogar der Kommissar bemüßigt gefühlt, höchstpersönlich zur Fifth Avenue zu gehen. Deshalb nahm ich es Cramer nicht krumm, daß er es vorzog, die Limousine der Robilottis vor dem Haus abzufangen. Übrigens begrüßte er auch die drei unverheirateten Mütter, die kurz vor zehn in Gesellschaft von Sergeant Purley Stebbins in einem Polizeiauto vorfuhren. Die drei Kavaliere Paul Schuster, Beverly Kent und Edwin Laidlaw trafen nacheinander ohne irgendeine Eskorte ein.

Ich hatte mich schon den ganzen Morgen diebisch darauf gefreut, Hackett einen Possen zu spielen, und ließ mir auch von Cramers Ein-Mann-Empfangskomitee den Spaß nicht vermiesen. Als die Limousine mit ein paar Minuten Verspätung am Rinnstein bremste und Cramer Mrs. Robilotti, gefolgt von ihrem Gatten, Sohn, Tochter und Butler, feierlich ins Haus geleitete, hielt ich ihnen die Tür auf und gab Fritz durch einen Wink zu verstehen, alles Weitere zu übernehmen. Dann wandte ich mich Hackett zu, streckte in vorschriftsmäßiger Haltung meine Hände nach seinem Mantel und seinem Hut aus und flötete: »Guten Morgen, Sir. Ein angenehmer Tag. Mr. Wolfe kommt sofort herunter.«

Darauf war er nicht gefaßt. Er warf einen Blick auf die anderen, sah, daß wir unbeobachtet waren, reichte mir seinen Hut und erwiderte: »Ganz recht. Ich danke Ihnen, Goodwin.«

Ich führte Hackett ins Büro und ging in die Küche, um Wolfe über den Hausanschluß mitzuteilen, daß alle Akteure versammelt wären.

»Mrs. Usher?« fragte er.

»In ihrem Zimmer. Sie bleibt oben.«

»Mr. Byne?«

»Im Büro bei den anderen. Saul läßt ihn nicht aus den Augen.«

»Gut so. Ich komme.«

Ich gesellte mich wieder zu unseren Gästen. Sie hatten sich über den ganzen Raum verteilt, einige saßen, die anderen standen. Ich grinste still in mich hinein, als ich bemerkte, wie Cramer das Problem des nicht vorhandenen roten Ledersessels gelöst hatte. Er hatte einen der gelben Sessel an die Schmalseite von Wolfes Schreibtisch geschoben und Mrs. Robilotti als Ehrengast dorthin gesetzt. Ich schlängelte mich durch das Gewühl zu meinem Schreibtisch, als im gleichen Moment der Lift mit einem leichten Aufprall im Erdgeschoß landete. Eine Sekunde später erschien Wolfe auf der Bildfläche.

Die Vorstellungszeremonie erübrigte sich, da er die Robilottis, die Grantham-Zwillinge und Hackett bereits von der seinerzeitigen Juwelenjagd her kannte. Er warf einen Blick in die Runde und verfügte sich hinter seinen Schreibtisch. Dann sah er Cramer fragend an.

»Haben Sie den Anwesenden den Zweck dieser Zusammenkunft schon erklärt, Mr. Cramer?«

»Ja. Ich sagte ihnen, Sie hätten die Absicht, Goodwins Aussage nachzuprüfen und herauszufinden, ob er sich getäuscht habe oder nicht.«

»Richtig. Um dann nach eigenem Ermessen mit ihm zu verfahren.« Er wandte sich seinem Auditorium zu. »Meine Damen und Herren. Ich werde Sie nicht allzulange aufhalten – wenigstens einige von Ihnen nicht. Ich gedenke Sie auch nicht mit Ermahnungen oder Fragen zu überfallen. Ich bitte Sie lediglich um Ihre Mitarbeit bei einem kleinen Experiment. Um mir eine Meinung über Mr. Goodwins Kompetenz als Augenzeuge zu bilden, muß ich die Ereignisse vom letzten Dienstag unter denselben Aspekten und in derselben Reihenfolge sehen, wie Mr. Goodwin sie sah. Die räumlichen Verhältnisse stimmen allerdings nicht genau überein, aber wir wollen trotzdem versuchen, die Szene möglichst wahrheitsgetreu nachzuahmen. Archie?«

Ich sprang auf und übernahm die Regie. Da mir schwante, daß Mrs. Robilotti und ihr Robert die schwierigsten Partner sein würden, hob ich mir die beiden bis zum Schluß auf. Zuerst postierte ich Hackett hinter unsere improvisierte Bar und Laidlaw und Helen Yarmis direkt daneben. Rose Tuttle und Beverly Kent verfrachtete ich auf zwei Stühle in die Ecke, wo sonst der Riesenglobus stand. Celia Grantham und Paul Schuster ließ ich zur rechten Hand von Wolfes Schreibtisch Aufstellung nehmen, Celia kam auf einen Sessel, ihr Kavalier mußte stehen. Dann dirigierte ich Saul Panzer auf einen Stuhl neben der Tür zur Diele und sagte: »Mr. Panzer ist Faith Usher. Die Entfernungen stimmen mit der Wirklichkeit nicht überein, aber relativ gesehen, sind die Positionen der einzelnen Personen annähernd richtig.« Zuletzt stellte ich einen Aschenbecher auf einen Stuhl neben dem Safe und erklärte: »Das hier ist Faith Ushers Handtasche.« Nachdem die Szene soweit gestellt war, glaubte ich nicht, daß Mrs. Robilotti sich weigern würde, gemeinsam mit ihrem Gatten ihren Platz vor der Bar einzunehmen. Sie rümpfte zwar die Nase, aber sie folgte meiner Anweisung.

Damit waren alle plaziert außer Ethel Varr und mir. Ich holte sie herüber, baute mich an der Ecke meines Schreibtisches auf und eröffnete Wolfe: »Wir sind bereit.«

»Miss Tuttle und ich waren aber viel weiter weg«, wandte Beverly Kent ein.

»Gewiß, Sir«, pflichtete Wolfe bei. »Ich habe ja auch nicht behauptet, daß die Räumlichkeiten identisch sind. Also.« Seine Augen wanderten zu der Gruppe an der Bar. »Mr. Hackett, wenn ich recht unterrichtet bin, so standen zwei gefüllte Gläser auf der Bar, als Mr. Grantham sich und Miss Usher mit Champagner bediente. Sie hatten eins davon bereits vor einigen Minuten eingeschenkt und füllten das andere erst kurz bevor er kam. Ist das korrekt?«

»Ja, Sir.« Hackett war wieder ganz er selbst. »Wie ich schon der Polizei berichtete, stand das eine Glas drei oder vier Minuten unberührt auf der Bar.«

»Füllen Sie jetzt bitte ein Glas und stellen Sie es zurecht.«

Die Flaschen in dem Kühler auf dem Tisch enthielten Champagner und zwar eine erstklassige Marke. Wolfe hatte darauf bestanden. Fritz hatte bereits zwei Flaschen geöffnet. Es ist immer ein hübscher Anblick, das klare, perlende Getränk im

Glas aufschäumen zu sehen. Aber ich bezweifle, ob ein Barmann jemals so aufmerksame Zuschauer hatte wie Hackett, als er eine Flasche nahm und ein Glas vollgoß.

»Behalten Sie die Flasche in der Hand«, kommandierte Wolfe. »Ich werde jetzt erklären, wie ich mir die Sache denke, und danach können Sie fortfahren. Es geht mir darum, das Problem von verschiedenen Blickwinkeln aus zu untersuchen. Sie werden ein weiteres Glas einschenken, und Mr. Grantham wird beide Gläser holen und sich damit zu Mr. Panzer – ich will sagen, zu Miss Usher – begeben. Er wird Mr. Panzer das eine Glas reichen, und Mr. Goodwin wird zur Stelle sein und das andere nehmen. Inzwischen haben Sie zwei neue Gläser gefüllt, die Mr. Grantham diesmal Miss Tuttle und wiederum Mr. Goodwin aushändigen wird. Das gleiche geschieht bei Miss Varr und Miss Grantham, jedoch nicht bei Miss Yarmis und Mrs. Robilotti, da die beiden Damen an der Bar stehen. Das gibt mir die Möglichkeit, den Vorgang von mehreren Seiten aus zu begutachten. Ist das klar, Mr. Hackett?«

»Ja, Sir.«

»Aber mir nicht«, fiel Cecil ein. »Ich verstehe nicht, was das Ganze eigentlich soll. Ich holte Dienstag abend doch nur zwei Gläser und gab eins davon Miss Usher.«

»Ich weiß«, erwiderte Wolfe, »aber ich möchte, wie ich bereits mehrmals erwähnte, sämtliche Aspekte der Situation nachprüfen. Wenn es Ihnen lieber ist, kann Mr. Panzer seine Position jedesmal wechseln, aber ich glaube, daß es so einfacher ist. Ich bitte Sie lediglich um den einen Gefallen. Erscheint Ihnen meine Forderung ungerechtfertigt?«

»Das nicht, aber ich finde sie, offen gestanden, reichlich verschroben. Ich kapiere überhaupt nichts mehr. Ach, ist ja auch egal, ich mache, was Sie wollen, unter der Voraussetzung, daß ich das letzte Glas selbst austrinken darf.« Er steuerte auf die Bar zu und erkundigte sich dann: »Wie war doch die Reihenfolge?«

»Die Reihenfolge ist unwesentlich. Zunächst Mr. Panzer und danach die Damen Tuttle, Varr und Grantham, in welcher Ordnung Sie wollen.«

Das Experiment begann. Es war nicht nur verschroben, es war sogar verdammt idiotisch, vor allem meine Rolle. Daß Hackett am laufenden Band einschenkte, daß Cecil die gefüllten Gläser weiterbeförderte und eins davon den Mädchen überreichte, schien soweit ganz normal; aber daß ich wie ein Blitz durch die Gegend flitzte, das zweite Glas entgegennahm, krampfhaft überlegte, was ich in der Eile damit anfangen sollte, und weitersauste, um rechtzeitig zur Stelle zu sein, wenn Cecil mit dem nächsten Glas anrückte – also, von allen Aufträgen, die mir Wolfe jemals aufgehalst hat, war das bestimmt der entwürdigendste.

Beim vierten und letzten Glas mogelte Cecil. Nachdem er seine Schwester mit Champagner versorgt hatte, übersah er meine ausgestreckte Hand, hob sein Glas, rief: »Es lebe das Verbrechen!« und leerte es in einem Zug. Dann setzte er es ab und sagte zu Wolfe: »Hoffentlich habe ich Ihnen jetzt das Experiment nicht verpatzt.«

»Das war ziemlich geschmacklos«, erklärte Celia.

»Das sollte es auch sein«, entgegnete er. »Die ganze Prozedur war von Anfang an verdammt geschmacklos.«

Wolfe, der Cecil aufmerksam beobachtet hatte, lehnte sich mit befriedigter Miene zurück. »Nein, Sie haben es nicht verpatzt.« Seine Augen wanderten von einem Gesicht zum anderen, er betrachtete alle Anwesenden forschend. »Hat jemand etwas dazu zu bemerken? Ist einem von Ihnen etwas bei dem Experiment aufgefallen, das erwähnenswert scheint?«

»Ich weiß nicht, ob es erwähnenswert ist«, warf Paul Schuster, der Anwalt, ein, »aber diese lächerliche Szene, die sich soeben vor unser aller Augen abspielte, dürfte kaum die geeignete Basis für Schlüsse irgendwelcher Art sein. Die Bedingungen waren überhaupt nicht identisch.«

»Ich kann Ihnen da leider nicht beipflichten«, erwiderte Wolfe. »Die lächerliche Szene, wie Sie sie nennen, genügt mir durchaus als Basis für eine Schlußfolgerung ganz spezieller Art, auf die ich bereits gefaßt war. Ich würde sie gern von jemand anderem bestätigt hören, möchte jedoch nicht allzu deutlich darauf hinweisen. Ich wende mich an Sie alle. Ist Ihnen an Mr.

Granthams Verhalten irgend etwas Besonderes aufgefallen?«

Von der Tür her ertönte ein Knurren. Sergeant Purley Stebbins hatte sich auf der Schwelle postiert, und sein mächtiger Korpus füllte das Rechteck fast zu drei Viertel aus. »Ich weiß nicht, was Sie mit der Schlußfolgerung meinen«, platzte er heraus, »aber mir fiel auf, daß er die beiden Gläser jeweils immer auf die gleiche Art trug. Das in seiner rechten Hand hielt er mit Daumen und Zeigefinger oben am Kelch, und das in seiner linken Hand hielt er viel tiefer, unten am Stiel. Das Glas in seiner rechten Hand behielt er für sich, und das in seiner linken Hand reichte er weiter. Jedesmal.«

Wolfe und Stebbins sind sich von jeher nicht besonders gewogen, aber diesmal betrachtete Wolfe den Sergeanten mit uneingeschränkter Bewunderung. »Danke, Mr. Stebbins, das war sehr zufriedenstellend. Sie haben nicht nur Augen im Kopf, Sie verstehen auch, sie zu gebrauchen. Möchte jemand Mr. Stebbins' Beobachtung bestätigen?«

»Ich«, sagte Saul. »Sie stimmt haargenau.« Er hatte noch immer das Glas Champagner in der Hand, das Cecil ihm gereicht hatte.

»Sie auch, Mr. Cramer?«

»Unter Vorbehalt.« Cramer kniff argwöhnisch die Augen zusammen. »Und zu welcher Schlußfolgerung sind Sie gelangt?«

»Nun, ich denke, das dürfte jedermann klar sein. Ich hoffte zu beweisen, daß ein Mensch, der mit Mr. Granthams Angewohnheiten hinreichend vertraut ist und ihn an jenem Abend aufmerksam beobachtete, im voraus wußte, welches der beiden Gläser er Miss Usher reichen würde. Der Beweis ist mir auch gelungen, und ich habe dafür in Mr. Stebbins und Mr. Panzer zwei kompetente Zeugen.« Er wandte den Kopf langsam von rechts nach links. »Das ist alles, meine Damen und Herren. Das, was ich noch zu sagen habe, ist nur für die Ohren von Mrs. Robilotti, Mr. Byne und Mr. Laidlaw – und Mr. Robilotti, falls er bleiben möchte – bestimmt. Die übrigen Herrschaften möchte ich nicht länger aufhalten. Ich danke Ihnen für Ihr Erscheinen und für Ihre Mithilfe bei meinem kleinen Experiment. Es wird mir ein Vergnügen sein, Ihnen bei Gelegenheit einer erfreulicheren Zusammenkunft Champagner zu servieren.«

»Meinen Sie damit, daß wir gehen müssen?« piepste Rose Tuttle. »Ich würde aber viel lieber bleiben.«

Die enttäuschten Mienen ihrer Leidensgenossen verrieten, daß auch sie gern bleiben wollten, um den Schlußakt mitzuerleben. Helen Yarmis, kühle Würde vom Scheitel bis zur Sohle, war die einzige, die offenbar über solch kindische Neugier erhaben war. Sie sagte: »Komm, Ethel«, und steuerte mit Ethel Varr auf die Tür zu. Cecil leerte das Glas seiner Schwester, setzte es auf Wolfes Schreibtisch ab und verkündete laut, daß ihn keine zehn Pferde von der Stelle bringen würden. Celia pflichtete ihm bei. Beverly Kent, der angehende Diplomat, bewies, daß ihm sein Beruf auf den Leib geschnitten war, indem er Rose Tuttle ohne viel Aufhebens dazu brachte, ihm brav wie ein Lamm in die Diele zu folgen. Paul Schuster verweilte einen Moment lang bei den Zwillingen, die erregt auf Wolfe einredeten, wandte sich dann ab und stelzte hinaus. Erst als Cramer zu Mrs. Robilotti und ihrem Gatten an der improvisierten Bar hinüberschlenderte, stellte ich fest, daß Hackett inzwischen stillschweigend verschwunden war. Er hatte sich so unauffällig davongestohlen, daß ich nichts bemerkt hatte, ein weiterer Beweis dafür, daß ein Spürhund einem Butler nicht gewachsen ist.

Mrs. Robilotti machte der Meuterei der Zwillinge sehr schnell ein Ende. Sie trat an Wolfes Schreibtisch heran, befahl ihnen in scharfem Ton, sofort zu verschwinden, und drehte sich dann zu ihrem Mann um und verpaßte ihm die gleiche Aufforderung. Ihre tiefliegenden blaßgrauen Augen funkelten kalt wie kleine Kugeln aus gefärbtem Eis. Ihr unterdrückter Zorn richtete sich vor allem gegen Celia.

»Dieser Mann hat eine Lektion verdient«, fauchte sie, »und ich werde sie ihm erteilen. Er wird noch sein blaues Wunder erleben. Aber dabei bist du mir im Wege. Ich habe dich niemals gebraucht und brauche dich auch jetzt nicht. Dein Betragen ist im höchsten Grade albern und geschmacklos. Ich werde mit der

Sache sehr gut allein fertig, und deshalb verlange ich, daß du auf der Stelle gehst.«

Celia machte den Mund auf und wieder zu, sah Laidlaw kläglich an und setzte sich widerwillig in Bewegung. Cecil folgte ihr ohne einen Mucks. Robilotti wollte etwas erwidern, begegnete dem Blick der kalten, hellgrauen Augen, zuckte mit den Schultern und gehorchte wie ein wohlerzogener Hund. Sobald die Familie das Feld geräumt hatte, ging Mrs. Robilotti zu ihrem Sessel, nahm Platz, fixierte Wolfe einen Moment lang und sagte: »Sie wollten doch fortfahren, sobald die Luft rein ist. Also?«

Wolfe war die Höflichkeit in Person. »Ich bitte Sie noch um einen Augenblick Geduld, meine Gnädigste. Wir müssen das Eintreffen eines weiteren Gastes abwarten. Meine Herren, bitte setzen Sie sich doch. Archie?«

Saul saß bereits, und zwar immer noch auf demselben Stuhl, zu dem ich ihn vorhin dirigiert hatte, und nippte an seinem Champagner. Ich überließ die anderen vier, Laidlaw, Byne, Cramer und Stebbins, ihrem Schicksal, rannte die zwei Treppen zum Südzimmer hinauf, klopfte an die Tür und trat ein.

Elaine Usher räkelte sich in einem Sessel am Fenster, von den völlig zerknüllten Seiten der Sonntagszeitung wie von einem Müllhaufen umgeben, und begrüßte mich mit einem ekligen Blick. »Na endlich!«

»Okay«, sagte ich. »Ihr Stichwort ist gefallen.«

»Es wurde aber auch langsam Zeit.« Sie schob die Zeitung mit den Füßen beiseite und stand auf. »Wer ist alles da?«

»Mr. Wolfe, Byne, Laidlaw, Panzer, Inspektor Cramer, Sergeant Stebbins und Mrs. Robilotti. Sie hat ihren Mann nach Hause geschickt. Ich führe Sie direkt zu ihr.«

»Ich weiß. Ich freue mich schon darauf, wahrhaftig – gleichgültig, was passiert. Mein Haar sieht furchtbar aus. Ich bin in einer Minute fertig.«

Sie verschwand im Bad und verschloß die Tür. Ich wurde nicht ungeduldig, weil ich wußte, daß Wolfe die Pause dazu benutzen würde, um Mrs. Robilotti in die richtige Stimmung zu versetzen. Mrs. Usher verschwendete die paar Minuten auch nicht. Als sie wieder zum Vorschein kam, waren die Locken sorgfältig geordnet. Ich fragte sie, ob wir den Lift nehmen wollten, und sie verneinte. Ich ging hinter ihr die zwei Treppen hinunter, und als sie das Büro betrat, war ich ihr dicht auf den Fersen.

Die Szene rollte fehlerlos ab, als hätten wir sie vorher geprobt. Ich schritt neben Mrs. Usher quer durch das Büro, zwischen Cramer und Byne hindurch, machte eine halbe Kehrtwendung, so daß wir beide direkt vor Mrs. Robilotti standen, und säuselte: »Mrs. Robilotti, darf ich Ihnen Mrs. Usher, die Mutter von Faith Usher, vorstellen?« Mrs. Usher beugte sich leicht vor, streckte eine Hand aus und sagte: »Es ist mir ein Vergnügen, ein großes Vergnügen.« Mrs. Robilotti starrte sie eine Sekunde lang an, hob blitzschnell den Arm und schlug Mrs. Usher ins Gesicht.

16

Es ist müßig, sich darüber den Kopf zu zerbrechen, ob Wolfe das Rennen gemacht hätte, wenn unser Trick mißglückt wäre und Mrs. Robilotti die Geistesgegenwart gehabt hätte, Mrs. Ushers Hand zu ergreifen und vorschriftsmäßig zu schütteln. Wolfe behauptete stets, er hätte auf jeden Fall gesiegt, aber eine Diskussion über dieses Thema wäre praktisch wertlos, da Mrs. Robilotti in ihrem überreizten Zustand gar nicht anders auf die Konfrontierung mit Mrs. Usher hätte reagieren können.

Ich sah das Unheil kommen, riß Mrs. Usher jedoch erst zurück, nachdem es gepatscht hatte. Ein handfester Beweis nützte uns mehr als eine Geste. Aber danach handelte ich um so schneller. Schließlich weilte sie als Gast in unserem Hause, und ein Tritt ans Knie von seiten des Gastgebers und eine Ohrfeige von der Hand einer rabiaten Weibsperson waren nicht gerade eine Empfehlung für unsere Gastlichkeit. Außerdem traute ich ihr durchaus zu, daß sie das Kompliment schlagkräftig erwidern könnte. Deshalb packte ich sie fest am Arm und zerrte sie aus der Gefahrenzone, wobei ich rücklings Inspektor Cramer anrempelte, der im ersten Schreck von seinem Stuhl gesprungen war. Mrs. Robilotti war mit einem Ruck zurückgeschnellt, saß steif wie ein Ladestock in ihrem Sessel und biß sich auf die Unterlippe.

»Es ist vielleicht am besten«, sagte Wolfe zu mir, »wenn Sie sich neben Mrs. Usher setzen, Archie. Meine Gnädigste, ich bedaure den unangenehmen Zwischenfall von ganzem Herzen.« Er wies auf die übrigen Anwesenden. »Das ist Mr. Laidlaw. Mr. Cramer von der Polizei. Mr. Stebbins, ebenfalls von der Polizei. Byne kennen Sie bereits.«

Während ich Mrs. Usher zu dem Sessel führte, den Saul vorsorglich in die Lücke zwischen Laidlaws Stuhl und meinen Schreibtisch geschoben hatte, knurrte Cramer: »Erst sorgen Sie dafür, daß was passiert, und dann spielen Sie den Gastgeber. So was hab' ich gern.« Er fügte, nach rechts gewandt, hinzu: »Es tut mir leid, Mrs. Robilotti; aber ich habe mit der Sache nichts zu schaffen.« Er setzte sich wieder und sagte: »Also, schießen Sie schon los.«

»Sie waren Augenzeuge des Zwischenfalls, Mr. Cramer.« Wolfe trug eine äußerst zufriedene Miene zur Schau. »Übrigens leugne ich gar nicht, daß ich es darauf angelegt hatte. Aber bevor ich auf den Zwischenfall näher eingehe, möchte ich die Anwesenheit von Mr. Laidlaw erklären. Ich habe ihn zum Bleiben aufgefordert, weil er ein legitimes Interesse an der Auflösung des Falles hat. Wie Sie wissen, erhielt die Staatsanwaltschaft eine anonyme Mitteilung, in der eine schwerwiegende Anklage gegen Mr. Laidlaw erhoben wurde. Dieser niederträchtige Streich berechtigt ihn, die Wahrheit mit anzuhören. Warum Mr. Byne hier ist, wird sehr bald offenbar werden. Ihm entschlüpfte gestern unabsichtlich eine Andeutung, aus der ich schloß, daß Mrs. Robilotti darüber im Bilde ist, daß ihr erster Gatte, Albert Grantham, der Vater von Faith Usher war. Aber ...«

»Das ist eine Lüge!« protestierte Byne empört.

Wolfes Ton wurde schärfer. »Ich wähle meine Worte mit Bedacht, Mr. Byne. Ich behaupte ja nicht, daß Sie es mir sagten, sondern daß Sie mir die Tatsache unabsichtlich verrieten. Als wir uns gestern über die Einladung und die Auswahl der Gäste unterhielten, sagten Sie wörtlich: ›Natürlich war es durchaus möglich, daß meine Tante Faith von der Liste strich und Mrs. Irwin bat ...‹ Dann ging Ihnen plötzlich der tiefere Sinn dieses verhängnisvollen Satzes auf, und Sie verstummten. Als ich Sie nicht darauf festnagelte, glaubten Sie, ich hätte ihn überhört, aber darin täuschen Sie sich. Ich wollte Sie lediglich in Sicherheit wiegen und Ihnen und mir einen Haufen fauler Ausreden und Lügen ersparen. Nun, da ...«

»Von einem tieferen Sinn kann keine Rede sein.«

»Ich bitte Sie, Mr. Byne. Warum sollte Ihre Tante das Mädchen von der Gästeliste streichen? Warum sollte sie sich weigern, Faith Usher in ihrem Hause zu empfangen? Es mag eine Reihe plausibler Erklärungen dafür geben, aber angesichts der mir bekannten Tatsachen lag doch wohl eine Erklärung besonders nahe: daß sie die Tochter ihres verstorbenen Gatten nicht in ihrem Hause dulden wollte. Und ich hatte ja gerade kurz zuvor von Ihnen selbst erfahren, daß Faith Usher in der Tat Albert Granthams Tochter war. Also zog ich stillschweigend aus alldem die einzig mögliche Konsequenz und traf insgeheim Vorkehrungen, meine Folgerung einer Probe zu unterwerfen. Hätte Mrs. Robilotti bei einer Gegenüberstellung mit Mrs. Usher deren dargereichte Hand ergriffen und keinerlei tiefere Gemütsbewegungen verraten, dann wäre das Resultat zweifelhaft geblieben. Übrigens hatte ich höchstens mit einer Geste des Widerstrebens und der Verachtung gerechnet, nicht jedoch mit einer solch ungeheuerlichen Verletzung des Anstands und der guten Sitten. Ich habe offenbar immer noch nicht gelernt, daß die Handlungsweise einer Frau nicht vorauszusehen ist. Ich kann nur wiederholen, Mrs. Usher, daß ich das Geschehene zutiefst bedauere. Ich war nicht darauf gefaßt.«

»Ja, aber Sie können schließlich nicht beides haben«, wandte Byne ein. »Einerseits behaupten Sie, meine Tante wollte Faith nicht in ihrem Hause dulden, weil sie wußte, daß Grantham ihr Vater war; andererseits haben Sie offenbar vergessen, daß Faith eingeladen war und daß meine Tante die Einladung nicht rückgängig machte. Sie empfing Faith wie alle anderen Gäste.«

Wolfe nickte. »Ganz recht. Und eben das scheint mir der einleuchtendste Beweis für meine Vermutung zu sein, daß Ihre Tante Faith Usher ermordet hat. Es existieren noch ...«

»Halt!« bellte Cramer. Er wandte den Kopf. »Mrs. Robilotti, ich möchte Ihnen sagen, daß ich diese ungeheuerliche Verdächtigung ebenso empörend finde wie Sie.«

Sie hielt ihre blaßgrauen Augen auf Wolfe gerichtet und zuckte nicht mit der Wimper. »Das bezweifle ich«, entgegnete sie eisig. »Ich hatte keine Ahnung, daß ein Mensch so niederträchtig sein kann.«

»Da haben Sie recht«, pflichtete Wolfe bei. »Die Niedertracht der Menschen ist grenzenlos, und ein Mord ist immer etwas Unglaubliches. Ich habe eben vor gewichtigen Zeugen meine Ansicht dargelegt, meine Gnädigste. Im Falle eines Irrtums wäre ich Ihnen auf Gnade und Barmherzigkeit ausgeliefert, und das wäre mir keineswegs angenehm. Mr. Cramer, Sie sind offensichtlich empört. Soll ich mit meiner Erklärung fortfahren, oder wollen Sie Ihrer Entrüstung über meine Verdächtigungen Luft machen? Sie haben die Wahl.«

»Ich möchte Ihnen zuerst ein paar Fragen stellen.« Cramer stützte seine Hände auf die Knie und beugte sich vor. »Was für Beweise haben Sie dafür, daß Faith Usher Albert Granthams Tochter war?«

»Nun –« Wolfe legte unschlüssig den Kopf schief. »Das ist ein heikler Punkt. Mich interessiert an sich bloß der Mord an Faith Usher, und ich habe nicht den Wunsch, Personen, die nicht unmittelbar in ihn verwickelt sind, unnötige Schwierigkeiten zu verursachen. Mir ist zum Beispiel bekannt, wo Sie Beweise dafür finden können, daß der Tod des Mädchens einer bestimmten Person bedeutende finanzielle Vorteile einbrachte. Da die fragliche Person jedoch an der Gesellschaft nicht teilgenommen hat und deshalb als Mörder nicht in Frage kommt, werde ich nur im äußersten Notfall auf ihr Geheimnis zu sprechen kommen. Um aber Ihre Frage zu beantworten: Ich habe das Zeugnis zweier Personen, und zwar von Mrs. Elaine Usher und Mr. Austin Byne.« Seine Augen wanderten weiter. »Und Sie, Mr. Byne, haben nun lange genug Ausflüchte gemacht. Wußte Ihre Tante, daß Faith Usher die Tochter ihres ersten Gatten war, oder nicht?«

Dinkys Kinn zuckte. Er schielte nach links zu Mrs. Usher hinüber, hütete sich jedoch wohlweislich, nach rechts zu blikken, wo seine Tante saß. Wolfe hatte ihm einen Wink mit dem Zaunpfahl gegeben: Falls er sich entschloß, mit der Sprache herauszurücken, würde Wolfe Cramer gegenüber von der Vereinbarung und deren Aufbewahrungsort schweigen. Aber die Tatsache, daß seine Tante sich ohnehin schon verraten hatte, versetzte ihm wahrscheinlich den letzten Stoß.

»Ja«, antwortete er. »Ich hatte es ihr erzählt.«

»Wann?«

»Schon vor einigen Monaten.«

»Warum?«

»Weil ... wegen einer ihrer Bemerkungen. Sie hatte mir schon vorher mehrmals vorgeworfen, ich wäre nichts anderes als ein Schmarotzer, weil ich von dem Geld lebte, das mein Onkel mir vor seinem Tode gegeben hätte. Als sie an dem betreffenden Tage wieder damit anfing, wurde ich wütend und sagte ihr, der Onkel hätte mir das Geld nur deshalb gegeben, damit ich für seine illegitime Tochter sorgte. Sie wollte mir nicht glauben, und ich verriet ihr den Namen der Tochter und der Mutter. Nachher tat es mir leid, und ich entschuldigte mich ...«

Seine Tante unterbrach ihn mit einem verächtlichen Schnauben. »Du erbärmlicher Schuft!« zischte sie, und ihre blaßgrauen Augen funkelten haßerfüllt. »Du lügst ja wie gedruckt! Du hast es mir nur gesagt, um mich zu erpressen, um noch einen Haufen Geld aus mir herauszuholen. Das Vermögen, das Albert dir gegeben hatte, genügte dir noch nicht. Du warst nicht zufrieden ...«

»Schweigen Sie!« Wolfes Stimme klang wie ein Peitschenhieb. Er blitzte sie grimmig an. »Sie befinden sich in einer höchst prekären Lage, meine Gnädigste. Ich habe Sie in diese Lage versetzt und trage deshalb eine gewisse Verantwortung. Ich rate Ihnen dringend, den Mund zu halten. Mr. Cramer, möchten Sie noch irgend etwas von mir oder Mr. Byne wissen?«

Cramer war so entsetzt, daß er ganz heiser war. »Sie behaupten also, daß Mrs. Robilotti Faith Usher absichtlich zu der Gesellschaft kommen ließ, um sie zu ermorden? Stimmt das?«

»Ja.«

»Und daß sie es aus dem einzigen Grunde tat, weil Faith Usher die illegitime Tochter von Albert Grantham war?«

»Gewiß. Angesichts ihres Charakters und ihres Temperaments dürfte das ein völlig ausreichendes Motiv gewesen sein. Aber sie selbst hat soeben noch ein zweites, zusätzliches Motiv angedeutet. Offenbar hat ihr Neffe sein Wissen dazu benutzt, sie zu erpressen. Aber das werden Sie selbstverständlich nachprüfen.«

»Darauf können Sie Gift nehmen. Und was Ihr Experiment anbelangt – soll das etwa den Beweis erbracht haben, daß Mrs. Robilotti den Mord begangen haben kann?«

»Ja. Sie haben es ja mit eigenen Augen verfolgt. Nehmen wir einmal an, sie hätte den Inhalt des Glases, das drei oder vier Minuten lang unberührt auf der Bar stand, vergiftet. Da sie an der Bar blieb, konnte sie es unauffällig im Auge behalten. Hätte jemand anders nach diesem Glas gegriffen, konnte sie immer sagen, es wäre das ihre. Hätte ihr Sohn das Glas mit dem Gift mit der rechten Hand aufgenommen, was bedeutet hätte – für sie, da sie seine Angewohnheiten kannte –, daß er es selbst trinken würde, konnte sie wieder behaupten, es wäre das ihre, und ihn veranlassen, sich ein anderes zu nehmen. Oder sie kann ihm das Glas mit dem Gift sogar selbst gereicht haben, wobei sie natürlich darauf achtete, daß er es mit der linken Hand ergriff. Natürlich können Sie nicht damit rechnen, daß unsere Vermutungen jemals bestätigt werden, da weder sie noch ihr Sohn bereit sein dürften, den Tatbestand zuzugeben. In dem Moment, in dem Cecil Grantham mit dem vergifteten Glas in der linken Hand die Bar verließ, war Faith Ushers Schicksal besiegelt, und für ihren Mörder war das Risiko denkbar gering. Fast alle Anwesenden waren darüber informiert, daß sich in der Handtasche des Mädchens ein ansehnlicher Vorrat von Zyankali befand. Man würde fraglos annehmen, daß das Mädchen seine mehrfach geäußerte Drohung wahrgemacht und Selbstmord begangen hätte. Und vermutlich hätte sich diese Ansicht auch durchgesetzt, wenn nicht Mr. Goodwin Zeuge des Geschehens gewesen wäre und seine Augen offengehalten hätte.«

»Von wem erfuhr Mrs. Robilotti von dem Giftfläschchen in Miss Ushers Handtasche? Und wann?«

»Das weiß ich nicht.« Wolfe fuchtelte mit einer Hand in der Luft herum. »Zum Kuckuck, habe ich Ihnen noch nicht genug Hinweise geliefert?«

»Doch. Ich werde schon allein zurechtkommen. Aber eine Frage noch: Sie sagen, das Risiko war denkbar gering. Aber so gering war es doch nun auch nicht, wenn sie sich Miss Ushers Handtasche schnappte, das Fläschchen heraussuchte, etwas von dem Gift entwendete und die Handtasche zurücklegte.«

»Ich glaube auch nicht, daß sie diesen verhältnismäßig komplizierten Weg einschlug. Falls sie wußte, daß Miss Usher das Gift ständig bei sich trug – und das darf man wohl voraussetzen, da es einer großen Anzahl von Menschen bekannt war –, dann hat sie sich das gleiche Gift vermutlich auf einem anderen Weg beschafft. Ich empfehle Ihnen, sich speziell darum zu kümmern.« Er machte eine abschließende Handbewegung. »Ich behaupte ja nicht, daß ich Ihnen eine ausgereifte Frucht darreiche, die Sie lediglich zu pflücken brauchen. Mir ging es nur darum, Mr. Goodwins Kompetenz als Augenzeuge zu beweisen, und das ist mir auch gelungen. Oder sind Sie anderer Ansicht?«

Cramer kam nicht mehr dazu, seine Meinung zu äußern. Mrs. Robilotti hatte sich erhoben und steuerte auf die Tür zu. Ich nahm an, Mr. Wolfes Anspielung auf ihre heimlichen Giftvorräte hätte sie aus ihrer starren Unbeweglichkeit gerissen, und das stimmte auch. Purley Stebbins erzählte mir ein paar Tage später, sie hätten ihre Giftquelle entdeckt und könnten auch beweisen, daß sie daraus geschöpft hatte. Jedenfalls wollte sie plötzlich das Weite suchen, hatte jedoch keinen Erfolg damit. Cramer und Stebbins verstellten ihr den Weg, und zusammen sind die beiden fast vierhundert Pfund schwer.

»Lassen Sie mich vorbei«, fauchte sie. »Ich gehe nach Hause.«

Ich habe die beiden noch nie bedauert, aber in diesem Moment taten sie mir leid, besonders Inspektor Cramer.

Für Penthouse schreiben Fritz Dürrenmatt, Frederick Forsyth, Alberto Moravia, Erich von Däniken, Helmut Qualtinger... Penthouse – das Format für Männer mit Format
Foto: P. Kopp